SONJA SCHNIETZ

Mira

Erwachsen wird man auch im Stall

Impressum: Bibliografische Information der Deutschen Nationalbibliothek:
Die Deutsche Nationalbibliothek verzeichnet diese Publikation in der Deutschen
Nationalbibliografie; detaillierte bibliografische Daten sind im Internet über
dnb.dnb.de abrufbar.
©2020 Sonja Schnietz
Layout: Designatelier Christine Orterer, Coverfoto: Kathrin Hester

Herstellung und Verlag: BoD – Books on Demand, Norderstedt
ISBN 9783751919807

Mira

Erwachsen wird man auch im Stall

1

„So, zum Abschluss springen wir dann jetzt noch die komplette Springreihe einmal durch. Jenny, du kannst starten." Jenny starrte ihren Reitlehrer ungläubig an: „Wie, zum Abschluss?! Springen wir etwa keinen Parcours heute? Colorado und ich sind völlig unterfordert in dieser Stunde!
Den blauen Oxer da hinten sind wir auch noch nicht gesprungen. Den will
ich wenigstens noch machen!" „Den habe ich für die Reiter und Pferde der
nächsten Stunde aufgebaut. Wir kümmern uns jetzt erst mal darum, dass
Eure Pferde ordentlich durch diese Gymnastikreihe gehen", erklärte Markus seelenruhig. „Aber Colorado kann die Höhe locker springen", empörte sich Jenny nun, „außerdem will ich in zwei Monaten das erste A-Springen mit ihm reiten - ich hab' die Nennung schon abgeschickt." „Es zweifelt
niemand daran, dass er die Höhe springen kann. Aber warum denn so eilig? Lass ihn doch erst mal erwachsen werden, er ist doch noch so jung und
fasst gerade erst Vertrauen in seine Springfähigkeiten. Gib ihm doch einfach noch etwas Zeit. Wir können darüber auch nach der Stunde noch mal
sprechen, Mira möchte ja schließlich auch noch ein paar Sprünge machen.
Also Jenny, fang an!"

Markus warf Jenny einen auffordernden Blick zu. Mira bemerkte, wie es in
Jenny brodelte. Es war offensichtlich, dass sie Markus' Einwände nicht nachvollziehen konnte. Wenn es nach Jenny ginge, so dachte Mira, würden sie jede
Woche Parcours springen. Jenny war sehr ehrgeizig und besaß ein talentiertes
Pferd. Ihre Eltern hatten Colorado erst vor ein paar Wochen auf einer Auktion
für sie ersteigert. Er war fast fünf Jahre alt, sah aber eher aus wie drei. Manchmal fiel es ihm noch schwer, seine Beine über den Sprüngen zu sortieren. Aber
er gab sich große Mühe, und Mira fand den großen Rheinländer Wallach faszinierend. Sie war sich sicher, dass Jennys Eltern ein Vermögen für ihn bezahlt hatten, und konnte nicht verstehen, dass Jenny es mit ihrem Turniereinstieg so ei-

lig hatte - sie hatte doch alle Zeit der Welt. Das sah Jenny offensichtlich anders. Mit verbissener Miene ritt sie die Gymnastikreihe an. Colorado überwand die kleinen Sprünge mühelos, doch statt nach der Reihe zum Schritt durchzuparieren, ritt Jenny mit entschlossenem Gesichtsausdruck den blauen Oxer an. Mira traute ihren Augen nicht und Markus rief ihr entsetzt zu, dass sie vorbeireiten sollte. Der Oxer hatte eine beachtliche Höhe und Mira konnte kaum hinsehen, als Jenny und Colorado zielstrebig darauf zu galoppierten. Jenny ignorierte die Anweisung ihres Reitlehrers und trieb ihr Pferd mit überhöhter Geschwindigkeit über den Sprung. Colorado zögerte für eine Sekunde angesichts der ungewohnten Höhe, doch dann schraubte er sich mit einem gewaltigen Satz hinüber. Mira blieb für einen Moment fast das Herz stehen und sie war ziemlich erleichtert, als beide heil auf der anderen Seite ankamen.

Wie blöd war Jenny eigentlich? Sie hatte mit dieser kindischen Aktion nicht nur Markus provoziert, sondern auch sich selbst und vor allem ihr Pferd in Gefahr gebracht. Markus hatte ihr doch ganz klar gesagt, dass sie den Oxer nicht springen sollte. Er war ein geduldiger Reitlehrer und ein kumpelhafter Typ, aber Mira ahnte, dass man auch ihn nicht so sehr reizen durfte, wie Jenny es gerade getan hatte. Reglos starrte sie auf die sich ihr bietende Szene. „Siehst du?", rief Jenny kurz nach der Landung mit einem siegessicheren Klang in ihrer Stimme, „ist überhaupt kein Problem für uns. Du kannst den sogar noch höher bauen, das kann mein Pferd locker springen. Wir sind in deiner Stunde echt unterfordert! Das ist für den dicken Haflinger von Mira vielleicht das richtige Programm, aber ich will mit meinem Pferd richtig springen." „Das kannst du auch in Zukunft gerne und zwar bei einem anderen Reitlehrer. Ich will dich in meinen Stunden nicht mehr sehen. Raus!" Markus' Gesichtsfarbe nahm einen eigentümlichen Rot- Ton an und seine sonst so freundlichen blauen Augen blitzten. Obwohl seine Stimme gefährlich ruhig klang, stand er augenscheinlich kurz vor der Explosion. Mira fand es beeindruckend, wie beherrscht er war. Jenny war wirklich eine blöde Zicke! Sie sprang erst seit einem Monat zusammen mit Mira bei Markus. Vorher hatte Mira sich die Stunde mit Sarah geteilt, und das hatte deutlich mehr Spaß gemacht. Aber Markus hatte die Stunden neu einteilen müssen, als Jenny mit Colorado dazukam, und seitdem waren sie und Mira nun in einer Stunde. Mira hatte keine Ahnung, warum Markus das so eingeteilt hatte, aber irgendwas würde er sich schon dabei gedacht haben, da war sie sich sicher. Obwohl sie über die Änderung in der Einteilung enttäuscht gewesen war, hatte Mira sich vor Markus nichts anmerken lassen, denn sie fand ihn als Reitlehrer einfach klasse. Er hatte ein gigantisches Wissen über Pferde und über das Springen, und nett war er sowieso. Und fair. Mira sah Jenny fassungslos hinterher, als diese wortlos und verächtlich schnaubend die Halle verließ. Colorado folgte ihr widerwillig.

„Ich mach' dir die Abstände noch ein bisschen enger, dann kannst du starten", rief Markus über die Schulter in Richtung Mira, während er sich bereits an der Springreihe zu schaffen machte und die Sprünge näher zusammenrückte. Mira musste sich für einen Moment sammeln, sie fühlte sich unbehaglich und schämte sich für Jenny, die sich so kindisch verhalten hatte. Doch dafür war jetzt keine Zeit. Ihr Haflinger Anton war bereits im Halbschlaf, er hatte mitbekommen, dass Mira gedanklich mit anderen Dingen beschäftigt war, und döste vor sich hin. Sie gab ihm zu verstehen, dass er sich in Bewegung setzen sollte, und ließ ihn ein paar Runden auf dem Zirkel traben, bis Markus die Springreihe verändert hatte und sie aufforderte zu starten. Anton trabte auf die Reihe zu und überwand sie schwerfällig. „Dein Grundtempo muss beim Anreiten schon höher sein. Du kennst doch dein Pferd, er braucht von vorne herein einen flotten Trab, damit er passend an die Sprünge rankommt. Gleich noch mal!"

Mira wusste, dass Markus Recht hatte. Sie war zu zaghaft geritten. Anton sprang tatsächlich deutlich besser, wenn er ein höheres Grundtempo hatte. Das war bei ihm grundsätzlich so, auch im Galopp tat er sich dann deutlich leichter. Mira ritt ein zweites Mal an und merkte schon beim Hineinreiten in die Reihe, dass der Rhythmus jetzt stimmte. Anton überwand die Sprünge spielend. „Das war super", rief Markus ihr zu, „jetzt mache ich den letzten Sprung noch mal zwei Loch höher, und wenn das genauso gut klappt, machen wir danach für heute Schluss. Du musst aber genauso beherzt anreiten wie gerade." Mira wartete, bis Markus den Sprung erhöht hatte, und ritt erneut an. Anton flog geradezu über den letzten Sprung. Mira strahlte und kraulte ihrem Pferd den Mähnenkamm. Auch Markus war zufrieden mit den beiden: „Super! - Schluss für heute. Dein Anton macht das inzwischen so nett, hättest du nicht Lust in Unna ein E-Stilspringen mit ihm zu nennen? Das Turnier ist Anfang April. Das E-Springen schafft ihr beide locker." „Ja", erwiderte Mira zögernd, „Lust hätte ich schon. Aber wie komme ich dahin? Das sind ja über zwanzig Kilometer von hier bis Unna, da kann ich schlecht hinreiten. Da wäre Anton fix und fertig, bevor es losgeht mit der Prüfung. Meine Mutter hat keine Hängerkupplung an ihrem Auto, und einen Hänger haben wir auch nicht." „Ich hätte noch einen Platz im Hänger frei", überlegte Markus, „wenn du Lust hast, nehme ich euch beide mit". Mira strahlte: „Au ja, super gerne. Ich wollte schon immer mal wissen, wie Anton sich auf einem Turnier anstellt." „Also dann, abgemacht", sagte Markus und fügte hinzu: „Und die Höhe ist auch nicht das Problem. Wir sind in der Stunde schon öfter höher gesprungen als E-Höhe. Dann schick mal deine Nennung los. Kannst die Zeitschrift mitnehmen, die oben im Reiterstübchen liegt, da steht alles drin, was du wissen musst." Gerade als Markus sich umdrehen wollte, um die Sprünge für die Reiter der nächsten Gruppe passend hinzustellen, erschien Jennys Vater an der Hallenbande. Markus hielt inne und ging ein paar Schritte auf ihn zu. „Ach Herr Peters, gut, dass ich Sie sehe", begann er,

„Sie müssen sich für Jenny leider einen anderen Reitlehrer suchen, ich kann sie nicht länger unterrichten. Sie hat sich heute meinen Anweisungen widersetzt und dadurch eine gefährliche Situation heraufbeschworen. Dafür kann und möchte ich in Zukunft keine Verantwortung übernehmen. Tut mir leid." Jennys Vater sah irritiert aus und erwiderte: „Sie werden doch wohl noch mit einer Fünfzehnjährigen klarkommen?! Ich bitte Sie!" „Mit Ihrer Tochter scheinbar nicht." Markus hielt dem herausfordernden Blick von Herrn Peters stand und schaute ihm direkt in die Augen. „Es gibt ja noch andere Reitlehrer auf diesem Planeten", murmelte Jennys Vater und fügte dann in einem aggressiven Tonfall hinzu: „Wird sowieso Zeit, dass sie endlich Einzelstunden bekommt. Bei Ihnen scheint sie ja nicht so viel gelernt zu haben."

Er drehte sich auf dem Absatz um und ging in Richtung Stallungen. Mira wusste nicht, wo sie hinschauen sollte. Markus tat ihr leid. Reitschülerinnen wie Jenny hatte er nicht verdient. Und Reitschülereltern wie Jennys Vater auch nicht. Seit Mira bei Markus Unterricht nahm, hatte sie sich einige Male anhören müssen, dass das richtige Tempo, ein gleichmäßiger Rhythmus und ein ordentlicher Weg beim Anreiten neben dem ausbalancierten Sitz des Reiters die wirklich wichtigen Dinge beim Springreiten waren. Markus meinte, wenn man diese Dinge beherrschte, konnte man anschließend auch die Höhe der Sprünge ohne Bedenken steigern - aber eben erst dann. Mira konnte sich problemlos ausmalen, dass vielen Reitern für diese Vorgehensweise die Geduld fehlte. Jenny hatte sie jedenfalls ganz offensichtlich nicht. Während Mira mit hingegebenem Zügel auf Anton saß und noch ein paar Runden trockenritt, griff Markus nach seinem Handy und murmelte irgendwas Unverständliches. Mira hatte den Eindruck, dass er mehr mit sich selbst sprach als mit ihr. Wahrscheinlich suchte er nach einer bestimmten Telefonnummer. Wenige Sekunden später schien er sie gefunden zu haben, denn als er mit deutlicher Stimme in sein Telefon sprach, konnte Mira unschwer jedes Wort verstehen: „Hallo Jürgen, ich bin's, Markus. Ich störe dich nur ungern beim Unterrichten und mache es ganz kurz: Bei dir wird sich bestimmt heute oder morgen ein Herr Peters melden, der Reitunterricht für seine Tochter bei dir klarmachen will. Ein Rat unter Freunden: Lehn ab! Sag ihm einfach, du bist ausgebucht. Ist ja auch nicht gelogen. Ich erzähl dir später warum. Bis die Tage."

Markus steckte das Handy zurück in seine Jackentasche. Mira konnte sich ein Grinsen nicht verkneifen, als sie Anton die Abschwitzdecke überlegte und hinausging. Da würde sich Herr Peters noch wundern, dachte sie. Ihr war ebenfalls klar gewesen, dass Jürgen Paulsen derjenige war, den Herr Peters wegen des Unterrichts für Jenny anrufen würde. Er war in der Gegend bekannt und hatte einen guten Ruf. Genau wie Markus unterrichtete er nebenberuflich, hatte aber schon viele gute Reiter-Pferde-Paare hervorgebracht. Die meisten Reiter, die bei ihm trainierten, waren auf den Turnieren der Umgebung auch in den höheren Klassen sehr erfolgreich. Jennys Vater wusste aber sicher nicht, dass Markus gut mit Jürgen Paulsen befreundet war. Ganz klar eigentlich, dass Markus seinen Kumpel warnen würde. Wer wollte schon eine Reitschülerin wie Jenny?! Als Mira den Stall erreicht hatte, sah sie, wie Jenny und ihr Vater gerade ins Auto stiegen und mit quietschenden Reifen vom Hof fuhren. Es war offensichtlich, dass beide sehr verärgert waren. Da Herr Peters ein reicher und bekannter Mann war, war er es wohl gewohnt, immer und von allen hofiert zu werden. Dass Markus da eine Ausnahme machte, schien für ihn eine ganz neue Erfahrung zu sein, die er erst mal verdauen musste.

Auf der Stallgasse traf Mira auf Sarah, die gerade ihr Pferd trenste: „Hey Mira, schon fertig? Bin ich so spät dran? Ist Denise schon in der Halle?" „Nein, nein", beruhigte sie Mira, „wir haben nur ein paar Minuten früher Schluss gemacht. Du bist noch pünktlich. Markus baut gerade um für euch." „Na dann ist ja gut", Sarah atmete auf, „ich dachte schon, meine Uhr geht falsch. Was war denn mit

Jenny und ihrem Vater los? Die sahen beide ziemlich explosionsbereit aus." Mira grinste und erwiderte: „Das erzähle ich dir morgen mal ausführlich. Ich glaube, du musst los - sonst kommst du doch noch zu spät." „Hast Recht. Bis später." Sara schnappte sich ihren Helm und verschwand mit ihrem Welsh Cob in Richtung Halle. Mira hatte die leise Hoffnung, dass sie vielleicht doch wieder zusammen mit Sarah die Springstunde teilen konnte - jetzt, da Jenny weg war. Da Denise ja auch noch da war, wären sie dann zu dritt. Aber das war Mira egal. Denise war, soweit Mira das einschätzen konnte, auch ganz nett. Sie kannten sich kaum, obwohl sie ungefähr gleich alt waren. Warum sie bisher so wenig miteinander zu tun gehabt hatten, wusste Mira nicht einmal. Meistens war Denise schon fertig mit dem Reiten, wenn Mira zum Stall kam. Außerdem schien Denise eine eher ruhige Persönlichkeit zu sein, vielleicht sogar ein wenig farblos und langweilig. Andererseits war Mira sich relativ sicher, dass Denise halbwegs in Ordnung sein musste, denn Sarah kam gut mir ihr aus. Und sie konnte sich nicht vorstellen, dass Sarah sich mit irgendwelchen Zicken abgab. Und auch nicht mit Langweilerinnen... Mira hoffte inständig, dass ihr Wunsch zu verwirklichen war. Sara mochte sie von all den anderen Einstellern am liebsten. Obwohl sie mit ihren fünfundzwanzig Jahren genau zehn Jahre älter war als sie selbst, hatte Mira das Gefühl, mit Sarah auf einer Wellenlänge zu sein, ohne dass der Altersunterschied dabei eine Rolle spielte. Die Chemie stimmte einfach. Außerdem mochten sich Sarahs Welsh Cob Wallach Lukas und ihr Anton auch gerne leiden und kraulten sich auf der Weide immer gegenseitig die Mähne.

Mira brachte Anton zurück in seine Paddockbox und kramte in ihrer Tasche nach einem Leckerlie. „Hier, das hast du dir verdient." Anton nahm genüsslich das Leckerlie aus Miras Hand und bevor sie seine Box verließ, drückte Mira routinemäßig einmal auf den Auslöser der Selbsttränke um sich zu vergewissern, dass das Wasser lief. Das machte sie jedes Mal, bevor sie nach Hause fuhr. Hätte ja sein können, dass das Wasser bei den kalten Temperaturen doch irgendwann einfror. Aber das Wasser lief ordnungsgemäß und Mira war froh, dass sie keinen schweren Wassereimer heranschleppen musste. Als sie alle Sachen in ihren Spind geräumt hatte, verabschiedete sie sich von Anton und beneidete ihn darum, dass er nicht wie sie mit dem Fahrrad durch die Kälte nach Hause fahren musste, sondern bereits „zu Hause" war und seinen Feierabend genießen durfte. Seine Nüstern hatte er tief im duftenden

11

Heu vergraben und kaute zufrieden sein Abendessen. Mira beschloss, Markus am nächsten Tag anzurufen und ihn einfach zu fragen, ob sie nicht zu Sarah und Denise in die Stunde gehen könnte. Jetzt war er zu beschäftigt, er musste noch zwei Gruppen unterrichten, bevor er Feierabend machen konnte. Warten wollte Mira nicht, er würde noch mindestens eine Stunde in der Reithalle stehen, und bis dahin, so dachte sie, wäre sie sicherlich erfroren. Im Reiterstübchen war der Ofen ausgefallen und so huschte Mira nur kurz hinein, um die Zeitschrift mit den Turnierausschreibungen zu holen. Es war ein kalter Abend im Februar und der Wind blies ihr eisig ins Gesicht, als sie sich auf den Weg nach Hause machte.

Kurz vor zu Hause traf sie auf ihre Mutter, die gerade vom Joggen kam und auf den letzten Metern einen Endspurt hinlegte. Mira fror inzwischen so sehr, dass es ihr völlig schleierhaft war, wie jemand so verrückt sein konnte, bei dem Wetter völlig freiwillig das Haus zu verlassen. Und noch dazu zum Joggen! Ihre Mutter musste verrückt sein. Aber Mira kannte ihre Mutter lange genug um zu wissen, dass sie das Joggen einfach brauchte. Als Ausgleich zu dem, was sie sonst tat, sagte sie immer. Wobei das ein wenig paradox schien, da Miras Mutter als selbständige Personal Trainerin arbeitete und jeder normal denkende Mensch davon ausgegangen wäre, dass sie nach soviel Sport am Tag keinen zusätzlichen sportlichen Ausgleich mehr brauchte. Laut Miras Mutter war das aber etwas völlig anderes. Nach Feierabend durfte sie das Tempo, das sie laufen wollte, selbst bestimmen und musste auch nicht mehr Rede und Antwort stehen. Stattdessen konnte sie sich einfach mit Musik zudröhnen, die ihr gefiel. Mira dachte inzwischen nicht mehr darüber nach, ob das, was ihre Mutter tat, normal war. Sie war in einem Alter, in dem sie ihre Mutter manchmal generell ziemlich anstrengend fand, war aber andererseits davon überzeugt, dass es sicherlich nervigere Mütter gab als ihre eigene.

Etwa zeitgleich erreichten die beiden den Hof. „Hi Mira, du siehst ganz schön durchgefroren aus. Wie war's?" Miras Mutter war noch leicht außer Atem und fing an, ein paar Dehnübungen zu machen, während sie ihre Tochter musterte. „Ich bin tatsächlich ziemlich durchgefroren. Springen war gut, Anton war klasse", brachte Mira hervor und suchte mit ihren eingefrorenen Händen nach dem Haustürschlüssel. Sie ärgerte sich, dass sie trotz der Handschuhe so kalte Finger hatte. Ihre Mutter sah ihre Bemühungen und sagte: „Klingel ruhig, Maren ist zu Hause." „Gute Idee", dachte Mira und drückte den Klingelknopf. Im Haus war es still und Mira konnte sich kaum vorstellen, dass Maren wirklich zu Hause sein konnte. Ihre Schwester war fünf Jahre jünger als sie und ein Energiebündel ohne Gleichen. Sie kam ganz nach ihrer Mutter. Maren bewegte sich immer schnell, lachte viel und verbrachte jede freie Minute im Schwimmbad. Wenn sie nicht gerade zum Schwimmtraining dort war, traf sie sich mit ihren Freundinnen je nach Jahreszeit entweder im Hallenbad oder im Freibad.

Mira wartete auf den Tag, an dem ihr Schwimmhäute wachsen würden. Weil Maren es praktischer fand, hatte sie sich ihre dunklen Haare ganz kurz schneiden lassen und ähnelte dadurch ihrer Mutter auch äußerlich stark. Mira fand, dass man kaum unterschiedlicher sein konnte als sie und ihre Schwester. Maren fand Tiere zwar auch ganz toll, hatte aber keine Geduld, sich länger mit ihnen zu beschäftigen. Mira dagegen war schon als Kleinkind fasziniert gewesen von jedem Tier, das ihr begegnete. Bevor sie im Alter von dreizehn Jahren ihr Pferd bekam, hatte sie schon jahrelang auf ihre Mutter eingeredet mit dem dringlichen Wunsch, ein Haustier haben zu wollen.

Plötzlich wurde die Stille von Marens schnellen Schritten unterbrochen und im nächsten Moment riss sie die Tür auf und rief: „Hi Mira, du hast Post, liegt auf deinem Schreibtisch." Maren machte auf dem Absatz kehrt und rannte zurück in ihr Zimmer. Während Mira sich mit ihren gefühllosen Fingern langsam aus ihrer Jacke schälte, überlegte sie, wer ihr wohl geschrieben haben konnte. Sie hatte keine Idee. Ihre Mutter hatte inzwischen das Haus betreten und sagte: „Super Timing, du kommst genau richtig. Ich spring noch schnell unter die Dusche, und danach können wir was essen." Jetzt erst bemerkte Mira, wie viel Hunger sie hatte, und freute sich auf das Abendessen.

Sie, Maren und ihre Mutter aßen so oft es ging zusammen. Durch die Selbständigkeit konnte sich ihre Mutter den Tag relativ flexibel gestalten und fand meistens die Zeit, in der Mittagspause etwas zu kochen. Oft waren das zwar nur wenig aufwändige Gerichte, die schnell zuzubereiten waren, aber Mira und Maren störte das nicht. Hauptsache warmes Essen, fand Mira. Ihr Vater war seit zehn Jahren tot. Mira war damals fünf Jahre alt gewesen und Maren gerade erst geboren. Er war bei der Gartenarbeit plötzlich zusammengebrochen und an einem Herzschlag gestorben. Mira war an dem Tag bei ihrer Tante zu Besuch gewesen und war froh, dass sie das Drama zu Hause nicht miterlebt hatte. Ihren

Vater vermisste Mira manchmal. Diejenigen, die ihn gekannt hatten, waren der Meinung, dass sie ihm sehr ähnlich war - in Aussehen und Charakter. Sie konnte nicht beurteilen, ob sie damit Recht hatten, aber da sie das Gefühl hatte, mit ihrer Mutter nicht ganz so viel gemeinsam zu haben, konnte sie sich gut vorstellen, dass die Gene ihres Vaters bei ihr mehr durchgeschlagen hatten. An ein paar Situationen mit ihrem Vater konnte sie sich erinnern und an einer Wand ihres Zimmers hingen ein paar Fotos von ihm.

Sie ging in ihr Zimmer und legte die Pferdezeitschrift auf ihr Bett. Auf dem Schreibtisch lag ein Brief, der tatsächlich an sie adressiert war. Sie bekam selten Post und wendete den Brief auf der Suche nach dem Absender. Er war von ihrer Tante. Tante Gabi war die Vorbesitzerin von Anton gewesen. Sie hatte ihn als Jährling gekauft und ihn nach vier weiteren Jahren Mira geschenkt, da sie durch die Geburt ihrer Tochter Lilly nicht dazu gekommen war, ihn so oft zu reiten, wie sie ursprünglich geplant hatte. Für Mira war es der mit Abstand schönste Tag ihres Lebens, als ihre Mutter sie damals beim Frühstück mit der völlig unerwarteten Nachricht konfrontiert hatte. Sie erinnerte sich an jedes Wort ihrer Mutter, und ein Lächeln huschte über ihr Gesicht, als sie an jenen Morgen zurückdachte. Ihre Mutter hatte damals verkündet: „Tante Gabi hat gestern Abend angerufen. Sie lässt fragen, ob du Lust hättest, Anton zu übernehmen. Sie schafft es zeitlich einfach nicht. Ich habe die ganze Nacht darüber nachgedacht. Wenn du dir das zutraust und das wirklich möchtest, gebe ich mein Einverständnis." Dieses besondere Frühstück war nun ziemlich genau zwei Jahre her. Und ob Mira Anton haben wollte! Sie kannte ihn seit dem Tag, an dem Tante Gabi ihn gekauft hatte, und hatte ihn manchmal an seinem Offenstall besucht. Vom ersten Tag an war Mira fasziniert gewesen von Antons geduldigem Wesen und seiner wunderschönen langen Mähne.

Als er dann später ihr gehörte, hatte er nach kurzer Zeit den Stall wechseln müssen, was Mira damals sehr leid getan hatte. Sein ehemaliger Offenstall war für Mira zu weit entfernt gewesen, um täglich mit dem Rad hinzufahren. Ihre Mutter konnte sie auch nicht täglich zum Pferd bringen, da sie nachmittags meistens arbeiten musste. Also war Anton in die Reitanlage Henning umgezogen und hatte dort eine große Paddockbox bekommen. Er hatte sich entgegen Miras Befürchtungen schnell eingelebt und schien seine alten Kumpel aus der Offenstallherde bald vergessen zu haben.

Mira öffnete den Brief. Sie fand darin ein kurzes Schreiben und ein paar Fotos. Sie las:

Liebe Mira,
ich dachte mir, Du freust Dich, wenn Du mal einen Brief mit der Post bekommst. Ist doch etwas anderes, als immer nur E-Mails, oder? Ich habe beim Aufräumen noch ein paar Bilder von Anton als Jungspund gefunden. Vielleicht kannst Du was damit anfangen, ich schicke sie Dir mit.
Bis demnächst, liebe Grüsse von
Deiner Tante Gabi

Während Mira die Fotos betrachtete, tauten langsam ihre Finger und Zehen wieder auf. Es kribbelte furchtbar, doch sie ignorierte es so gut es ging. Die Bilder zeigten Anton als Dreijährigen. Eigentlich hatte er sich seitdem gar nicht so viel verändert, fand Mira. Nur der Heubauch war weg. Im Ganzen war Anton jetzt etwas trainierter, weil Mira ihn fast jeden Tag bewegte. Dafür hatte Tante Gabi einfach keine Zeit gehabt. Trotzdem hatte sie viel Energie in seine Erziehung gesteckt. Anton war ein ausgesprochen gut erzogenes Pferd, und Mira wusste, dass sie das größtenteils ihrer Tante zu verdanken hatte. Sie befestigte die Bilder an ihrer Pinnwand.

Nach dem Abendessen vertiefte Mira sich in die Ausschreibung für das Turnier in Unna, zu dem Markus sie mitnehmen wollte. Ihre Mutter hatte nichts dagegen einzuwenden gehabt und wollte ihr sogar das Nenngeld bezahlen. Mira fand es super, dass sie dafür nicht einmal ihr Taschengeld opfern musste. Sie las die Ausschreibung durch und überlegte für einen Moment, ob sie nicht auch einen Reiterwettbewerb nennen sollte. Der war am gleichen Tag wie das E-Stilspringen ausgeschrieben. Und wenn sie sowieso schon mal dort war, könnte sie ja auch gleich zwei Prüfungen reiten. Sie grübelte einen Moment und verwarf den Gedanken wieder. Irgendwie war ihr das peinlich. Sie ritt immerhin schon seit sechs Jahren und alle, die mit ihr angefangen hatten zu reiten, ritten inzwischen sicher schon E- oder sogar A-Dressuren. In eine E-Dressur konnte sie nicht hineinreiten ohne sich zu blamieren, das war ihr klar. Dafür hätte Anton konstanter durchs Genick gehen müssen, und das bekam sie einfach noch nicht hin. Ihre Reitlehrerin Ulrike, bei der sie freitags immer in der Gruppenstunde Dressur ritt, hatte die Hoffnung schon nach wenigen Stunden aufgegeben und Anton Dreieckszügel verordnet. „Die sind nur für den Übergang. Bis er besser am Zügel läuft, dann können wir die wieder weglassen", hatte Ulrike vor knapp zwei Jahren gemeint. Seitdem hatten sie keinen Versuch mehr ohne Hilfszügel gestartet, und Mira hatte auch nicht viel Hoffnung, dass sie je von den Dingern wegkommen würden. Zumindest nicht in Ulrikes Stunden. Sie teilten sich die Stunde zu sechst, und die Reitlehrerin hatte nicht genügend Zeit, sich um jeden Einzelnen intensiv zu kümmern. Wahrscheinlich, so dachte sie, wäre sie aus dem Unterricht längst ausgestiegen, wenn die Stunde nicht im Pensionspreis vom Stall enthalten gewesen wäre. Jeder der etwa fünfzig Pferdebesitzer hatte eine Dressurstunde pro Woche im Boxenpreis inklusive. Also ritt Mira jeden Freitagnachmittag in einer von Ulrikes Stunden mit und sah es als Möglichkeit an, mit Anton das Abteilungsreiten zu üben. Wie gerne hätte sie bei Markus Dressurunterricht gehabt. Aber er gab nur Mittwochnachmittags und –abends die Springstunden, denn das war sein einziger freier Nachmittag in der Woche. Hauptberuflich arbeitete er als Krankenpfleger, soviel wusste Mira. Sie seufzte und entschied sich gegen den Reiterwettbewerb. Dafür ritt sie einfach schon zu lange, fand sie. Früher, als sie noch Schulpferde im Reitverein ritt, hatte sie ein paar Mal mit zum Turnier fahren dürfen, um dort an den Reiterwettbewerben teilzunehmen. Sie hatte das jedes Mal toll gefunden und sogar von jedem dieser Turniere eine gute Platzierung mit nach Hause gebracht. Aber das war nun schon einige Zeit her, und sie fragte sich plötzlich, warum sie sich seitdem nicht weiterentwickelt hatte. Hatte sie kein Talent? Mochte sie einfach die Dressur nicht? Lag es an der Reitlehrerin? Oder vielleicht sogar an Anton? War ein Haflinger einfach nicht geeignet für eine Dressurprüfung? Er beherrschte die für eine E-Dressur nötigen Lektionen doch ganz gut. Warum konnte sie ihn denn bloß nicht davon überzeugen, auch mal ohne die blöden Dreieckszügel durchs Genick zu gehen? Eine gewisse Unzufriedenheit machte sich in ihr breit. Sie lief zum Computer und druckte sich ein Nennformular aus. Dort trug sie nur die Nummer des E-Springens ein, ergänzte alle gewünschten Daten und Fakten, und während sie nach einer Briefmarke kramte, besserte sich ihre Laune langsam wieder. „Es gibt Schlimmeres", dachte Mira, „außerdem habe ich trotzdem das tollste Pferd von allen."

16

 2

Am nächsten Morgen stand Mira dick eingepackt an der Bushaltestelle und wartete wie jeden Tag um diese Zeit auf den Schulbus. Sie stieg an einer der letzten Haltestellen zu und hoffte wie immer, noch einen Platz in der Nähe ihrer Freundinnen zu bekommen. Die beiden stiegen eine Haltestelle vor ihr mit den meisten anderen der mitfahrenden Schüler ein und erwischten dadurch meistens recht bequem einen ordentlichen Platz. Der Bus kam, und als Mira einstieg, sah sie direkt, dass sie an diesem Morgen Glück hatte. Ihre beiden besten Freundinnen Nicole und Laura saßen nebeneinander, und die zwei Plätze vor den beiden waren frei. Mira ließ sich auf einen der beiden Sitze fallen und stellte ihren Rucksack neben sich. „Morgen, ihr beiden. Na, wie schaut's aus? Alles klar bei euch?", fragte Mira, während sie sich ihre Handschuhe, die Mütze und den Schal abstreifte. „Naja, wenn man von dieser scheußlichen Kälte und meiner Müdigkeit absieht, ist alles klar", sagte Nicole und gähnte herzhaft. Die drei Mädchen kannten sich seit der ersten Klasse und waren schon kurz nach der Einschulung eng befreundet gewesen. Obwohl sie auf den ersten Blick nicht viel gemeinsam zu haben schienen, waren sie doch unzertrennlich und gingen noch immer in eine Klasse, inzwischen in die Neunte des Gymnasiums. Nicole war sehr sportlich, spielte Handball und wurde von Laura und Mira oft um ihre Schlagfertigkeit beneidet. Sie war groß und schlank und erfand immer neue Varianten, ihr dunkles langes Haar in unterschiedlichsten Frisuren zu bändigen. Laura dagegen war etwas kleiner als Mira. Sie hatte ihre rötlichen, leicht lokkigen Haare auf Schulterlänge gekürzt, was ihr aus Miras Sicht super stand. Laura war eher musikalisch veranlagt, sie sang im Schulchor mit und liebte Tiere genauso sehr wie Mira. Zeitgleich mit Mira hatte sie mit dem Reiten angefangen, was sie allerdings nach ein paar wenigen Stunden an der Longe wieder aufgegeben hatte. Sie hielt sich selbst für einen hoffnungslosen Fall. Ein harmloser Sturz war dann der endgültige Auslöser für sie gewesen, ihre gerade begonnene reiterliche Laufbahn wieder an den Nagel zu hängen. Dafür begleitete sie Mira ab und zu zum Stall und genoss es sehr, mit Anton herum zu tüddeln. Mira freute sich jedes Mal, wenn Laura mitkam. Sie hatte eine unaufdringliche Art den Pferden gegenüber, und Anton schien zu spüren, dass sie nur deswegen dort war um ihn zu putzen, zu kraulen und zu verwöhnen.

Laura riss die beiden anderen Mädchen aus ihren Gedanken: „Könnt ihr die Vokabeln? In meinen Kopf wollten gestern einfach keine Französisch-Vokabeln mehr rein. Ich habe das Gefühl, ich kann gar nix." „Ach, ich und Französisch", stöhnte Nicole, „ich schätze, Herr Fischer wird mich im nächsten Jahr auf Knien anflehen, dass ich das abwähle. Wenn ich mich richtig auf den Hintern setze, kriege ich vielleicht noch 'ne Fünf auf dem Zeugnis. Das ist doch ein Anreiz, oder?" „Bleib bloß nicht sitzen, der Rest ist egal. Ich finde Physik viel schlimmer. Wenn ich das nächstes Jahr abwählen kann, dann schmeiße ich 'ne Physikabwahl-party. Ist versprochen", sagte Mira und spürte eine gewisse Vorfreude auf diesen Tag. Sie wusste auch nicht, warum sie Physik so schrecklich fand, eigentlich war der Lehrer in Ordnung. Er gab sich auch viel Mühe, die Dinge durch Versuche zu veranschaulichen. Aber all das half nicht, Miras Abneigung gegen dieses Fach zu verringern. Überhaupt hätte sie die Vormittage in der Schule ohne ihre Freundinnen kaum ertragen können, dessen war sie sich bewusst. Sie war wirklich froh darüber, dass sie die beiden hatte.

In der großen Pause saßen alle drei in der Aula auf einer Bank und beobachteten die vorbeigehenden Schüler. „Kennt ihr eigentlich Jenny Peters?", fragte Mira ihre Freundinnen, „die müsste in unserer Parallelklasse sein." „Ach die doofe Kuh, die ist bei mir in der Informatik-AG. Die geht echt gar nicht. Reitet die etwa auch? Sag nicht, die hat ihr Pferd bei euch am Stall?" Nicole konnte die Erregung in ihrer Stimme nicht unterdrücken. „Leider doch", erwiderte Mira, „die hat sich vielleicht gestern 'ne Schote geleistet in der Springstunde - das muss ich euch erzählen." Sie berichtete ihren Freundinnen von Jennys Aktion in Markus' Stunde, und Laura und Nicole waren sich einig darin, dass Jenny total bescheuert sein musste. „Das arme Pferd", sagte Laura mitfühlend. „Ja, Colorado kann einem echt leid tun", bestätigte Mira. Nicole hatte mit halbem Ohr zugehört und wechselte nun das Thema: „Mal was anderes: Habt ihr heute Abend schon was vor? Wenn nicht, können wir uns bei mir treffen, ich habe sturmfrei." „Super Plan", fand Mira, und auch Laura fand die Idee gut. „Wir können Pizza machen, wir haben noch genug Zutaten im Haus", überlegte Nicole. „Klingt echt gut, da ist der Abend ja schon gerettet", sagte Laura. Die große Pause war zu Ende, und die Freundinnen schlenderten ins Schulgebäude zurück.

Als Mira nach Hause kam, fand sie einen Zettel von ihrer Mutter vor. Darauf stand:

Hallo Ihr Lieben, habe es heute leider nicht geschafft zu kochen. Sehen uns später,
ganz liebe Grüsse von Mama

Mira warf ihren Rucksack in die Ecke und öffnete die Kühlschranktür, um nach etwas Essbarem zu stöbern. Da sie nichts fand, das man schnell hätte erwärmen können, machte sie sich zwei Butterbrote und beschloss, direkt zum Stall zu fahren, da um diese Zeit in der Halle noch nicht so viel los sein würde. Um 16 Uhr fingen die Reitstunden bei Ulrike an, und donnerstags ritten in ihren Stunden ausschließlich Kinder in Marens Alter, so dass Mira nicht besonders scharf darauf war, mit ihnen die Halle zu teilen. Sie schlang ihre Butterbrote herunter und war froh, dass ihre Mutter sie jetzt nicht sehen konnte. Schnell essen war ungesund, das wusste Mira. Aber noch hatte sie kein Magengeschwür und das, so dachte sie, würde sie eher bekommen, wenn sie gleich am Stall von zehn lärmenden Kindern umgeben wäre. Der Gedanke daran trieb sie zur Eile. Sie holte ihr Fahrrad aus der Garage und fuhr los.

Dieses Mal hatte sie dickere Handschuhe angezogen, und ihre Finger waren noch nicht ganz eingefroren, als sie den Stall erreichte. Ein Blick in die Reithalle verriet ihr, dass dort noch nicht viel los war. Sie holte Anton von der Winterweide und putzte ihn nur schnell über. Als sie in die Halle kam, war sie allein. Sie genoss es, niemandem ausweichen zu müssen, und ritt alle Hufschlagfiguren, die ihr einfielen. Anton schien ein wenig Muskelkater von der Springstunde zu haben, lief aber ansonsten ganz passabel. Nach kurzem Überlegen hatte Mira sich dazu entschlossen, die Dreieckszügel wie gewohnt dran zu machen. Gleichzeitig fasste sie den Entschluss, dass sie Ulrike am nächsten Tag darum bitten würde, unter ihrer Aufsicht mal wieder den Versuch starten zu dürfen, ohne die Hilfszügel zu reiten.

Als Mira Anton zurück auf die Winterweide brachte, kamen ihr die ersten Kinder entgegen. Obwohl es nur drei waren, ging Mira der Lärm, den sie machten, bereits auf die Nerven. Sie war froh, dass sie schon fertig war und nun nach Hause fahren konnte. Auf dem Weg zum Fahrradständer traf sie auf Sarah. „Was machst du denn um diese Zeit am Stall? Du willst doch wohl nicht in der Kinderstunde mit reiten?", fragte Mira sie erstaunt. „Nee, ich gehe heute mit Lukas eine Runde spazieren. Habe heute früher Feierabend machen können und wollte eigentlich ausreiten, aber bei den Temperaturen friert man ja auf dem Pferd fest. Außerdem hatte ich einen stressigen Tag im Büro, da tut ein bisschen Bewegung gut." „Hätte ich das gewusst, wäre ich mit Anton mitgekommen. Hast du die Story mit Jenny inzwischen gehört?"

„Ja, Markus hat uns gestern noch erzählt, was da los war. Die hat doch einen an der Waffel. Bin mal gespannt, was für einen Reitlehrer die sich jetzt anlacht. Ich bin fest davon überzeugt, dass es keinen Reitlehrer gibt, der es ihr recht machen kann. Mir tut nur das Pferd leid. Colorado ist so ein netter Kerl. - Was hältst du von einem Ausritt am Samstag? Der Boden ist zwar noch gefroren, aber für eine Schrittrunde müsste es reichen. Wir können uns ja dick einpacken." „Gerne", erwiderte Mira. Sie verabredeten sich für zehn Uhr und verabschiedeten sich anschließend. Sarah entschwand in Richtung Stall, und Mira trat die Rückfahrt an. Jetzt würde sie noch schnell ihre Hausaufgaben machen und dann zu Nicole radeln. „Gut, dass der Weg dorthin etwas kürzer ist als der zum Stall", dachte Mira und trat in die Pedale.

„Svenja wird nächste Woche Samstag achtzehn und schmeißt 'ne dicke Party. Kommt ihr mit? Sie sagt, jeder könnte kommen." Nicole schaute ihre Freundinnen erwartungsvoll an. „Wirklich jeder?", fragte Laura irritiert, „sie kennt uns ja kaum." „Glaub mir, sie freut sich über jeden, der kommt", erwiderte Nicole und rollte den Pizzateig aus. Svenja spielte mir ihr Handball, und Mira und Laura kannten sie flüchtig. „Warum nicht? Ich hätte schon Lust", überlegte Mira laut und hatte damit Laura überzeugt. „Gut, wenn du mitkommst, gehe ich auch. Ansonsten hätte ich schon ein komisches Gefühl. Nachher sind doch nur Leute da, die ich nicht kenne, und ich steh da dumm rum." „Ach Quatsch", versuchte Nicole ihre Freundin zu beruhigen, „die Mädels aus meiner Handballmannschaft siehst du ja auch nicht zum ersten Mal. Wir drei rocken die Party! Wird bestimmt lustig." Mira speicherte sich das Datum in ihr Handy ein. Sie belegten die Pizza mit allem, was der Kühlschrank hergab, und vertrieben sich die Zeit des Wartens damit, Karten zu spielen. Mira hasste Kartenspiele, spielte aber ihren Freundinnen zuliebe ab und zu mit, wenn es sich nicht vermeiden ließ. Nach einiger Zeit verströmte der Backofen den Geruch leckerer Pizza. „Ich glaube, sie ist fertig", triumphierte Mira und legte die Karten eilig beiseite. Sie machten sich über die Pizza her und waren sich einig, dass sie lange schon nicht mehr so eine leckere Pizza gegessen hatten. „Klar, schließlich haben wir die ja auch gebacken", grinste Nicole. „Morgen Nachmittag fällt das Handballtraining aus", fügte sie hinzu. „Ich war ja schon ganz lange nicht mehr am Stall. Ich glaube, ich habe dir erst einmal beim Reiten zugeguckt, seit du Anton hast. Das ist die Gelegenheit, dass ich mal wieder vorbeikommen kann. Du hast doch morgen Unterricht, oder?" „Ja", antwortete Mira verhalten, „aber im Stübchen ist der Ofen ausgefallen, dort ist es saukalt. Und spektakulär ist meine Reitstunde bei Ulrike auch nicht. Ich schätze, du würdest dich langweilen. Komm doch lieber mal zum Springen, wenn Markus unterrichtet. Das ist bestimmt interessanter zum Zuschauen." „Aber mittwochs habe ich doch überhaupt keine Zeit", gab Nicole zu bedenken, „wann fällt denn schon mal das Handballtraining aus?! So gut wie nie, weißt du doch. Mach dir mal um mich keine Sorgen. Ich pack mich dick ein und langweile mich nicht, wenn ich mir das mal einmal im Jahr anschaue." „Oh, dann komme ich auch, dann kann ich Anton mal wieder knuddeln", warf Laura ein. „Du kannst ihn auch nach der Stunde trockenreiten, wenn du willst", sagte Mira. „Auf keinen Fall", entschied Laura, „Du weißt doch, dass ich nicht reiten will."

„Könnte ja sein, dass du deine Meinung mal änderst…" Mira überlegte, ob sie sich darüber freuen sollte, dass ihre Freundinnen ihr beim Reiten zugucken wollten. Eigentlich war es ja wirklich klasse, dass sie Interesse hatten an dem, was sie so machte. Aber sie wollte doch in dieser Reitstunde endlich einmal wieder ohne Dreieckszügel reiten. Hoffentlich blamierte sie sich dann nicht vor Nicole und Laura. Schließlich konnte auch ein Laie sehen, ob ein Pferd sich verspannt bewegte. Egal, dachte Mira, hier saßen schließlich ihre besten Freundinnen, die sie seit Jahren kannten. Vor ihnen musste sie sich doch eigentlich nicht schämen, entschied sie. Dann fiel ihr ein, dass sie Markus noch anrufen wollte wegen der Springstunden. „Ich muss mal eben telefonieren, bin gleich wieder da", erklärte sie und trat einen Schritt auf die Terrasse. Es war bitterkalt draußen, aber Mira hoffte, sich dort trotzdem besser konzentrieren zu können. Sie hatte leichtes

Herzklopfen, als sie Markus' Nummer wählte, denn sie hatte ihren Reitlehrer noch nie angerufen. Es tutete nur einmal, dann war Markus bereits am Telefon. Mira brachte ihr Anliegen vor, und zu ihrer großen Freude war Markus einverstanden damit, dass sie zu Sarah und Denise in die Stunde wechselte. Er wies Mira zwar darauf hin, dass die anderen beiden ein bisschen höher sprangen als sie, aber er könne die Sprünge ja für Anton etwas niedriger machen... Als Mira wieder ins Haus trat, zitterte sie vor Kälte. Trotzdem war sie in bester Stimmung und freute sich bereits auf die nächste Springstunde. Das musste sie Sarah am Samstag unbedingt erzählen! Miras gute Laune hielt so lange an, bis sie ein paar Stunden später in ihr Bett fiel und tief und fest einschlief.

3

Ihr Wecker riss sie unsanft aus ihren Träumen. Er klingelte mehrmals, bis Mira endlich reagierte und sich schwerfällig aufsetzte. Die Nacht war definitiv zu kurz gewesen. Der Gedanke daran, dass heute Freitag war, konnte sie auch nicht wirklich beleben. In der Schule erwartete sie eine Doppelstunde Physik.

Als sie nach sechs Stunden Schule wieder zu Hause war, war Mira noch müder als am Morgen. Physik war schon hart an der Grenze gewesen, aber dass sie direkt danach mit Mathe gequält worden war, hatte ihr den Rest gegeben. Ihre Laune war auf einem Tiefstpunkt. In der Küche wurde sie von ihrer viel zu fröhlichen Mutter erwartet. „Mira, schön, dass du schon da bist. Euer Bus war scheinbar super pünktlich. Wie war's in der Schule? Hast du Hunger? Setz dich schon mal, Maren müsste jeden Moment hier sein. Es gibt Nudelauflauf." Miras Stimmung hellte sich ein wenig auf. Nudelauflauf gehörte in die Reihe ihrer Lieblingsgerichte. Jetzt konnte sie den leckeren Geruch, der sich im Haus breit gemacht hatte, auch zuordnen. Ihr Magen knurrte, und sie hoffte, dass Maren innerhalb der nächsten Sekunden eintreffen würde. „Schule war nicht so prickelnd. Freitag eben. Mathe und Physik an einem Tag ist zuviel für mich", stöhnte Mira und merkte, dass der Gedanke an die Reitstunde bei Ulrike ihre Stimmung noch verschlechterte. Ihre Mutter trällerte fröhlich: „Ich habe heute frei, alle meine Kunden haben abgesagt - als ob die sich abgesprochen hätten. Da könnte ich heute ja mal die Gelegenheit nutzen und dir endlich mal wieder beim Reiten zugucken, das habe ich schon so lange nicht mehr gemacht." „Oh nein, nicht du auch noch", stöhnte Mira. „Wieso auch noch"? Wer hat sich denn noch angesagt?" Miras Mutter hob fragend die Augenbrauen. „Nicole und Laura wollen heute auch zugucken kommen. Das sind schon mehr als genug Leute, die dann an der Bande stehen und glotzen. Sei mir nicht böse, aber das ist mir echt zu doof, wenn du dich da auch noch hinstellst. Das sieht ja so aus, als hätte ich meinen Fanclub anreisen lassen. Nee, bleib lieber zu Hause und genieß deinen freien Tag", sagte Mira leicht genervt. Ihre Mutter ließ sich ihre gute Laune nicht verderben: „Kein Problem, dann feuere ich eben Maren beim Schwimmen an. Das wollte ich auch schon lange mal wieder gemacht haben." Mira nickte erleichtert. In diesem Moment kam Maren auch endlich hereingeplatzt, und Mira stürzte sich auf den Nudelauflauf.

Nach dem Essen verschwand sie direkt in ihr Zimmer. Was für ein Glück dass am nächsten Tag Samstag war, da musste sie wenigstens nicht gleich ihre Hausaufgaben machen. Sie legte sich aufs Bett und starrte an die Decke. Obwohl sie sich fest vornahm, nicht einzuschlafen, war sie innerhalb von wenigen Minuten im Land der Träume. Als sie aufwachte, war es halb vier. Mira bekam einen Schreck und zog sich schnell ihre Reitsachen an. Wenn sie direkt losfuhr, würde sie es noch zur Reitstunde schaffen. Wenigstens war sie nun ein bisschen wacher als noch vor zwei Stunden. Das Haus war inzwischen leer, und im Hinausgehen stolperte sie über eine Nachricht ihrer Mutter, die ihr mitteilte, dass sie mit Maren beim Schwimmen war. „Dort wäre ich jetzt auch lieber", dachte Mira, und der Gedanke überraschte sie selbst. Dabei machte sie sich doch gar nicht viel aus Wasser und ging höchst selten ins Schwimmbad. Dass sie gerade jetzt Lust darauf verspürte, dorthin zu gehen, war wirklich höchst seltsam, fand sie. Sie zerknüllte den Zettel und warf ihn ins Altpapier. Obwohl es mindestens drei Grad wärmer war als an den vorangegangenen Tagen, war es noch ungemütlicher draußen. Es regnete, und der Wind blies die Tropfen fast waagerecht in Miras Gesicht, während sie sich mit dem Fahrrad zum Stall vorarbeitete. „Was für ein beschissener Tag", dachte Mira.

Anton erwartete seine Besitzerin schlammverkrustet in seiner Paddockbox. Nach einer halben Stunde mit vollem Körpereinsatz gelang es Mira zwar, die Originalfarbe ihres Haflingers wieder zum Vorschein zu bringen, aber von „sauber" konnte keine Rede sein. Mira beschloss, die schöne hellblaue Schabracke aufzulegen, um von ihrem dreckigen Pferd abzulenken. Als sie mit Anton die Reithalle betrat, waren ihre Mitreiterinnen schon da. An der Bande erblickte sie Laura und Nicole, die angeregt quatschend dem Treiben zusahen. Mira begrüsste ihre Freundinnen: „Hey, seid ihr schon lange hier? Ich hoffe, ihr habt warme Klamotten angezogen." „Mach dir um uns mal keine Sorgen", sagte Laura fröhlich. „Und nach deiner Stunde können wir noch heißen Kakao trinken und ein

Stück Kuchen essen, ich habe alles dabei." Sie streckte Mira ihren Rucksack entgegen. „Was für ein Luxus", grinste Mira, „ihr dürft öfter kommen." In diesem Moment traf Ulrike ein, und Mira wusste, dass sie jetzt ihren Vorstoß wagen musste, wenn sie irgendwann mal von ihren Dreieckszügeln loskommen wollte. Sie steuerte direkt auf ihre Reitlehrerin zu. „Ich wollte fragen, ob ich heute mal wieder probieren darf, Anton ohne Dreieckszügel zu reiten. Falls es gar nicht geht, können wir sie ja nachher wieder dran machen, ich habe sie da vorne auf die Bande gelegt." Mira konnte Ulrike ansehen, dass sie nicht ganz so begeistert von der Idee war. „Mach doch", Ulrike zuckte die Schultern, „mehr als schief gehen kann es nicht." Sie drehte sich um und half einer von Miras Mitreiterinnen beim Nachgurten.

Mit gemischten Gefühlen nahm Mira die Zügel auf. Als sie am Spiegel vorbei ritt, warf sie einen Blick hinein. Sie sah ein manierlich sitzendes Mädchen auf einem Haflinger, der zufrieden und entspannt daherlief, aber scheinbar gar nicht daran dachte, seinen kräftigen Hals ein wenig zu runden. Schon hörte Mira Ulrike rufen: „Jetzt musst du reiten, Mira, sonst wird das nichts. Treiben, Hand dran lassen. Noch mehr vorwärts. Nicht so zaghaft." Inzwischen waren alle Reiterinnen angetrabt und Mira versuchte im Trab ihr Glück. Anton spulte sein Programm ab und schien keine Ahnung zu haben, was Mira von ihm wollte. Plötzlich fing Ulrike an, sie mit Sitzkorrekturen zu überhäufen: „Mira, lass den Absatz tief. Mehr aufrichten, Kopf hoch. Stell die Hände hin." Mira verstand die Welt nicht mehr. Sah Ulrike denn nicht, dass Anton das Problem war? Sie hatte sonst auch nie viele Sitzkorrekturen erhalten, und schließlich war sie doch in den Reiterwettbewerben mit guten Noten platziert worden. Was hatte Ulrike bloß plötzlich an ihrem Sitz auszusetzen? Irritiert warf Mira noch einmal einen Blick in den Spiegel und erschrak. Sie saß im Sattel wie ein Schluck Wasser in der Kurve. Kein Wunder, dass Anton nicht im Traum daran dachte, seine Haltung zu verändern, wenn sie so auf seinem Rücken hing. Während Mira sich mühte, ihren Sitz wieder zurechtzurücken, hörte sie erneut Ulrikes Korrekturen, die dieses Mal bereits ungeduldig klangen. „Mira, du musst mehr reiten. Treiben, treiben, treiben. Und gegenhalten. Sonst gibt der nie nach." In Mira machte sich langsam aber sicher Frust breit. Mit aller Kraft trieb sie ihren Haflinger vorwärts und hielt so gut sie konnte mit der Hand gegen. Statt des gewünschten Effekts spürte sie, wie sich Anton immer mehr unter ihr verspannte. Sie kämpfte mit den

Tränen. Das konnte doch wohl nicht der richtige Weg sein, oder? Das schlechte Gewissen Anton gegenüber paarte sich mit Wut auf ihre Reitlehrerin und auf ihr Pferd. Warum konnte er auch nicht einfach endlich nachgeben? Dann würde sie ja auch sofort aufhören, ihn zu drangsalieren. Und Ulrike hatte doch sicher Ahnung vom Reiten. Schließlich unterrichtete sie doch jeden Tag etliche Reiter und Pferde. Konnte sie ihr denn gar nicht helfen?

Mira sehnte das Ende der Stunde herbei. Schweißperlen liefen ihre Stirn herunter und tropften von ihrem Gesicht. Hoffentlich würde jetzt niemand denken, dass sie heulte, dachte sie. Auch Anton schnaufte ziemlich unter ihr, und als sie erneut am Spiegel vorbei ritt, sah sie, dass er die Augen verdrehte. Das hatte sie noch nie gesehen bei ihrem Pferd. Ihr wurde es unheimlich zumute. Kurz vor Ende der Stunde wünschte sie nichts sehnlicher, als beim nächsten Mal wieder ihre Dreieckszügel dran machen zu dürfen. Dann würde sie Anton mit der Hand in Ruhe lassen können, und er würde deutlich zufriedener gehen als in dieser furchtbaren Stunde. Mira war fix und fertig. Ihre Freundinnen am Rand hatte sie fast vergessen. Warum waren sie auch ausgerechnet heute hier, als einfach gar nichts geklappt hatte? Sie hätte sich am liebsten ein Loch gebuddelt und wäre für eine Weile darin verschwunden. Als sie mit Anton die Halle verlassen wollte, musste sie an Ulrike vorbei. Mira konnte ihr nicht in die Augen sehen. Sie hörte Ulrike leicht vorwurfsvoll sagen:

„Nächstes Mal machen wir die Dreieckszügel wieder dran. Bringt ja nichts. Wenn er ein paar Wochen weiter so läuft wie heute, kannst du ihn bald in Rente schicken wegen Rückenproblemen. Er ist eigentlich viel zu stark für dich. Du müsstest mal ein paar Stunden im Fitnessstudio verbringen, mit den Ärmchen kannst du bei seinem dicken Hals doch gar nichts ausrichten". Mira wollte all das nicht mehr hören und rief ihren Freundinnen zu, dass sie schon mal ins Reiterstübchen gehen sollten und dass sie gleich nachkommen würde. Sie brauchte die paar Minuten allein. Als sie Anton abgesattelt hatte, rollten ihr die Tränen nur so über das Gesicht und sie vergrub ihre Wange in Antons Fell. „Gut, dass die anderen Mädels, die mit mir in der Stunde reiten, ihre Pferde im benachbarten Stalltrakt stehen haben", schoss es Mira durch den Kopf. Sie hätte es nicht ertragen, wenn sie sie alle heulend hier vorgefunden hätten. Anton stand seelenruhig da und fand die Aussicht auf sein Abendessen wesentlich spannender als seine aufgelöste Besitzerin.

Mira begab sich nur langsam auf den Weg ins Reiterstübchen. Obwohl sie es süss fand von ihren Freundinnen, sie hier zu besuchen, fiel es ihr schwer, ihnen gegenüberzutreten. Sie waren wahrscheinlich bester Laune und würden gar nicht verstehen können, was in Mira vorging. Sie fühlte sich als absolute Versagerin. Und nun lauerte auch noch die Gefahr, dass sie für ihre Freundinnen zur Spaß-bremse werden würde. Als sie die Tür zum Reiterstübchen öffnete, gab es drin-nen immerhin eine freudige Überraschung: Jemand hatte den Ofen repariert und Mira strömte warme Luft entgegen. Sie ließ sich auf einen Stuhl fallen.

„Du siehst aber ganz schön geschafft aus", bemerkte Laura, der Miras Gemüts-lage natürlich nicht entging. „Du siehst jedenfalls nicht aus wie jemand, der sich gerade mit seinem absoluten Lieblings- Hobby beschäftigt hat. Früher hast du beim Reiten doch immer richtig gestrahlt. Da konnte man dir ansehen, dass das größte Glück der Erde auf dem Rücken der Pferde liegt. Was ist denn los? Rei-test du überhaupt noch gerne?" Mira war erstaunt über diese Frage und musste eine Sekunde darüber nachdenken, ehe sie antworten konnte. „Natürlich reite ich noch gerne", sagte sie. „Die Antwort kam aber ganz schön verzögert", bemerk-te Nicole. „Es ist nur so, dass mir die Stunden bei Ulrike keinen Spaß mehr ma-chen. Ich komme einfach nicht weiter. Und Anton auch nicht. Er lief heute ein-fach total beschissen", klagte Mira. „Na ja, zugegeben: Wirklich entspannt saht ihr beide nicht aus", überlegte Laura. „Aber er war doch lieb, ist nicht durchge-gangen und hat dich auch nicht abgeworfen. Außerdem konntest du ihn lenken, beschleunigen und bremsen. Wo liegt denn genau das Problem? Ich wünschte, ich könnte so reiten wie du." „Wünsch dir das lieber nicht, da gibt's bessere Vor-bilder. Außerdem hast du ja aufgehört mit dem Reiten. Wärst du damals dabei geblieben, könntest du es bestimmt inzwischen viel besser als ich", sagte Mira.

Die Mädchen schnitten den Kuchen an, und während sie aßen, herrschte für einen Moment Stille. Dann fragte Nicole: „Also Mira, jetzt mal für Doo-fe, erklär' mir mal, wie das dann konkret aussehen soll beim Reiten. Ich habe ja schon mitbekommen, dass das Pferd in einer bestimmten Haltung laufen soll. Aber wie denn genau? Und wozu ist das gut? Warum dürfen die nicht so laufen, wie es ihnen gefällt?" Mira war überrascht, dass es Nicole interes-sierte, worauf es beim Reiten ankam. Andererseits bemerkte sie erschrocken, dass sie es noch nie wirklich hinterfragt hatte, warum ein Pferd überhaupt „durchs Genick" laufen sollte. Seit sie mit dem Reiten begonnen hatte, war ihr eingetrichtert worden, dass das elementar wichtig war. Und sie hatte mal irgendwo gelesen, dass das gesund war, wenn Pferde „in Dehnungshaltung" liefen. Aber wirklich hinterfragt hatte sie das noch nie. Vielleicht hatte sie auch insgeheim schon die Hoffnung aufgegeben, dieses Ziel mit Anton jemals zu erreichen. Trotzdem verzweifelte sie schon länger daran, dass es in diesem Punkt keine Fortschritte zu verzeichnen gab. Es war in der Reiterwelt ja ein ungeschriebenes Gesetz, dass man erst dann ein guter Reiter war, wenn man das Pferd dazu bringen konnte, den Hals zu runden. Und es war angesehener, ein Pferd mit Hilfszügeln oder harter Hand zu reiten, als es in seiner natürlichen Haltung zu belassen. Reiter waren schon komisch, dachte Mira. Vor ihrer Freundin wollte sie aber nicht ganz so ahnungslos dastehen und versuchte Nicole zu erklären, wie ein gut gerittenes Pferd auszusehen hat. Sie fügte hinzu, dass das gesünder für das Pferd war, in so einer Haltung zu laufen. Ob sie dabei überzeugend klang, wusste sie nicht. Sie saß mit dem Rücken zum Fenster der Reithalle, in der sich inzwischen nicht mehr Ulrike mit ihren Reitschülerinnen befand, sondern eine einzelne Reiterin, die dort ihre Schimmelstute ritt. Während Mira Nicole noch in die Maßstäbe der Reiterwelt einweihte, hörte diese zwar noch zu, guckte aber an Mira vorbei gebannt auf Pferd und Reiterin. Nachdem Mira geendet hatte, fragte Nicole: „Müsste das Pferd sich dann in etwa so bewegen wie das da?" Mira drehte sich um. In der Halle drehte Denise ihre Runden. Mira hatte sie seit Monaten nicht reiten sehen und starrte sie ebenso fasziniert an wie Nicole. Was sich ihnen dort bot, war ein Bild von nahezu perfekter Harmonie zwischen Denise und ihrer Stute. Sie bewegten sich in völligem Einklang miteinander, und Mira schien es, als hätte sie noch nie in ihrem Leben eine Reiterin gesehen, die dabei so korrekt und ästhetisch auf dem Pferd saß wie Denise. Mira war erstaunt darüber, dass ihr bisher nie aufgefallen war, wie außergewöhnlich gut Denise ritt. „Ja", schwärmte Mira und merkte, wie das Gefühl von Neid sich in ihr breit machte, „genauso müsste das aussehen. Wow." „Aber die sieht auch nicht aus, als würde sie ihr Pferd mit Kraft dirigieren", bemerkte Laura nachdenklich, „das ist doch eine halbe Portion da im Sattel. Die kann doch gar nichts über Körperkraft erreichen. Geht ja dann scheinbar doch auch irgendwie anders. Nimmt die denn auch Unterricht bei Ulrike?" „Weiß ich gar nicht", antwortete Mira.

„Ich glaube nicht." Sie nahm sich vor, Denise bei nächster Gelegenheit zu fragen, bei wem sie Unterricht nahm. Das Bild von ihr und der Schimmelstute ließ Mira den gesamten restlichen Abend nicht mehr los. Die Stute war kein außergewöhnlich schönes Pferd und war Mira noch nie vorher in irgendeiner Weise positiv aufgefallen, aber unter ihrer Reiterin hatte sie an diesem Tag unheimlich viel Ausstrahlung gehabt... Mira wünschte sich plötzlich nichts sehnlicher, als so reiten zu können wie Denise. Hoffentlich lag es nicht doch hauptsächlich am Pferd, überlegte sie dann. Vielleicht konnte man einen Haflinger wie Anton gar nicht so fein reiten wie einen Warmblüter. Sie wollte das nicht glauben. Ihr Anton war doch ein intelligentes Pferd und lernte schnell. Wenn sie ihm nur richtig zeigen würde, was er machen sollte, würde er das bestimmt tun.

Nachdem die drei Freundinnen den heißen Kakao geleert hatten, machten sie sich auf den Heimweg. Auf dem Weg nach Hause redeten sie nicht viel. Mira nahm sich vor, sich ein gutes Buch über das Reiten zu besorgen. Aber um „gutes Reiten" sollte es gehen, soviel war klar. Nicht um „irgendwie reiten". Bücher über das Reiten allgemein hatte sie genug.

Zu Hause angekommen, setzte sich Mira an den Computer und schaute im Internet nach, was für Bücher es zu diesem Thema gab. Sie wählte eins mit einem sehr viel versprechenden Titel aus und bestellte es. Ihre Mutter würde hoffentlich nichts dagegen haben...

 4

„Mama, ich habe gestern im Internet ein Buch bestellt. Die schicken das per Nachnahme." Miras Mutter zwinkerte ihr über den Frühstückstisch hinweg zu: „Wurde ja auch Zeit, dass du mal wieder ein gutes Buch liest. Wenn es ein ordentliches Buch ist, bezahle ich es. Sonst zahlst du", scherzte sie und biss in ihr Schokocroissant. „Was ist es denn für ein Buch?", fragte sie schließlich sichtlich neugierig und warf ihrer Tochter über den Tisch hinweg einen fragenden Blick zu. „Ach", sagte Mira gedehnt, „ich weiß nicht, ob es gut ist. Ist ein Fachbuch. Übers Reiten natürlich." „Warum überrascht uns das jetzt wohl nicht?", kicherte Maren und sah ihre Schwester herausfordernd an. Mira reagierte nicht „Vielleicht steht da was Schlaues drin. Ich brauche noch mal ein paar Tipps, damit ich mit Anton weiterkomme", erklärte sie beiläufig. Meistens war Mira froh darüber, dass ihre Mutter und ihre Schwester nichts vom Reiten verstanden. Sie wusste, dass Eltern, die ihren Kindern diesbezüglich ständig schlaue Ratschläge gaben, oft sehr anstrengend waren. Ihre Mutter mischte sich nur ein, wenn es unbedingt nötig war, und unterstützte das Hobby ihrer Tochter sonst lediglich so gut sie konnte. Während Mira gedankenverloren in ihr Brötchen biss, kam ihr die Idee, dass sie ja Tante Gabi mal wegen ihres reiterlichen Problems anrufen konnte. Ihre Tante hatte zwar selbst nie Unterricht genossen, aber sie verfügte über ein gutes Bauchgefühl, was das Reiten anging. Und Anton kannte sie nun mal so gut wie kein anderer. Vielleicht hatte sie ja einen guten Tipp auf Lager. Aber jetzt, so beschloss Mira, würde sie sich über das Dressurreiten ausnahmsweise keine Gedanken machen und den Ausritt mit Sarah und Lukas genießen. Sie freute sich auf die Abwechslung, die ein Ausritt mit Sarah bot. Dann konnte sie ihr auch gleich erzählen, dass sie von nun an wieder mit ihr in einer Springstunde sein würde.

Mira stellte ihren Teller in die Spülmaschine und verabschiedete sich. Die Fahrt zum Stall kam ihr dieses Mal gar nicht so furchtbar vor, denn es war zwar sehr kalt, aber windstill und sonnig. Ein wunderschöner Wintertag, fand sie. Sie trat kräftig in die Pedale und war etwas zu früh am Stall. Als sie ihr Fahrrad abstellte, hörte sie lautes Geschrei aus der Reithalle. Die Männerstimme, die bis zu den Fahrradständern durchdrang, kam ihr bekannt vor, aber sie konnte sie nicht gleich zuordnen. Irgendjemand schrie dort Anweisungen mit einer Lautstärke und in einem Tonfall, der Mira einen Schauer über den Rükken jagte. Sie musste wissen, was dort los war, soviel stand fest. Ein Blick über die Hallenbande genügte und aus Miras Schaudern wurde eine waschechte Gänsehaut. In der Halle stand ein kompletter Parcours mit mindestens acht Hindernissen. Die Sprünge waren so hoch, dass Mira sich fragte, ob sie selbst wohl diese Höhe für alles Geld dieser Welt mit einem guten Springpferd gesprungen hätte. Sie wusste es nicht. Die laute Stimme gehörte Herrn Peters, der seiner Tochter Jenny pausenlos irgendwelche Anweisungen zurief. Jenny galoppierte mit Colorado zwischen den Sprüngen umher und war offensichtlich dabei, ihr Pferd abzureiten. Nur wenig Phantasie war nötig um zu erahnen, was sie vorhatten. Wahrscheinlich hatten sie keinen Springreitlehrer aufgetrieben, der Jenny unterrichten wollte, und sich aus diesem Grund entschlossen, Colorados Springausbildung in Eigenregie voranzutreiben. Mira konnte und wollte sich nicht weiter ansehen, was hier ablief. Schnell drehte sie sich um und lief in den Stall. „Diese Tierquäler", schoss es ihr durch den Kopf, als sie Anton aus seiner Box holte. Während Mira aufgebracht anfing, ihr Pferd zu putzen, betrat Sarah den Stall. Mira hatte sie nicht kommen hören und erschrak, als sie plötzlich vor ihr stand. „Hey, träumst du noch?" fragte Sarah und lachte. „Nein, ich bin mit meinen Gedanken noch in der Reithalle. Hast du einen Blick hinein geworfen? Bis gerade war meine Stimmung garnicht so schlecht." „Lass mich raten", sagte Sarah, „Toni reitet da mit Schlaufzügeln rum und hängt im Sattel wie ein Affe auf dem Schleifstein?!" Toni war einer der Einsteller und ritt alles andere als schön. Allerdings schien es Mira, als ob es ihm schlicht an der Koordination und der nötigen Ruhe mangelte, denn er nahm regelmäßig Unterricht und schien sein Pferd außerdem sehr gerne zu haben. Trotzdem machte es keinen Spaß, ihm beim Reiten zuzusehen. Er saß einfach furchtbar unruhig im Sattel. „Viel schlimmer", rief Mira, „Herr Peters ,trainiert' Jenny und Colorado, und sie haben einen viel zu hohen Parcours aufgebaut." Sarah verschlug es die Sprache. Mira sah ihr an, dass sie damit nicht gerechnet hatte. „Das ist ja schrecklich", brachte sie schließlich hervor, „der gute Mann hat doch vom Reiten überhaupt keine Ahnung. Die machen das Pferd doch völlig kaputt mit solchen Aktionen. Hoffentlich passiert dem armen Colorado nichts." „Kann man da irgendwas gegen tun? Den Tierschutzverein anrufen oder so?", wollte Mira wissen. „Wenn ich einmal mitbekommen sollte, dass sie ihn misshandeln, rufe ich den Tierschutzverein tatsächlich an. Darauf kannst du Gift nehmen! Ich fürchte, solange er die Höhe so brav springt und sie nicht auf ihm rumhauen, haben wie nichts in der Hand", seufzte Sarah. „Tierquälerei hat manchmal sehr fließende Grenzen", fügte sie resigniert hinzu.

Als sie vom Hof ritten, herrschte minutenlang bedrückende Stille. Beide Reiterinnen hingen ihren Gedanken nach und Mira war sauer darüber, dass die blöde Jenny und ihr genauso bescheuerter Vater ihnen den Ausritt verdorben hatten. Doch je weiter die beiden vom Hof entfernt waren, desto besser wurde ihre Stimmung. „Weißt du schon, dass ich zu Denise und dir in die Springstunde komme?", fragte Mira. „Nee, echt? Ist ja super. Das ist doch mal eine gute Nachricht." Sarah freute sich. „Lukas wird sich auch freuen, dass Anton wieder mit von der Partie ist. Ich glaube, er hat ihn mittwochs vermisst", grinste sie. „Denise und du, ihr kennt euch gar nicht so gut, oder? Ich denke, ihr kommt bestimmt gut miteinander aus. Denise ist eine ganz unkomplizierte Person." „Eine, die wunderschön reiten kann", ergänzte Mira.

„Weißt du, bei wem sie Unterricht nimmt? Bestimmt nicht bei Ulrike, oder?" Mira konnte sich diesen Zusatz nicht verkneifen. Sarah überlegte kurz: „Das habe ich sie vorletzte Woche auch gefragt, weil ich auch noch nie erlebt habe, dass jemand in so kurzer Zeit solche Fortschritte macht. Denise ist wirklich gut geworden, keine Frage. Sie hat mir den Namen ihrer Reitlehrerin zwar gesagt, aber ich hatte ihn vorher noch nie gehört und habe ihn auch direkt wieder vergessen. Mein Namensgedächtnis ist schrecklich. Frag sie doch einfach selbst, sie erzählt es dir sicher gerne. „Ja, das werde ich", sagte Mira voller Überzeugung. Sarah war eine der wenigen Einstellerinnen, die ebenso wie Denise die im Preis enthaltenen Stunden bei Ulrike nicht nutzte. Sie fuhr mit ihrem Welsh Cob zweimal im Jahr zu Reitkursen, die immer von der gleichen Trainerin abgehalten wurden. Sarah gab viel auf diesen Unterricht, und es war tatsächlich so, dass sie besser ritt als der Durchschnitt der Reiter am Stall. Aber an Denise und ihre reiterlichen Fähigkeiten kam sie nicht heran, dachte Mira. Trotzdem hätte sie gerne so wie Sarah die Möglichkeit gehabt, an Kursen teilzunehmen und dort neue Impulse zu bekommen. Aber die Lehrgänge fanden meistens während der Schulzeit statt, und das war neben dem Lehrgangspreis und der fehlenden Transportmöglichkeit der Grund, weshalb Mira noch nie an einem Reitlehrgang teilgenommen hatte.

Als sie und Sarah zurück auf den Hof kamen, waren Jenny und ihr Vater verschwunden. Mira war darüber sehr froh und nahm sich viel Zeit, Anton zu versorgen. Sie genoss es sehr, mal nicht auf die Uhr schauen zu müssen, denn an diesem Tag hatte sie keinen Termin mehr. Vielleicht würde sie abends noch was mit Laura und Nicole unternehmen, vielleicht aber auch einfach faul zu Hause bleiben und fernsehen. Beides erschien Mira in diesem Moment attraktiv. Die beiden Dinge einfach zu verbinden und Laura und Nicole zu einem Videoabend mit Chips und Popcorn einzuladen, schien ihr die beste Lösung zu sein. Die Idee gefiel ihr von Minute zu Minute besser und sie beschloss, nach Hause zu fahren und ihre Freundinnen anzurufen. Hoffentlich hatten sie noch nichts vor.

„Mama, Laura und Nicole kommen heute Abend zum Videogucken her", rief Mira beiläufig in Richtung Wohnzimmer, wo ihre Mutter gemütlich auf dem Sofa saß. „Ist ja schön, aber du hättest ja auch vorher mal fragen können, was ich von der Idee halte", gab ihre Mutter leicht genervt zurück. „Immerhin kommt heute der letzte Teil der Krimireihe und den wollte ich eigentlich gerne gucken." „Kannst Du doch im Internet anschauen, wo ist das Problem?", antwortete Mira trotzig. „Na wie gemütlich, Krimi gucken im Arbeitszimmer. Du hast ja Vorstellungen." Ihre Mutter verdrehte die Augen. „Wird Zeit, dass wir 'nen Laptop kriegen, dann kann man auch im Bett fernsehen", stellte Mira fest und zog sich auf ihr Zimmer zurück. Sie musste unbedingt noch mal los ein paar Chips kaufen, denn im Haus fand sich nichts, was man beim Fernsehen hätte naschen können. Die einzige Ausnahme boten jede Menge Nussmischungen und irgendwelche Sportlernahrung, die Mira in diesem Fall einfach nur peinlich fand. Aber bevor sie einkaufen ging, wollte sie noch Tante Gabi anrufen. Mira wählte ihre Nummer und war erleichtert, sie direkt am Telefon zu haben. So sehr sie ihren Onkel Gregor schätzte, mit ihm zu telefonieren, fand sie sehr schwierig. Irgendwie entstanden dabei immer so unangenehme Sprechpausen. Mira erklärte ihrer Tante ihre Situation mit Anton und erzählte von den Reitstunden bei Ulrike, die sie einfach nicht weiterbrachten. Tante Gabi hörte ihr geduldig zu, und als Mira geendet hatte, sagte sie: „Ich fürchte, für dieses Problem bin ich die falsche Ansprechpartnerin. Du weißt ja, dass ich immer viel aus dem Bauch heraus entschieden habe beim Reiten. Und da ich Anton ja fast nur im Gelände geritten habe, hatte er auch keine gute Grundlagenschulung in Sachen Dressurarbeit. Aber nach dem, was du mir erzählt hast, glaube ich, dass du mal einen anderen Reitlehrer ausprobieren solltest. Diese Ulrike scheint sich nicht gut in dich und Anton hineinversetzen zu können, und wenn du mit soviel Krafteinsatz reiten sollst, ist sowieso eine gesunde Skepsis angebracht. Du weißt doch, Gewalt fängt da an, wo Wissen aufhört." Diesen Satz hatte Mira von ihrer Tante schon mal gehört, das fiel ihr jetzt wieder ein. Sie hatte ja auch sicher Recht damit. Nur die Sache mit dem anderen Reitlehrer würde schwierig werden. Tante Gabi hakte nach: „Gibt es denn bei euch am Stall Reiter, die richtig gut reiten? Und mit ‚gut' meine ich, dass sie mit Gefühl reiten und mit ihrem Pferd eine Einheit bilden." Mira musste nicht lange nachdenken: „Ja, mindestens eine. Wahrscheinlich auch ein paar mehr, aber eine ganz besonders. Die reitet sooo schön", schwärmte sie. „Dann frag sie doch mal, bei wem sie Unterricht nimmt, vielleicht kannst du dich da anschließen", schlug Tante Gabi vor. „Ja, das würde ich gerne", stimmte Mira zu, „aber die Stunden von Ulrike sind im Pensionspreis mit drin. Wenn ich woanders Unterricht nehme, muss ich das bezahlen. Mama zahlt ja schon die Stunden bei Markus. Die Springstunden will ich auch auf keinen Fall aufgeben, die machen am allermeisten Spaß", sagte Mira. „Du brauchst einen Job", bemerkte Tante Gabi, „dann kannst du dir vielleicht guten Unterricht leisten." An die Möglichkeit hatte Mira auch schon gedacht, aber ihr war noch keine Idee gekommen, was sie tun konnte, um Geld zu verdienen. Ihre Tante schlug vor: „Wenn du nun freitagnachmittags nicht mehr zur Dressurstunde gehst, könntest du doch in dieser Zeit zu uns kommen und auf Lilly aufpassen. Dann könnte ich an diesem Nachmittag ohne Kind im Schlepptau in Ruhe meine Einkäufe machen. Dafür würde ich dir den Unterricht bezahlen, wenn du einen guten Reitlehrer findest." Die Idee fand Mira spitze. So musste sie ihre Mutter nicht anbetteln und verdiente ihr eigenes Geld für die Reitstunde. Mit Lilly würde sie bestimmt fertig werden, sie war ein unkompliziertes Kind. „Abgemacht. Wir können gleich nächste Woche starten. Ich kann um drei bei euch sein." Ihre Tante war einverstanden. Als sie sich wenig später verabschiedeten, konnte Mira es kaum glauben, dass sie nun tatsächlich nach gutem Reitunterricht Ausschau halten konnte.

Mira hatte gerade die Chips in eine große Schüssel geschüttet, als es an der Tür klingelte. Angesichts der frühen Stunde konnte es eigentlich nur Laura sein, denn Nicole kam grundsätzlich immer etwas zu spät. Als sie die Tür öffnete, staunte Mira nicht schlecht: Zusammen mit Nicole und Laura standen dort zwei Jungs, die Mira nur vom Sehen kannte. Soweit sie wusste, gingen sie in die zehnte Klasse. Nicole platzte auch gleich heraus: „Das sind Thorsten und Felix. Ich habe sie einfach mal eingeladen mitzukommen. Du hast ja sicher nichts dagegen." Mira war völlig perplex. Wegschicken konnte sie die Jungs ja nun auch schlecht, obwohl sie sehr wohl etwas dagegen hatte, mit den beiden Typen das Sofa und die Chips zu teilen. Sie hatte sich so auf einen gemütlichen Mädelsabend mit einer guten Komödie gefreut, aber daraus wurde jetzt wohl nichts. Da Nicole den Film mitbringen sollte, hatte sie bestimmt einen Actionfilm ausgesucht, der bei Jungs gut ankam, und auf so etwas hatte Mira überhaupt keine Lust. Warum hatte Nicole sie nicht vorgewarnt, dass sie zwei Typen mitschleppen wollte? Dann hätte Mira ihr im Vorfeld gesagt, dass sie sich unter einem Mädelsabend etwas anderes vorstellte. So vor vollendete Tatsachen gestellt zu werden, fand sie überhaupt nicht okay. Auf Überraschungen dieser Art stand sie einfach nicht. Trotzdem gab sie sich Mühe, die Enttäuschung über den aus ihrer Sicht vermiesten Abend in ihrer Stimme zu verbergen, als sie die vier ins Haus dirigierte. Sie war froh, dass ihre Mutter sich schon ins Arbeitszimmer vor den Computer verzogen hatte, und dachte für einen Moment, dass sie sich einfach irgendwo anders hätten treffen sollen. Bei Nicole zum Beispiel, wenn sie schon unbedingt mit diesen Typen zusammen fernsehen musste. Stattdessen würde sie sich mit zwei Chaoten auf ihrem Sofa einen Film reinziehen müssen, den sie mit Sicherheit nicht sehen wollte. Trotz aller Vorbehalte war Mira nicht auf das gefasst, was Nicole ihr offenbarte:

„Hier, habe ich ausgesucht für heute Abend", sagte sie triumphierend und legte das Video auf den Couchtisch. Statt des erwarteten Actionfilms lag dort eine kitschig anmutende Romanze. Mira war wie gelähmt und starrte auf das Cover der DVD. Sie hatte mit allem gerechnet, aber damit nicht. Das schlug ihrer Meinung nach dem Fass den Boden aus. „Den wollt ihr gucken?", fragte sie ungläubig und schaute erst auf Laura, dann auf Nicole. Laura zuckte unschuldig die Schultern. „Hat Nicole ausgesucht", brachte sie entschuldigend hervor. „Felix hat den schon gesehen, der lief letztens erst im Kino, muss echt gut sein", verteidigte sich Nicole. Felix nickte zustimmend. Mira konnte immer noch nicht glauben, was hier ablief. Woher kannte Nicole denn plötzlich diese Typen so gut, dass sie sie mit zum DVD-Abend schleifte? Konnte sie sich für ihre Annäherungsversuche keinen anderen Ort aussuchen als ihr Wohnzimmer? Und was dachte Laura wohl über die ganze Sache? Ob sie vorher gewusst hatte, dass die zwei Jungs mitkommen sollten? Wenn Nicole auf einen dieser Typen stand, dann hatte sie das bis jetzt jedenfalls gut verheimlicht. Mira fragte sich, wieso. Schließlich erzählten sie sich doch sonst immer alles. Oder zumindest fast alles. Sie kannte Nicole lange genug um zu wissen, welcher der beiden Jungs ihrem Geschmack entsprach. Es konnte nur Felix sein. Er machte einen sehr sportlichen Eindruck, war ziemlich groß, schlank, mit dunklen Haaren und blauen Augen. Keine Frage, er traf Nicoles Geschmack, was das Äußere anging. Als Mira mit den Chips und den Süssigkeiten aus der Küche zurück ins Wohnzimmer kam, fühlte sie sich in ihrer Annahme bestätigt. Laura hatte es sich in einem Sessel bequem gemacht und auf dem Sofa saß Felix zwischen Thorsten und Nicole. Mira schob sich den zweiten Sessel zurecht und legte wortlos die DVD ein. Danach verschanzte sie sich hinter einer Schüssel Chips und wünschte sich insgeheim an einen anderen Ort. Während des Films konnte sie es sich nicht verkneifen, verstohlene Blicke in Richtung Sofa zu werfen. Während Thorsten gebannt auf den Bildschirm starrte, schienen Felix und Nicole den Film nur beiläufig zu verfolgen. Irgendwann landete Felix' Hand wie zufällig auf Nicoles Knie und blieb dort liegen. Mira war froh, dass der Film nicht so schlecht war, wie sie erwartet hatte, denn so musste sie sich nicht ganz so anstrengen, ihre Augen auf den Fernseher zu richten. Trotzdem fand sie es krass, was hier vor sich ging. Nicht, dass Nicole sich verliebt hatte oder ihren Angebeteten mitbrachte, sondern dass sie von alldem bisher nichts mitbekommen hatte. Während Mira immer noch grübelte, woher Nicole die beiden wohl kannte, fiel ihr plötzlich ein, dass sie wahrscheinlich auch in der Informatik-AG waren, die Nicole einmal pro Woche besuchte. Eigentlich konnte es kaum anders sein. Ansonsten hätte sie es doch mitbekommen müssen, dass Nicole die beiden irgendwo kennen gelernt hatte.

Als der Abspann des Films über den Bildschirm flackerte, steckte Maren ihren Kopf zur Tür herein. „Oh, du hast ja Besuch", trällerte sie, und als Mira ihr einen bösen Blick zuwarf, schloss sie die Tür wieder und verschwand. Mira ahnte, dass ihre Schwester nun sofort zu ihrer Mutter laufen und ihr brühwarm erzählen würde, dass in ihrem Wohnzimmer zwei Typen rum saßen, die sie nicht kannte. Normalerweise hätte Mira schon der Gedanke daran wütend gemacht, heute war es ihr fast egal. Wenn ihre Mutter nicht taub war, hatte sie sowieso schon längst mitbekommen, dass mehr als zwei Besucher ins Haus marschiert waren. Es konnte ihr auch egal sein, beschloss Mira. Schließlich hatte sie die Jungs ja nicht eingeladen. Noch bevor die Filmmusik verstummte, verabschiedeten sich Felix und Thorsten mit der Begründung, sie wären noch mit einem Kumpel verabredet. Mira war das nur Recht. Immerhin hatte sie dadurch die Chance, ihre Freundinnen zu fragen, was hier eigentlich vor sich ging. Sie überließ es Nicole, die beiden zur Tür zu begleiten. Thorsten und Felix war es anzusehen, dass sie schwer damit beschäftigt waren, möglichst cool rüber zu kommen. Als sie das Wohnzimmer verließen, fürchtete Mira für einen Moment, dass Felix seine Hose verlieren würde, so tief hing sie ihm zwischen den Knien. Aber sie hielt aus irgendeinem für Mira unverständlichen Grund doch und verabschiedete sich nicht komplett von seinem Hintern.

Sobald Mira und Laura alleine im Zimmer waren, schaltete Mira den Fernseher aus. „Was geht hier eigentlich vor?", zischte Mira ihre Freundin an. Laura nahm sich eine Handvoll Gummibären und hob beschwichtigend die Schultern. „Musst du mich nicht fragen", sagte sie. „Ich wusste auch nicht, dass die beiden mitkommen. Wir haben uns an der Aldi-Kreuzung mit denen getroffen und sind das letzte Stück zusammen gefahren. Nicole hatte sie wohl da hinbestellt." Weiter kam Laura mit ihren Ausführungen nicht, denn Nicole kam zurück ins Wohnzimmer. Mira hatte den Eindruck, dass sie sehr zufrieden mit sich und der Welt war. „Sag mal, warum schleppst du irgendwelche Typen mit zu unserem Mädelsabend? Hättest mich doch wenigstens mal vorwarnen können", sagte Mira unfreundlicher als sie es gewollt hatte. „Das sind ja nicht irgendwelche Typen", antwortete Nicole fröhlich, „die sind bei mir in Informatik. Und beide echt in Ordnung." „Aha. Und dass Felix was von dir will, habe ich bestimmt geträumt, oder?" Mira blickte ihre Freundin herausfordernd an. „Na und? Muss ich darüber Rechenschaft ablegen? Oder bist du neidisch? Stehst du vielleicht auf ihn oder was?" In Nicoles Stimme schwang nun Ungeduld mit. Laura versuchte die beiden zu beschwichtigen: „Nein, keine Angst, keiner will dir in irgendeiner Weise Konkurrenz machen. Wir waren nur gerade überrascht, dass wir verpasst haben, dass du auf Felix stehst. Sonst erzählst du uns doch immer, wenn du ein Auge auf jemanden geworfen hast." „Vielleicht liegt das daran", verteidigte sich Nicole, „dass ich noch gar nicht weiß, ob ich wirklich auf ihn stehe. Er sieht gut aus, soviel steht fest. Aber ich kann mich noch nicht entscheiden, ob ich wirklich was von ihm will." „Aber er steht total auf dich", eiferte sich Mira. „Das sieht ja ein Blinder. Sag nicht, das merkst du nicht." „Das habe ich ja nicht behauptet. Klar merke ich, dass er was von mir will. Aber er muss sich eben ein bisschen gedulden, bis ich mir darüber klar bin, was ich will", sagte Nicole geduldig. „Ich möchte nicht eine von vielen sein. Das Gerücht geht um, dass er auf jeder Party mit 'ner anderen rumknutscht. Darauf habe ich keinen Bock. Also muss ich erst mal rausfinden, was an dem Gerücht dran ist." „Für so einen Scheiß bist du auf jeden Fall zu schade", stellte Laura fest und nahm sich noch eine Hand voll Gummibärchen.

 5

Am Montag im Schulbus war der Platz neben Laura frei. Nicole saß ein paar Reihen hinter ihr auf dem Platz vor Felix und Thorsten und unterhielt sich angeregt mit den Jungs. Sie schien gar nicht zu bemerken, dass Mira den Bus betreten hatte. Mira ließ sich neben Laura auf den freien Platz fallen. „Morgen", sagte sie, „Nicole scheint sich ja gut zu unterhalten. Hat mich gar nicht bemerkt." „Tröste dich, mich auch nicht", entgegnete Laura, „ist aber nicht so schlimm. Das gibt sich wieder. Die Englischarbeit wird sie gleich wieder in die Realität zurückholen, da bin ich mir sicher." Sie grinste. Mira stellte sich vor, wie Nicole beim Austeilen der Arbeitsblätter plötzlich merkte, dass sie sich in der Schule befand und eine Englischarbeit schreiben sollte. „Das ist aber ein harter Wiedereintritt in die Realität", lachte sie. Mira machte sich keine großen Gedanken um die Arbeit. Englisch hatte sie von Anfang an gemocht. Es lag ihr einfach. Bisher hatte sie immer Einsen oder Zweien geschrieben, ohne sich groß dafür anstrengen zu müssen. Dieses Privileg hatte sie leider nicht in allen Fächern, aber in Englisch besaß sie es und genoss, auf diese Weise ohne viel Aufwand gute Noten schreiben zu können.

Als Nicole, Laura und Mira den Klassenraum betraten, war außer ihnen noch niemand da. Laura nutzte die verbleibende Zeit, um sich die Vokabeln der letzten Wochen noch einmal anzugucken, und Nicole hing wortlos ihren Gedanken nach. Mira war froh, dass sie so früh dran waren. Vor den Arbeiten mussten sie immer die Tische auseinander ziehen, damit niemand abschreiben konnte. Normalerweise fand Mira diesen Umstand äußerst nervig, aber heute war das anders. Denn nun waren sie endlich einmal vor allen anderen im Raum und hatten freie Platzwahl. Ohne es begründen zu können, hatte Mira das Gefühl, dass sie sich besser konzentrieren konnte, wenn sie am Fenster saß. Am Fenster und möglichst weit weg vom Pult war aus ihrer Sicht der mit Abstand beste Platz, um eine Arbeit zu schreiben. Also zog sie sich einen Tisch in die letzte Reihe ans Fenster und legte ihre Sachen darauf. Sie beschloss, dass sie keinen Blick mehr in ihre Unterlagen werfen wollte, denn das würde sie höchstens nervös machen. Stattdessen holte sie ein Päckchen Traubenzucker aus ihrer Tasche und schob es in den Mund. Den angeblichen Zitronengeschmack konnte Mira zwar nicht identifizieren, aber sie bildete sich ein, dass der Traubenzucker sie leistungsfähiger machte. Außerdem schmeckte er gar nicht schlecht, fand sie. Wenn auch nicht nach Zitrone.

Noch bevor sie die Arbeitsblätter ausgeteilt bekamen, hatte Mira die gesamte Packung Traubenzucker aufgegessen. Sie fühlte sich topfit und hatte den Eindruck, die Aufgaben der Arbeit mit links lösen zu können. Ob das nun am Traubenzucker lag oder nicht, konnte sie allerdings nicht einordnen. Eigentlich war ihr das auch egal. Die Hauptsache war doch, dass sie eine gute Englischarbeit ablieferte.

Als Mira ein paar Stunden später nach Hause kam, war sie nass bis auf die Haut. Das kurze Stück Fußweg von der Bushaltestelle bis zum Haus hatte dafür bereits ausgereicht. Es regnete in Strömen. Noch während sie zitternd die Haustür aufschloss, überlegte sie, wann sie das letzte Mal so nass gewesen war. Es musste eine ganze Weile her sein. Vielleicht hatte sie dieses Gefühl auch nur erfolgreich verdrängt. Sie zog ihre Schuhe aus und registrierte, dass ihre Socken ebenfalls nasse Abdrücke auf den Fliesen im Flur hinterließen. Am besten würde sie ihre Klamotten direkt in die Waschküche bringen, beschloss sie. Mit der Hand an der Türklinke hielt Mira inne. Im Wohnzimmer konnte sie die Stimme ihrer Mutter hören, die dort telefonierte. Mira wusste nicht warum, aber sie registrierte sofort, dass es in diesem Telefonat um sie ging. Eigentlich fand sie es total kindisch zu lauschen, konnte es andererseits aber auch nicht lassen. Mit dem Ohr an der Tür stand sie da und tropfte einen kleinen See auf den gefliesten Fußboden. „Nein, ganz und gar nicht", hörte sie ihre Mutter sagen. „Doch, da gebe ich Ihnen vollkommen Recht. Ja, ganz bestimmt." Mira hätte zu gerne gewusst, mit wem ihre Mutter sprach. Sie konnte sich keinen Reim darauf machen. Ihre Mutter schien wie fast immer in bester Stimmung zu sein. Mit wem telefonierte sie denn bloß? Mira lauschte noch immer an der Tür: „Aber ja. Da machen Sie sich mal keine Sorgen, erwachsen wird man auch im Stall. - Wünsche Ich Ihnen auch. Auf Wiederhören." Erwachsen wird man auch im Stall?! Was war denn das für eine Aussage? Nun war Mira erst recht neugierig und wollte unbedingt wissen, worum es in diesem Telefonat wohl gegangen war. Um sie auf jeden Fall, soviel hatte sie herausgehört. Als Mira die Pfütze entdeckte, in der sie stand, fiel ihr wieder auf, wie nass sie war. Schnell huschte sie am Wohnzimmer vorbei in die Waschküche und holte sich ein Handtuch. Als sie die Pfütze aufgewischt hatte, stieg ihre Neugierde noch weiter an. Sie beschloss, ihre Mutter vorerst nicht zu fragen, mit wem sie gesprochen hatte. Dann wäre sofort offensichtlich, dass sie gelauscht hatte. Insgeheim hoffte sie aber, dass ihre Mutter ihr auch ungefragt erzählen würde, mit wem und worüber genau sie gesprochen hatte. Mira hängte ihre nassen Sachen über die Badewanne und zog sich einen Trainingsanzug über. Langsam wurde ihr wärmer. Als sie ihre Haare abtrocknete, kam ihre Mutter herein. „Hey Mira, ich habe dich gar nicht kommen hören. Du bist bestimmt klitschnass geworden, oder?", fragte sie. „Das wäre noch untertrieben", stöhnte Mira. „Was für ein Scheißwetter." „Wenn du möchtest, kann ich dich nachher mit dem Auto zum Stall fahren", bot ihre Mutter an. „Bei dem Wetter sagen bestimmt ein oder zwei meiner Kunden ab." Mira nickte dankbar. Heute nicht mehr Fahrrad fahren zu müssen war ein äußerst verlockendes Angebot. „Ach übrigens", fügte ihre Mutter hinzu, „Frau Schreiber hat eben angerufen." Mira horchte auf. Sie kannte nur eine Frau Schreiber, und das war ihre Musiklehrerin. Warum sollte ihre Musiklehrerin ihre Mutter anrufen? So schlecht war sie doch gar nicht in Musik. Und den Unterricht störte sie auch nicht mehr als alle anderen in ihrer Klasse. Für Mira ergab dieser Anruf keinen Sinn. Ihre Mutter bemerkte den ungläubigen Ausdruck in Miras Gesicht und erklärte: „Frau Schreiber wollte dich fragen, ob du nicht Kontrabass lernen möchtest. In der Schulband wird noch ein Kontrabass-Spieler gebraucht. Und da wollte sie wissen, ob du nicht Lust hättest." Mira hielt das Ganze für einen Scherz. Wenn sie jetzt anfangen würde, Kontrabass zu lernen, wäre sie vielleicht reif für die Schulband, wenn sie ihr Abitur hatte. Also viel zu spät. Was also sollte das Ganze? Miras Mutter erklärte: „Frau Schreiber sagte direkt, dass du drei Mal pro Woche zur Probe kommen müsstest, und täglich mehrere Stunden selbständig üben sei Grundvoraussetzung. Sie wollte eigentlich mit dir persönlich sprechen, aber ich habe das direkt abgewürgt. Anton wäre nicht glücklich über die Konkurrenz eines Musikinstruments. Für zwei so zeitaufwändige Dinge hast du einfach keine Zeit." Mira war ihrer Mutter richtig dankbar. Sie hätte Frau Schreiber sicherlich nicht so einfach abwim-

meln können. „Und was meintest du mit „erwachsen wird man auch im Stall?"
fragte Mira und biss sich im nächsten Moment auf die Lippen. Jetzt wusste ihre
Mutter, dass sie gelauscht hatte - sie hatte sich verraten. Ihre Mutter schien das
nicht zu stören, sie fuhr unbekümmert fort: „Deine Lehrerin hat mir von den
persönlichkeitsfördernden Aspekten erzählt, die das Erlernen und Spielen eines
Musikinstrumentes mit sich bringen. Und da wollte ich sie beruhigen, dass die
Tiere einen mindestens genauso positiven Einfluss auf die Entwicklung von Ju-
gendlichen haben. Glaube ich jedenfalls." Mira musste grinsen. Sie konnte sich
lebhaft das Gesicht ihrer Lehrerin vorstellen, wie sie erstaunt in den Hörer blickte und versuchte, sich die persönlichkeitsfördernden Aspekte von Tieren vorzustellen. „Danke, dass du sie abgewimmelt hast", sagte Mira und fühlte sich erleichtert. Sie hätte zwar gerne die Fähigkeit gehabt, ein Instrument zu spielen, aber
das viele Üben schreckte sie ab. Und ein zeitaufwändiges Hobby reichte völlig
aus, da hatte ihre Mutter Recht.

Als Mira nach dem Essen in ihr Zimmer kam, lag ein Päckchen auf ihrem Bett.
Es war das Buch, das Mira im Internet bestellt hatte. Mira riss die Verpackung
auf und hielt das Buch in den Händen. Sie betrachtete das Cover. Es zeigte ein
wunderschönes Foto von einer Reiterin, die mit ihrem Pferd über einen Reitplatz
trabte. Nein, eigentlich trabten sie nicht, sie schwebten. So kam es Mira wenigstens vor. Was für ein schönes Bild, dachte sie. Andächtig klappte sie das Buch
auf und begann zu lesen. Nach einiger Zeit unterbrach sie, um sich von ihrer
Mutter zum Stall fahren zu lassen, und vertiefte sich nach dem Reiten direkt
wieder in ihr Buch, immer auf der Suche nach guten Tipps, wie sie ihr Problem
vielleicht lösen konnte.

An diesem Nachmittag hatte Mira allen Mut zusammengenommen und war
zu Ulrike gegangen, um ihr zu sagen, dass sie nicht mehr an ihrem Unterricht
teilnehmen würde. Vorher hatte sie sich lange überlegt, wie sie das begründen
konnte, ohne Ulrike schwer zu kränken. Lügen wollte sie allerdings auch um kein-
en Preis. Zu Miras Verwunderung schien Ulrike ihre Mitteilung nicht groß zu
überraschen, denn sie hatte keine Miene verzogen. Da es sie auch nicht zu interessieren schien, warum Mira nicht mehr bei ihr reiten wollte, behielt Mira ihre
Begründung für sich. Es war kein angenehmes Gefühl gewesen, diesen Schritt
zu tun, aber als sie es geschafft hatte und diesen Punkt auf ihrer imaginären Liste
abhaken konnte, war sie unheimlich erleichtert.

Mira las bis tief in die Nacht und klappte das Buch erst nach Mitternacht zu. Sie hatte es komplett durchgelesen. Trotzdem war sie eher unzufrieden. Das Buch enthielt zwar viele schöne Bilder und sehr genaue Anleitungen darüber, wie bestimmte anspruchsvolle Lektionen zu reiten waren, aber das Thema „Anlehnung" war in wenigen Sätzen abgehandelt. Der Text besagte lediglich, dass die Dehnungshaltung Voraussetzung dafür war, das Pferd später anständig versammeln zu können. Mira stöhnte. Wer sprach denn hier von „Versammlung?" Dieses große Ziel schien ihr so unerreichbar weit weg zu sein, dass es in diesem Leben wohl nicht mehr möglich war, dort hinzukommen. Zumindest für sie und Anton nicht. Statt der vielen Tipps für verschiedene Lektionen hatte sie so darauf gehofft zu erfahren, wie sie ihr Pferd überhaupt in die Dehnungshaltung bringen konnte. Für die Autorin des Buches schien es das Einfachste und Selbstverständlichste auf der ganzen Welt zu sein. Mira fühlte sich wie ein Reitlegastheniker. Mit gemischten Gefühlen legte sie das Buch zurück auf den Nachttisch und löschte das Licht. Im Gegensatz zu sonst brauchte sie länger, bis sie endlich einschlief. Sie dachte noch eine Weile über das Gelesene nach. Rausgeschmissenes Geld war die Anschaffung dieses Buches nicht, da die Bilder darin eine große Anziehungskraft auf sie ausübten. Auf vielen der Fotos konnte man die Harmonie zwischen Reiter und Pferd beim Betrachten nahezu spüren. Aber mit dem Text konnte sie nicht ganz so viel anfangen. Vielleicht auch „noch nicht", überlegte sie mit einem Funken Hoffnung, irgendwann in die Geheimnisse des guten Reitens eingeweiht zu werden. Mit dem Vorsatz, sich möglichst bald um Dressurunterricht zu bemühen, schlief sie irgendwann endlich ein.

6

„Ihr ahnt nicht, wer vorgestern bei uns angerufen hat", sagte Mira zu Laura und Nicole, als sie in der großen Pause in der Aula saßen. Schon am Vortag hatte sie ihren Freundinnen eigentlich von Frau Schreibers Anruf erzählen wollen, es war ihr aber aus irgendeinem Grund erst in diesem Moment wieder eingefallen. Nicole machte sich gar nicht erst die Mühe darüber nachzudenken und erwiderte: „Nö, das ahnen wir wahrscheinlich wirklich nicht. Aber klär' uns doch einfach auf!" Mira blickte ihre Freundinnen herausfordernd an und spannte sie noch ein paar Sekunden auf die Folter. „Doch, ich glaube, ich ahne es tatsächlich", sagte Laura schließlich und fuhr fort: „Ich tippe auf Frau Schreiber." „Woher weißt du das?", fragte Mira erstaunt. „Weil sie mich auch angerufen hat, um zu fragen, ob ich Kontrabass lernen möchte", entgegnete Laura. „Dann fiel ihr aber selber ein, dass ich das nicht auch noch machen kann, da die Schulband ja oft gleichzeitig mit dem Chor übt und auftritt. Und das Singen gebe ich bestimmt nicht auf, keine Chance. Hast du sie denn auch abgewimmelt?" „Ich nicht, aber meine Mutter. Die hat ihr dann auch gleich gesagt, dass man auch im Stall erwachsen werden kann und dass Pferde eine genauso tolle persönlichkeitsfördernde Wirkung auf Teenies ausüben wie ein Instrument. Ich glaube, das hat Frau Schreiber überzeugt." Laura und Nicole mussten lachen. „Na, hoffentlich ist sie nicht so verzweifelt, dass sie auch bei uns anruft. Das fehlte mir noch", sagte Nicole und verdrehte die Augen. „Kontrabass-Spieler gibt es immer zu wenige", bedauerte Laura und ergänzte: „Gitarren und Schlagzeuge sind einfach viel beliebter." „Also wenn es dich tröstet, mir ist noch nicht aufgefallen, dass unsere Schulband keinen hat", sagte Mira. „Nö, mir auch nicht", gestand Nicole. „Ihr seid echte Kulturbanausen!", empörte sich Laura. Obwohl ihre Freundin mit dieser Feststellung wahrscheinlich sogar Recht hatte, störte sich Mira nicht daran. Frau Schreiber würde schon irgendjemanden finden, der entweder wirklich gerne Kontrabass lernen wollte oder es zumindest aus der

Hoffnung heraus tun würde, dadurch eine bessere Note in Musik zu bekommen. Nein, sie selbst hatte wirklich keine Zeit dafür.

Schon den ganzen Morgen über hatte Mira sich auf ihre Springstunde mit Sarah und Denise gefreut. Sie hatte sich fest vorgenommen, die Gelegenheit zu nutzen, um Denise nach ihrer Reitlehrerin zu fragen. „Endlich ist wieder Mittwoch", dachte sie, als sie zusammen mit ihren beiden Mitreiterinnen in der Halle abritt. Aus ihrer Sicht vergingen die Tage zwischen den Springstunden immer ziemlich langsam, während die Springstunde selbst immer unglaublich schnell vorüber war.

Anton, Lukas und die Stute von Denise harmonierten in der Größe ihrer Galoppsprünge besser, als Markus erwartet hatte, und er musste weniger umbauen als befürchtet. In der Höhe fanden sie einen guten Kompromiss, und am Ende der Stunde war Mira wahnsinnig stolz auf ihr Pferd. Anton hatte sich richtig angestrengt und war für seine Verhältnisse ganz schön nass. Beim Trockenreiten gesellte Mira sich zu Denise. „Ich wollte dich mal fragen, bei wem du Dressurunterricht nimmst", fragte sie möglichst beiläufig. Denise sah überrascht aus. „Du bist jetzt schon die Dritte, die das innerhalb von ein paar Tagen fragt. Hat sich mein Reiten denn so sehr verändert oder warum fragst du?" „Ich habe dir am Freitag zugesehen", platzte es aus Mira heraus, „und es war wirklich toll. Ich möchte total gerne so reiten können wie du. Zu Ulrike in den Unterricht gehe ich nicht mehr und deswegen suche ich jetzt einen neuen Reitlehrer." Mira überlegte einen Moment, hielt sich aber mit ihren weiteren Erklärungen zurück. Sie wollte nicht über Ulrike oder deren Unterricht herziehen, obwohl es sie gereizt hätte, genau das zu tun. Gespannt wartete sie darauf, dass Denise den Namen der mit Sicherheit besten Reitlehrerin dieser Welt ausspucken würde. „Seit einem halben Jahr reite ich bei Antje Heimann. Sie macht das mit dem Unterrichten beruflich und hat ziemlich viele Reitschüler an ganz unterschiedlichen Ställen. Mir wurde sie von einer Bekannten empfohlen und ich finde ihren Unterricht auch ganz toll. Ich weiß, dass sie ziemlich ausgebucht ist, aber ich kann dir ja trotzdem mal ihre Handynummer geben. Ruf doch einfach mal an, vielleicht findet sie ja doch noch eine Lücke für dich in ihrem Terminplan." Mira war fest entschlossen, diese Reitlehrerin zu kontaktieren. Vielleicht musste man nur ausdauernd genug sein, um noch angenommen zu werden als Reitschülerin. Irgendwie musste sich einfach ein Termin für sie und Anton finden lassen im Zeitplan dieser Frau.

Nach dem Absatteln lief Mira noch mal in den Stalltrakt rüber, in dem die Stute von Denise ihre Box hatte, und ließ sich die Telefonnummer der Reitlehrerin diktieren. Sie speicherte die Nummer direkt in ihr Handy ein, und als sie sich auf den Weg nach Hause machte, fühlte sie sich gut. Endlich war ihr Plan konkreter geworden! Und außerdem hatte sie ein paar Sätze mit Denise gewechselt und dabei herausgefunden, dass sie tatsächlich nett war. Wirklich komisch, dass sie bisher kaum miteinander gesprochen hatten, fand Mira.

Zu Hause angekommen warf sie einen Blick auf die große Standuhr, die im Wohnzimmer in einer Ecke stand. Ihre Mutter hatte zwar den Gong ausgeschaltet, weil Maren nachts davon immer aufwachte, aber Mira vermisste den Klang. Der Gong hatte etwas Beruhigendes an sich, fand sie. Aber immerhin zeigte die Uhr weiterhin die Zeit an. Es war genau sieben Uhr am Abend und Mira fand, dass das die ideale Zeit war, um jemanden anzurufen. Ihre Knie zitterten etwas, als sie die Nummer von Antje Heimann wählte. Sie war ziemlich aufgeregt und ihre Aufregung wuchs beständig, während sie darauf wartete, dass die Reitlehrerin ans Telefon ging. Als sie gerade enttäuscht auflegen wollte, ging die Mailbox an. Ihr blieb kaum Zeit zu überlegen, ob sie auf die Mailbox sprechen oder doch lieber auflegen sollte, da kam schon der Piepton. Gleich darauf hörte sie sich selbst mit unsicherer Stimme sprechen:

„Äh - hallo, hier ist Mira Ulmke. Ich bin auf der Suche nach einer Reitlehrerin und habe Ihre Nummer von Denise bekommen..." Mira stockte, da sie für einen Moment überlegte, wie Denise eigentlich mit Nachnamen hieß. Sie wusste es nicht. Stotternd fuhr sie fort: „Vielleicht können Sie mich ja mal zurückrufen. Das wäre super nett." Sie diktierte ihre Nummer und legte auf. Im selben Moment ärgerte sie sich darüber, dass sie nicht so spontan und schlagfertig war wie Nicole. Anrufbeantworter und Mailboxen überforderten sie jedes Mal. Frau Heimann würde jetzt sicherlich denken, sie wäre total unterbelichtet und nicht einmal fähig, sich ordentlich auszudrücken.

Als Mira zwei Stunden später langsam die Hoffnung verlor, dass die Reitlehrerin zurückrufen würde, klingelte ihr Handy. Im Display sah sie, dass es Frau Heimann war. Miras Knie fingen augenblicklich wieder zu zittern an, und als sie auf die Annahmetaste drückte, hatte sie einen Kloß im Hals. „Hallo, hier spricht Antje Heimann", sagte eine sympathische Stimme, „hast du mir eben auf die Mailbox gesprochen?" „Ja genau", brachte Mira hervor und war erleichtert, dass die Frau nett klang. „Entschuldigung, dass ich so spät zurückrufe, aber ich komme mittwochs immer erst spät nach Hause." „Nicht schlimm", entgegnete Mira schnell und fuhr fort: „Danke, dass Sie zurückrufen. Ich würde gerne Unterricht bei Ihnen nehmen." Für einen Moment herrschte Stille und Mira lauschte angestrengt in das Telefon hinein. Ihr Herz schlug schnell und sie fragte sich, was sie machen sollte, wenn Frau Heimann ihr keinen Unterricht geben wollte. „Hm", unterbrach die Reitlehrerin die Stille, „ich glaube, du hast Glück. Eigentlich bin ich ausgebucht, aber ab März springt eine meiner Reitschülerinnen ab. Falls Du samstags um neun Uhr kannst, kann ich dich in meinen Stundenplan einbauen. Aber wir sollten sowieso mal eine ganz unverbindliche Stunde machen um zu sehen, ob es überhaupt funktioniert mit dir, deinem Pferd und mir." Die Idee gefiel Mira. Sie fand Tag und Uhrzeit zwar nicht optimal, in diesem Moment war ihr das allerdings egal. Wenn sie um neun auf dem Pferd sitzen wollte, würde sie samstags um sieben Uhr aufstehen müssen. Aber wenn sie dafür guten Unterricht bekommen konnte, würde sie das in Kauf nehmen, entschied sie.

„Dein Pferd steht auch an der Reitanlage Henning, oder?" fragte Frau Heimann. „Ja", antwortete Mira und fügte dann etwas unsicher hinzu: „Ich habe einen Haflinger. Ich hoffe, das ist kein Problem für Sie?!" „Nein, wieso sollte das ein Problem sein?" Antje Heimann schien überrascht über Miras Frage zu sein. „Ach, nur so", sagte Mira schnell und vergewisserte sich dann noch einmal, dass sie nun einen Termin für den ersten Samstag im März ausgemacht hatten. „Richtig", bestätigte ihr die Reitlehrerin, „wir sehen uns dann in zwei Wochen. Deine Nummer habe ich ja jetzt im Handy. Falls was dazwischenkommen sollte, rufe ich dich an. Bis dann." „Danke. Bis dann." Mira legte auf und war einfach nur glücklich. Nur noch zwei Wochen und eine neue Ära mit Anton konnte beginnen. Und Frau Heimann hatte kein Problem damit, dass sie einen Haflinger ritt und keinen viel versprechenden Warmblüter besaß. Das war doch eine super Voraussetzung, fand Mira. Das musste sie am Freitag unbedingt Tante Gabi erzählen. Sie war froh, dass sie in dieser Woche schon damit anfangen konnte, ihr eigenes Geld zu verdienen. Von Denise wusste sie, wieviel eine Einzelstunde bei Antje Heimann kostete. Mira fand den Preis ziemlich hoch, aber sie sah ein, dass jemand, der von Beruf Reitlehrer war, mehr nehmen musste als jemand, der wie Markus nur ein paar Stunden die Woche zusätzlich zum normalen Beruf unterrichtete. Ohne den Deal mit Tante Gabi wäre es jedenfalls für Mira undenkbar gewesen, über Einzelstunden zu diesem Preis überhaupt nachzudenken. Sie freute sich schon auf den Nachmittag mit Lilly.

7

Am Samstagabend unter der Dusche hatte Mira genug Zeit, über ihren ersten Einsatz als Babysitterin nachzudenken. Während sie mit dem Shampoo hantierte, ließ sie die Geschehnisse des vergangenen Tages noch einmal Revue passieren. Der Freitagnachmittag war wie im Flug herum gegangen. Bei Sonnenschein und warmen Temperaturen war sie mit Lilly zum Spielplatz gelaufen und hatte ihre Cousine dort nach Herzenslust rumtoben lassen. Aus ihrer Sicht hatte das irgendwie Ähnlichkeit mit dem Ablongieren eines energiegeladenen Pferdes gehabt. Lilly war ein kleines Energiebündel, und Mira begann zu ahnen, wie anstrengend der Alltag einer Mutter sein musste. Nach der geglückten Premiere ihres Babysitterjobs war sie ein kleines bisschen stolz auf sich selbst. Sie hatte nicht viel Erfahrung mit kleinen Kindern, aber der Tag mit Lilly hatte ihr überraschenderweise Spaß gemacht. Auch ihre Cousine schien sich ziemlich gut amüsiert zu haben. Das war ihr sogar von Tante Gabi bestätigt worden, die extra dafür noch einmal bei Mira angerufen hatte. Mira hatte ihrer Tante nicht erzählt, wie todmüde sie nach diesen paar Stunden des Babysittens ins Bett gefallen war.

Mittlerweile waren fast vierundzwanzig Stunden seitdem vergangen. Sie fühlte sich ausgeschlafen und nach dem Duschen fast wie neu geboren. Nun wurde es Zeit, dass sie sich um ihr Outfit kümmerte, dachte sie.

Mira stand vor ihrem Kleiderschrank und runzelte die Stirn. Sie hatte nicht die leiseste Ahnung, was sie anziehen sollte. In einer halben Stunde wollte sie sich mit Laura treffen, um mit ihr zusammen zu Svenjas Party zu gehen. Bis dahin musste sie fertig angezogen und gestylt sein. An diesem Tag schien es ihr, als ob kein einziges passendes Kleidungsstück in ihrem Schrank hing. „So ein Mist", entfuhr es ihr, als fünf Minuten vergangen waren, in denen sie zu keiner Entscheidung fähig war. Hektisch durchsuchte sie ihre Oberteile und entschied sich schließlich für ein rotes Langarmshirt mit einem V-Ausschnitt. Dazu wählte sie nach weiteren langen Minuten des Überlegens eine figurbetonende Jeans. Mira hielt nicht viel von auffälligem Styling und schminkte sich - wenn überhaupt - nur sehr dezent. An diesem Abend ärgerte sie sich wie so oft darüber, dass sie in punkto Outfit einfach nicht mehr Mut besaß. Ihre Haarfarbe und ihre Klamotten schienen ihr irgendwie angepasst und langweilig. Dazu kam, dass sie ihre dunkelblonden langen Haare in keiner Frisur bändigen konnte. Sie waren so glatt und schwer, dass sie aus jeder Haarspange einfach rausrutschten oder erst gar nicht hineinpassten. Mira beneidete die Mädchen, die die Fähigkeit besaßen, sich kunstvolle Frisuren zu basteln. Sie selbst trug fast immer einen Pferdeschwanz. Im Gegensatz dazu wirkte ihre Freundin Nicole beispielsweise auf Jungs geradezu magnetisch. Sie war sehr hübsch, sportlich, schlagfertig und kam mit jedem und über alles ins Gespräch. Jede dieser Eigenschaften hätte Mira unheimlich gerne selbst gehabt. „Ich habe eben andere Qualitäten", versuchte sie sich einzureden und überlegte sogleich angestrengt, was für Qualitäten das wohl sein mochten.

Es war fünf vor acht. In fünf Minuten würde Laura vor der Tür stehen und sie abholen. Laura war immer pünktlich, und so überprüfte Mira im Spiegel noch ein letztes Mal ihr Outfit. „Kein Wunder, dass sich die Typen nicht für mich interessieren", dachte sie resigniert, als sie ihr Spiegelbild anstarrte. „Ich sehe wirklich sterbenslangweilig aus." Etwas frustriert nahm sie ihre Jacke vom Haken, und als sie gerade ihre Schuhe anzog, klingelte es an der Tür. Mira öffnete und freute sich, ihre Freundin zu sehen. Laura war fast immer gut drauf und ihre gute Laune wirkte ansteckend auf Mira. Sie begann, sich auf den Abend bei Svenja zu freuen. Eigentlich war es doch auch egal, wie sie aussah. Schließlich wollte sie einfach einen netten Abend verbringen, ein bisschen tanzen, mit ihren Freundinnen quatschen und Spaß haben. Einen Freund konnte sie sowieso gerade nicht gebrauchen, entschied sie. Aber das Gefühl, dass sich ein Junge für sie interessierte, würde ihr Selbstwertgefühl steigern, davon war sie überzeugt.

Nach einem zwanzigminütigen Fußmarsch erreichten Laura und Mira ihr Ziel. Die Haustür stand auf, und nach kurzem Zögern traten die Mädchen ein. Drinnen war die Musik so laut, dass die Klingel wohl sowieso nicht zu hören gewesen wäre. Im Wohnzimmer erblickten die beiden die Handballmannschaft. Etwas abseits davon standen Nicole und Felix. Sie schienen sich köstlich zu amüsieren, und als Nicole Laura und Mira erblickte, winkte sie ihnen zu. Die Party war bereits in vollem Gange und erstreckte sich über das gesamte Erdgeschoss. „Komm, wir holen uns erst mal was zu trinken", rief Laura Mira ins Ohr und zog sie am Ärmel zur Theke, die in einer Ecke des Esszimmers aufgebaut war. Mira sah sich nach bekannten Gesichtern um. Neben den Handballspielerinnen kannte sie ein paar der Leute vom Sehen. Es waren viele Oberstufenschüler dabei und sie, Laura und Nicole gehörten in jedem Fall zu den jüngsten Partygästen. Als sich Laura und Mira mit ihren Getränken in der Hand den Weg zurück ins Wohnzimmer bahnten, stolperten sie fast über Thorsten. „Hi, du bist ja auch hier", sagte Mira und bemerkte im gleichen Moment, dass der Satz nicht besonders intelligent klang. Sie wusste, dass ihre Fähigkeiten in Sachen Smalltalk verbesserungswürdig waren, und fragte mit gespieltem Interesse: „Und woher kennst du Svenja? Spielst du auch Handball?" Thorsten sah Mira belustigt an und seine Augen blitzten. „Nee", sagte er mit einem gewissen Sarkasmus in der Stimme, „ehrlich gesagt kenne ich sie schon ewig. Von klein an. Seit ich geboren bin. Ich bin nämlich ihr Bruder." Mira verschluckte sich fast an ihrer Cola. „Echt?!", stieß sie hervor und fand die Situation mehr als peinlich, „aber ihr seht euch gar nicht ähnlich." „Naja, ein bisschen schon", mischte sich Laura ein, die gerade Svenja inmitten der Handballerinnen erspäht hatte. Thorsten grinste immer noch breit. „Ich komm' gleich noch mal vorbei", sagte er zu Mira, „ich muss nur eben neue Getränke aus der Garage holen. Bin gleich zurück." Thorsten kämpfte sich bis zur Terrassentür durch, und Mira spürte, dass sie rot geworden war. „Ich wusste auch nicht, dass er Svenjas Bruder ist", rief Laura gegen die laute Musik an. „Guck mal, da ist noch ein bisschen Platz auf dem Sofa. Du kannst uns da ja schon mal frei halten, ich geh' noch eben aufs Klo." Laura drückte Mira ihre Cola in die Hand und drängelte sich in die Richtung durch, in der sie die Toilette vermutete. Mira stellte die beiden Gläser vor sich auf den Couchtisch und ließ sich auf dem schwarzen Ledersofa nieder. Sie fragte sich, was ihre Mutter zu so einer Veranstaltung in ihrem Haus gesagt hätte. Normalerweise ließ sich ihr Puls nicht besonders schnell in die Höhe treiben, aber Mira war sich sicher, dass ihre Mutter bei dem Anblick von etwa hundert Partygästen in ihren vier Wänden wahrscheinlich doch Stresspickel bekommen hätte. Bestimmt waren die Eltern von Svenja und Thorsten für den heutigen Abend ausgelagert, dachte Mira.

Plötzlich tippte ihr jemand auf die Schulter. Es war Thorsten. Mira hatte ihn gar nicht kommen sehen. Er stand direkt neben ihr und beugte sich zu ihr herunter, um gegen die laute Musik anzukommen. „Unsere Katze hat Junge", rief er ihr ins Ohr. „Willst du sie sehen?" Mira war überrascht, aber sie nickte und sah ihn erwartungsvoll an. „Dann komm mit, sie sind im Gartenhäuschen." Thorsten bahnte sich erneut einen Weg zur Terrassentür, und Mira folgte ihm. Sie fühlte sich ein bisschen benebelt, und als sie die Terrassentür hinter sich schloss, musste sie erst einmal tief durchatmen. Es war sternenklar und die Musik drang gedämpft nach draußen. Binnen Sekunden fragte sie sich, was sie hier eigentlich machte. Sie musste verrückt sein! Schweigend folgte sie Thorsten, der geradewegs auf das Gartenhäuschen zusteuerte. Als er die Tür aufschloss, zweifelte Mira für einen Moment daran, dass es wirklich eine Katze gab. Wenn er die Story nur erfunden hatte, um sie hier hinein zu locken, würde sie ihn umbringen, soviel stand fest. Während Thorsten noch mit dem Türschloss kämpfte, wunderte sie sich darüber, dass ihr an dem Abend, an dem Thorsten und Felix bei ihr im Wohnzimmer gesessen hatten, nicht aufgefallen war, dass Thorsten ziemlich gut aussah. Er war mittelgroß, hatte halblange, blonde Haare und grüne Augen. Vielleicht entsprach er nicht dem gängigen Schönheitsideal, aber er hatte auf jeden Fall Ausstrahlung. Vor allem wenn er lächelte, dachte Mira. An dem Videoabend hatte sie noch gedacht, dass er ein ziemlich unreifer und verklemmter Typ war. „Von verklemmt kann jedenfalls keine Rede sein. Ich schätze, ich habe mich in ihm getäuscht", schoss es Mira durch den Kopf. In diesem Moment öffnete Thorsten die Tür und knipste drinnen das Licht an. „Komm schnell rein, damit keine rausläuft", raunte er und zog Mira durch den Türspalt. Zu Miras großer Erleichterung gab es tatsächlich Katzen dort drinnen. Eine schwarz-weiße Mutterkatze lag auf einem großen Kissen und blickte skeptisch auf Mira. Um sie herum lagen fünf kleine Katzen, dicht aneinandergekuschelt. „Ach, sind die süss!", entfuhr es Mira. Sie konnte ihren Blick kaum abwenden und war völlig fasziniert von dem Bild, das die kleinen Katzen boten. Dann fragte sie: „Wie alt sind sie denn?" „Heute genau zwei Wochen alt", antwortete Thorsten und musterte Mira von der Seite. Sie bemerkte seinen Blick und hoffte inständig, nicht wieder rot zu werden. „Ich hätte dir gar nicht zugetraut, dass du Tiere hast", sagte Mira und erwiderte Thorstens Blick für einen kurzen Augenblick. „Ist auch eher Svenjas Katze. Aber manchmal versorge ich sie auch", entgegnete Thorsten. Er stand dicht neben ihr, und sie konnte seine Nähe geradezu spüren. Mira registrierte, dass er gut roch. Die Luft schien zu knistern, und Mira hielt den Atem an. In die Stille hinein hörte sie Thorsten fragen: „Hast du Bock zu knutschen?" Mira traute ihren Ohren nicht. Das konnte er doch jetzt nicht wirklich gefragt haben! Oder doch? Sie sah ihn verständnislos an. Was war das denn für eine bescheuerte Frage? Soeben hatte sie noch überlegt, ob er vielleicht wirklich ein toller Typ war - und ein bisschen romantisch war es in dem stillen Gartenhäuschen mit den niedlichen Katzen ebenfalls -, und nun machte dieser Idiot mit so einer Frage alles kaputt. „Nein, ich glaube nicht", sagte Mira schnell, schlüpfte durch die Tür und lief, ohne sich noch einmal umzudrehen, zurück ins Haus.

Drinnen war die Party in vollem Gang. Mira sah sich nach ihren Freundinnen um. Nicole und Felix waren nirgends zu entdecken. Laura hatte sich zu den Handballerinnen gesellt, die eine Ecke des Wohnzimmers in eine Tanzfläche verwandelt hatten. Gerade schallte „I will survive" durch die Lautsprecher, und die Stimmung auf der improvisierten Tanzfläche war ausgelassen. Mira war es eigentlich gar nicht mehr zum Feiern zumute. Sie setzte sich auf den immer noch freien Platz auf dem Sofa und griff nach ihrer Cola. Doch nun hatte Laura Mira entdeckt und winkte ihr fröhlich zu. Obwohl sie sich gerne vor dem Tanzen gedrückt hätte, sagte sie sich, dass der Abend auf der Tanzfläche schneller vorüber gehen würde als alleine auf dem Sofa. Um Mitternacht würde Lauras Mutter sie, Laura und Nicole abholen. Aber bis dahin waren es noch mehr als drei Stunden. Mira unterdrückte einen Seufzer. In diesem Moment hätte sie viel darum gegeben, wenn sie direkt nach Hause hätte fahren können. Da das nun leider keine Option war, setzte sie ein Lächeln auf und begab sich zu Laura und den Handballerinnen. Sie brauchte einen Augeblick, bis sie sich im Takt der Musik bewegen konnte. Normalerweise tanzte sie furchtbar gerne, aber zu diesem Zeitpunkt war sie so verwirrt, dass ihre konfusen Gedanken ihr Taktgefühl ein wenig durcheinander brachten. Mira hätte Laura einerseits gerne von der Begebenheit mit Thorsten erzählt, andererseits war es ihr peinlich. Sie hatte sich doch vorhin noch gewünscht, dass sich mal ein Junge für sie interessierte. Und jetzt war ihr Wunsch schneller in Erfüllung gegangen, als ihr lieb war. Hätte er doch nur diese bescheuerte Frage nicht gestellt. Vielleicht hätte sie ihn dann tatsächlich geküsst... In diesem Moment schlenderte Thorsten vorüber und nahm dann seinen Platz hinter der Getränketheke ein. Er pfiff fröhlich vor sich hin, und für den Fall, dass ihn die Abfuhr gekränkt hätte, ließ er sich zumindest nichts anmerken, dachte Mira. Sie war sich ganz sicher, dass sie sich kein Getränk mehr holen würde, so lange er dort stand. Nein, falls er da stehen bliebe, würde sie diese Tanzfläche bis Mitternacht nicht mehr verlassen, das stand für sie fest.

 8

Mira saß am Frühstückstisch und knabberte müde an ihrem Brötchen. Obwohl sie hätte ausschlafen können, war sie aus einem unerfindlichen Grund schon früh aufgewacht. Sie dachte an die Party und an Thorsten. Irgendwie ging er ihr nicht aus dem Kopf. Gut aussehen tat er, und gut gerochen hatte er auch - aber er war ein Idiot, daran bestand für sie kein Zweifel. Sie verdrängte den Gedanken an die peinliche Situation im Gartenhäuschen. Dadurch, dass die Mädchen mit Lauras Mutter nach Hause gefahren waren, hatten sie keine Gelegenheit mehr gehabt, ungestört zu quatschen. Dabei hätte Mira doch zu gerne gewusst, ob Nicole und Felix nun zusammen waren. Sie hatte Nicole erst kurz vor Mitternacht wieder gesehen, die restliche Zeit waren sie und Felix nicht im Raum gewesen. Mira vermutete, dass sie knutschend in irgendeiner ruhigen Ecke gesessen hatten. Wahrscheinlich würde sie noch ein paar Stunden warten müssen, bis sie ihre Neugierde befriedigen konnte. Nicole war bestimmt noch nicht wach. Um halb neun klingelte das Telefon. Mira war sich sicher, dass es nicht Nicole sein konnte, denn es war Sonntag und Nicole eine erklärte Langschläferin. Nur für ein Handballspiel würde Nicole sich dazu überwinden können, an einem Sonntag so früh aufzustehen, dachte sie. Doch Mira irrte sich, es war tatsächlich Nicole. „Felix und ich sind jetzt zusammen", trällerte sie in den Hörer. „Wir sind gestern den ganzen Abend spazieren gegangen. Unten am Fluss. Und es war sooo romantisch." Mira war überrascht. Sie hatte gar nicht gewusst, dass ihre Freundin eine romantische Ader hatte. Also hatten Nicole und Felix doch nicht knutschend in einer Hausecke gesessen. Allerdings schlossen sich Spazierengehen und Knutschen ja auch nicht zwingend aus....

„Ich freu' mich für dich", versicherte Mira und musste nicht einmal lügen, denn Nicole klang dermaßen glücklich, dass Mira sich tatsächlich mit ihr freute. Nicole erzählte ihr in allen Details, warum gerade Felix der coolste Typ überhaupt war, und sie hörte ihrer Freundin aufmerksam zu. Als sie aufgelegt hatte, fragte sie sich, ob Nicole wohl wirklich vorher ausgekundschaftet hatte, was an den Gerüchten über Felix dran war. Wenn er tatsächlich jedes Wochenende die Freundin wechselte und Nicole schon nach wenigen Tagen austauschte, würde sie ihm mal richtig die Meinung sagen, beschloss Mira. Sie hätte es nicht ertragen können, dass er so mit Nicoles Gefühlen spielte. Schließlich war ihre Freundin richtig verliebt, daran bestand nun kein Zweifel mehr.

Nur mit Mühe gelang es Mira, den Rest ihres Brötchens zu vertilgen. Sie fühlte sich weder richtig wach noch müde; irgendwas nahm ihr den Antrieb. Nach einer weiteren Stunde, in der sie faul am Frühstückstisch rumgegammelt und dem Treiben ihrer Mutter zugesehen hatte, konnte Mira sich endlich aufraffen, zum Stall zu fahren. Auf dem Weg dorthin wurde ihr klar, dass ihr die Energie fehlte, um mit Anton ernsthaft zu arbeiten. „Anton wird sich bestimmt über einen Ausritt freuen", dachte Mira.

Als sie mit Anton zurück zum Stall kam, glühten ihre Wangen. Der Wind hatte ihr kalt ins Gesicht gepustet und wahrscheinlich, so kam es Mira vor, hatte er auch ihre Gedanken sortiert. Ihr ging es schon viel besser. Als sie ihr Pferd versorgt hatte und gerade den Putzplatz fegte, kam Sarah durch die Tür. Sie hatte eine knallrote Nase und war bis über beide Ohren dick eingepackt, aber Mira entging der zufriedene Ausdruck in Sarahs Gesicht trotzdem nicht.

„Na, wer oder was hat dir denn den Tag gerettet?", fragte Mira neugierig.

„Ist dir schon aufgefallen, dass Colorado nicht mehr so oft springen muss?", fragte Sarah und rieb ihre rot gefrorenen Hände. „Nee, aber jetzt, da du's sagst, fällt es mir tatsächlich auf", antwortete Mira und hakte neugierig nach: „Woran liegt das?" Sie musste sich eingestehen, dass sie in den letzten Tagen versucht hatte, den Gedanken an Colorado zu verdrängen. Sie wusste, dass das feige von ihr war, und hatte ein schlechtes Gewissen deswegen. Aber ihr war bisher noch keine Idee gekommen, wie sie dem Wallach tatsächlich hätte helfen können.

„Ich habe letzte Woche mit Herrn Henning gesprochen", berichtete Sarah, „und der hat mir versprochen, mit Jenny und ihrem Vater zu reden. Ich dachte mir, dass es besser ist, wenn der Stallbetreiber selbst das macht. Auf mich hätten die ja sowieso nicht gehört. Auf jeden Fall hat er durchgesetzt, dass nur noch zwei Mal pro Woche gesprungen wird. Ich konnte nicht mehr mit ansehen, wie das arme Pferd systematisch kaputt geritten wird." Mira war begeistert. Auf diese Idee hätte sie auch kommen können. Herr Henning war ein von allen respektierter Mann, bei dem das Wohl der Pferde immer an oberster Stelle stand. Mira konnte sich vorstellen, dass er genau der Richtige für ein Gespräch mit jemandem wie Jennys Vater war. Der Stallbetreiber blieb immer sachlich, vertrat aber stets einen klaren Standpunkt. „Es ist zwar ein Fortschritt, dass sie nicht mehr so oft springen", sagte Sarah nachdenklich, „aber ich glaube, die paar Tage haben schon gereicht, Colorado dauerhaft den Spaß zu verderben. Ich habe gehört, dass er inzwischen oft verweigert. Jenny lag wohl schon drei Mal im Dreck." „Geschieht ihr recht!", ereiferte sich Mira. „Aber für den armen Colorado macht es die Sache nicht einfacher. Wenn er nicht mehr springt, wird er für Jenny wertlos. Und dann behandelt sie ihn bestimmt nur noch wie Dreck", sagte Sarah traurig. Mira nickte nachdenklich. Sie strich ihrem Anton durch die Mähne. Ihr war unbegreiflich, dass Jenny in ihrem Colorado lediglich ein Sportgerät sah, das funktionieren musste. „Wie gut, dass du nicht bei jemandem wie Jenny gelandet bist", sagte sie leise zu Anton und zupfte ein paar lose Haare aus seinem Winterfell. Für Mira war ihr Pferd ein Freund und Sportpartner, den es zu respektieren galt. Manchmal musste zwar auch Anton Dinge tun, zu denen er wahrscheinlich keine Lust hatte, aber Mira hatte trotzdem nie das Gefühl, ihn zu irgendetwas zwingen zu müssen. Es schien ihr, als ob er bestimmte Sachen ganz einfach für sie tat. Einfach weil sie es wollte. Trotzdem nahm sie sich vor, sich in Zukunft noch mehr Mühe zu geben, auf ihren Haflinger einzugehen. Sie wollte, dass Anton gerne ihr Pferd war. Schließlich war sie auch gerne sein Mensch.

Auf dem Weg nach Hause begegnete Mira dem Sohn der Nachbarn. Christian kam gerade mit dem Fahrrad aus einer Seitenstraße, und da Mira vor sich hin träumte, wären sie um ein Haar zusammengestoßen. Mira hatte wenig mit ihm zu tun. Christian war nur zwei Jahre jünger als sie selbst, aber er hatte eine Klasse wiederholt und war daher noch immer in der Sechsten. Da er meistens von seiner Mutter zur Schule gefahren wurde, sahen sie sich selbst an der Bushaltestelle nur selten. An diesem Tag machte er einen außerordentlich glücklichen Eindruck auf Mira. Er war sonst eher ein stiller Zeitgenosse, der nicht viele Freunde zu haben schien und sich größtenteils irgendwie alleine beschäftigte. Mira hatte sich schon einige Male gefragt, ob er überhaupt irgendein Hobby hatte. Obwohl sie nicht viel über ihn wusste, tat er ihr irgendwie leid. Deshalb fiel es ihr wohl auch besonders auf, dass er an diesem Tag in bester Stimmung war. Sie fragte ihn neugierig nach dem Grund und Christian sprudelte los: „Ich darf ab nächste Woche Kontrabass-Unterricht nehmen. Und wenn ich richtig gut werde, darf ich sogar in der Schulband mitspielen. Frau Schreiber hat heute bei uns angerufen und mich gefragt. Meine Mutter hat nichts dagegen, und ich freu' mich total. Ich wollte schon immer ein Instrument lernen. Und jetzt fragt Frau Schreiber ausgerechnet mich. Ich hätte nie gedacht, dass sie mir das zutraut. Ich habe zwar auf dem letzten Zeugnis 'ne Zwei in Musik bekommen, aber meine sonstigen Noten sind ja nicht so toll. Und trotzdem hat sie mich gefragt. Ist das nicht total super?" Mira musste ein Grinsen unterdrücken. Trotzdem hätte sie es nicht übers Herz gebracht, Christian zu erzählen, dass Frau Schreiber die halbe Schule durchtelefoniert hatte, um endlich einen Freiwilligen zu rekrutieren. Stattdessen tat sie überrascht und rief mit nahezu echter Verwunderung in der Stimme: „Echt? Ist ja klasse. Da werden dich deine Klassenkameraden bestimmt beneiden. Darauf kannst du dir wirklich was einbilden. Und außerdem ist man als Kontrabass-Spieler immer total gefragt. Es gibt nämlich gar nicht so viele." Mira war froh, dass Laura ihr dieses Detail verraten hatte. In diesem Moment konnte sie diese Info gut verwerten. Christians Augen begannen zu leuchten.

„Meinst du wirklich?", fragte er und fuhr Schlangenlinien über die Straße. „Na klar", antwortete Mira und dachte, dass zumindest der letzte Satz ihrer Ausführungen der Wahrheit entsprochen hatte. Keine Frage, Christians Tag war gerettet. Als Mira auf die Hofeinfahrt abbog, fuhr Christian noch immer in Schlangenlinien die Straße entlang. Sie kicherte. Für einen Moment war sie Frau Schreiber richtig dankbar. Sie hatte Christian eine riesige Freude damit gemacht, dass sie ihn gefragt hatte. Und Mira wurde klar, dass das Gefasel von wegen persönlichkeitsfördernder Wirkung von Instrumenten bei Christian bestimmt zutreffen würde. Vielleicht würde er selbstbewusster werden, wenn er ein Hobby hatte, das ihm richtig Spaß machte und das er mit anderen teilen konnte. Frau Schreiber hatte nun endlich den richtigen Kandidaten angerufen, fand Mira.

 9

„Kann ich die Physikhausaufgaben nachher bei dir abschreiben?" Mira sah Laura flehend an. Laura musste lachen: „Du kannst dir deinen Dackelblick auch sparen. Natürlich kannst du sie abschreiben. Du hilfst mir ja schließlich auch oft genug mit deinem Sprachentalent aus der Patsche." Mira nickte dankbar. Wie gut, dass sie sich gegenseitig ergänzen konnten. Wenn alle Talente dieser Welt gleichmäßig auf die Menschen verteilt wären, dann hätte sie sicherlich nicht so viele Schwierigkeiten mit Physik, überlegte sie. Aber andererseits würde sie dann wohl auch keine Einsen mehr in Englisch schreiben. Also war es gehopst wie gesprungen, dann konnte sie auch ihre Talente und ihre Schwächen für sich behalten, entschied sie.

Mira und Laura hatten in der Aula noch ein freies Plätzchen auf der Heizung gefunden und genossen die Wärme, die von ihr ausging. Mira packte ihr Pausenbrot aus und biss immer noch nachdenklich hinein. Mit Nicole war seit der Party bei Svenja nicht mehr viel anzufangen. Sie traf sich fast jeden Tag mit Felix, und selbst die großen Pausen verbrachte sie mit ihm. „Ich hätte gar nicht gedacht, dass Nicole sich so an ihn ranhängt", sprach Laura den Gedanken aus, der auch Mira schon seit einigen Tagen beschäftigte. „Ich glaube nicht, dass das gut ist. Irgendwann gehen die sich doch auf den Keks. Und außerdem hat man sich doch viel mehr zu erzählen, wenn man nicht überall zusammen hingeht." „Na ja", antwortete Mira, „die sind ja erst knapp zwei Wochen zusammen. Wahrscheinlich werden sie früher oder später auch nicht mehr so aneinander kleben wie jetzt, und wir kriegen auch wieder etwas mehr von Nicole mit. Sie fehlt mir schon richtig." „Mir auch", sagte Laura und die beiden schwiegen für einen Moment. „Darf Nicole denn wenigstens alleine zum Handballtraining gehen, oder sitzt der dann auch immer auf der Bank?", fragte Mira und konnte sich bildlich vorstellen, wie Felix drei Mal die Woche am Rand der Sporthalle auf einer der harten Holzbänke saß und Nicole anfeuerte. „Ich weiß nicht, aber irgendein Hobby wird der doch auch haben. So sportlich wie der aussieht, ist er bestimmt kein Sesselpuper", erwiderte Laura. „Nee, bestimmt nicht." Mira musste ihrer Freundin Recht geben und dachte angestrengt nach, welche Sportart sie Felix zutrauen würde. „Er ist bestimmt Surfer", sagte sie und strich sich nachdenklich eine Haarsträhne aus dem Gesicht, „und weil Winter ist und er gerade nicht surfen kann, hat er zu viel Zeit und hängt mit Nicole in der Sporthalle rum." „Du hast auf jeden Fall Phantasie. Ich kann ihn mir auch ganz gut auf 'nem Surfbrett vorstellen. Und Thorsten sowieso. Das ist auch so ein Surfertyp", überlegte Laura. Mira war bei dem Namen Thorsten zusammengezuckt. Jetzt erst fiel ihr auf, dass sie ihn erfolgreich verdrängt hatte. „Hast du eigentlich auf Svenjas Party mit Thorsten geknutscht?", fragte Laura ganz unvermittelt und musterte ihre Freundin mit einer gewissen Neugierde. Mira verschluckte sich an ihrem Käsebrot und hustete los. „Natürlich nicht", japste sie, als sie wieder Luft bekam. „Hätte ja sein können", sagte Laura unschuldig und warf einen Blick auf die Uhr. „Wenn du Physik noch abschreiben willst, sollten wir besser rein gehen. So viel Zeit haben wir nicht mehr". Mira seufzte und merkte im selben Moment, dass sie Physik für ein paar Minuten genauso erfolgreich verdrängt hatte wie den peinlichen Moment mit Thorsten. Die große Pause war noch nicht zu Ende, und eigentlich durften sich die Schüler während der Pause nicht im Klassenraum aufhalten, aber es war nicht schwierig, ungesehen dorthin zu kommen. Auf jeden Fall war die Gefahr erwischt zu werden größer, wenn man die Hausaufgaben mitten in der Aula abschrieb. Mira und Laura gelangten ohne große Schwierigkeiten in den Klassenraum. Der Versuchsaufbau, den Laura in ihr Heft gemalt hatte, war für Mira genauso durchschaubar wie Chinesisch. Sie gab sich Mühe, ihn einigermaße detailgetreu in ihr Heft zu übertragen, und zweifelte abermals an ihren Fähigkeiten. Ihr fehlten einfach die für Physik zuständigen Gehirnzellen, da war sie sich ganz sicher. Als sie gerade das Heft zuklappte, kam Nicole vorbei. „Hey, wir könnten doch morgen Abend mal wieder was zusammen machen", wagte Mira den Vorstoß. „Laura hat Zeit und ich auch. Was ist mit dir? Triffst du dich mit Felix oder kommst du auch?" „Wir wollten morgen eigentlich ins Kino", sagte Nicole langsam und es war offensichtlich, dass sie ein schlechtes Gewissen hatte. „Aber nächste Woche machen wir auf jeden Fall mal wieder einen Mädelsabend", fügte sie schnell hinzu und kaute an ihren Fingernägeln. „Ist schon okay", sagte Mira und gab sich Mühe, dabei keinen gönnerhaften Tonfall an den Tag zu legen. In diesem Moment betrat der Lehrer den Klassenraum und Nicole ging zu ihrem Platz. Mira nahm sich vor, Herrn Kettler heute besonders gut zuzuhören. Er war wirklich nett und konnte ja nichts dafür, dass sie Physik so doof fand. Trotzdem erwischte sie sich dabei, dass sie alle paar Minuten auf die Uhr schaute und sich das Ende der Stunde herbeisehnte. Das Wochenende stand kurz bevor und am nächsten Tag hatte sie endlich Unterricht bei Antje Heimann. Mira konnte es kaum erwarten. Die zwei Wochen, die sie hatte warten müssen, waren ihr wie eine Ewigkeit vorgekommen. Sie hatte Anton in der Zeit weiterhin mit Dreieckszügeln geritten und akribisch darauf geachtet, ihm nicht im Maul rum zu ziehen und ihn auch sonst so wenig wie möglich zu drangsalieren. Nun war schon Freitag und sie war sehr gespannt auf die Reitstunde. Hoffentlich konnte diese Reitlehrerin ihr weiterhelfen. Sie musste nur noch Physik überleben, anderenfalls würde sie Antje Heimann nie kennen lernen. Und das wäre auf jeden Fall total schade, dachte Mira.

10

„Das darf doch nicht wahr sein!" Mira starrte voller Entsetzen ihr Spiegelbild
an, welches genauso entsetzt zurück auf Mira starrte. „Ach nö, nicht schon
wieder. So ein Scheiß!" Hektisch riss Mira die Tür des Badezimmerschränk-
chens auf und suchte nach einem Abdeckstift. Über Nacht hatte sich ein di-
cker fetter Pickel in ihrem Gesicht breit gemacht. Nicht, dass sie daran nicht
gewöhnt war, aber dieser Kandidat hatte sich einen ganz besonders fiesen Platz
ausgesucht. Er befand sich direkt über der Oberlippe und hatte dafür gesorgt,
dass ihre Lippe einseitig dick angeschwollen war. Sie sah aus wie nach einem
Boxkampf. Mira war sich sicher, dass Antje Heimann Angst vor ihr bekommen würde, wenn sie so am Stall auftauchte. Als sie endlich einen Abdeckstift fand, musste sie feststellen, dass der auch nur sehr bedingt weiterhelfen
konnte. Zwar leuchtete die Haut drumherum nicht mehr in einem satten Rot,
dafür war die Schwellung unverkennbar. Am liebsten hätte Mira sich wieder
ins Bett verkrochen. Ihr war es total peinlich, so das Haus zu verlassen. Aber
es nutzte ja nichts. Sie konnte ihre erste Reitstunde bei Frau Heimann ja nicht
wegen eines Pickels absagen. Andererseits würde die Reitlehrerin sicher denken, dass sie Opfer häuslicher Gewalt war - so wie sie aussah. Mira seufzte.
Sie fand es unfair, dass es Leute wie zum Beispiel Laura gab, die nie Pickel bekamen. Laura hatte eine Haut wie ein Babypopo. Mira dagegen hatte ständig
mit den Dingern zu kämpfen. Aber so bescheiden wie heute hatte sie schon
lange nicht mehr ausgesehen, fand sie. Zu allem Überfluss war ihre Lieblings-
reithose gerade in der Wäsche. Ihr blieb nichts anderes übrig, als ihre Ersatz-
hose anzuziehen, die sie vor einem Jahr auf der Equitana erstanden hatte. Ein
Fehlkauf, wie sich später herausstellte. Der Stretchanteil der Hose war so ge-
ring, dass sie sich kaum darin bewegen konnte. Aufsitzen wurde damit jedes
Mal zu einer Zerreißprobe - im wahrsten Sinne des Wortes. Mira beschloss,
das Frühstück ausfallen zu lassen. Sie war zu aufgeregt, und außerdem fand

sie es wenig reizvoll, an einem Samstag in Hetze zu essen. Gewöhnlich genoss sie es, sich an den Wochenendtagen viel Zeit zu lassen mit dem Frühstück und anschließend noch ein bisschen in der Zeitung zu blättern. Sollte das mit den Samstagsreitstunden bei der neuen Reitlehrerin zur Dauereinrichtung werden, würde ihr das schon ein bisschen fehlen, glaubte sie.

Draußen hatte es über Nacht wieder gefroren und Mira zog den Reißverschluss ihrer Jacke noch ein Stück höher, als sie die Haustür hinter sich schloss. Ihre Mutter und Maren schliefen noch und würden bestimmt erst aufstehen, wenn sie bereits auf dem Pferd saß. Mira trat kräftig in die Pedale. Die Kälte machte ihr ausnahmsweise einmal nichts aus, und der Weg zum Stall kam ihr an diesem Morgen auch kürzer vor als sonst. Im Stall war es noch ruhig, und Mira hoffte, dass Anton sein Frühstück schon beendet hatte. Herr Henning war ein erklärter Frühaufsteher und fütterte morgens immer direkt als erstes die Pferde. Dabei machte er keinen Unterschied, ob werktags, am Wochenende oder an Feiertagen - die Pferde bekamen ihr Futter immer pünktlich um sieben Uhr. Das war auch an diesem Morgen nicht anders. Anton kaute gerade die letzten Heuhalme, als Mira ihn aufhalfterte. Erleichtert stellte sie fest, dass er an diesem Morgen nicht so dreckig war wie sonst. Sie brauchte nicht lange, um ihn zu putzen, und widmete sich statt dessen seinem Schweif. Anton hatte einen prachtvollen Schweif, der schon so manchen Pferdebesitzer in Verzückung gebracht hatte. Mira bürstete ihn gründlich aus und achtete pingelig darauf, ihn dabei oben festzuhalten. Sie wusste, dass ein Schweifhaar einige Jahre brauchte, bis es die volle Länge erreicht hatte. Schon alleine deshalb war sie immer sehr bemüht, Anton beim Kämmen so wenig wie möglich von seiner Haarpracht herauszureißen.

Bevor Mira auftrenste, überlegte sie, ob sie ihre Dreieckszügel mitnehmen sollte oder nicht. Nach der Pleite in Ulrikes Stunde hatte sie keinen Versuch mehr unternommen, ihr Pferd ohne die Hilfszügel zu reiten. Sie würde sie deshalb wohl besser mitnehmen, entschied sie. Bevor sie den Stall verließ, wischte sie sich noch schnell mit einem Tuch den Staub von ihren Reitstiefeln. Sie wollte unbedingt einen guten Eindruck auf ihre neue Reitlehrerin machen, und auch ihr Pferd sollte wenigstens gepflegt aussehen, wenn sie es schon nicht ordentlich reiten konnte. In der Halle angekommen überlegte Mira, dass sie einfach schon mal ein paar Runden Schritt reiten würde, bis Frau Heimann eintraf. Die Dreieckszügel legte sie über Antons Hals, damit er nicht hineintreten konnte.

Ihr war wichtig, dass er zu Anfang immer erst zehn Minuten mit ganz langem Hals gehen konnte, bevor sie die Hilfszügel befestigte. Anton fand das spitze und rüsselte oft wie ein Staubsauger mit der Nase über den Hallenboden. Genau das tat er auch an diesem Morgen, und Mira war überzeugt, dass es ihm nicht an Beweglichkeit fehlen konnte. Um Punkt neun Uhr betrat Frau Heimann die Reithalle. Sie sah ganz anders aus, als Mira sie sich vorgestellt hatte. Antje Heimann war eine kleine, kräftige Person mit halblangen, gelockten Haaren, die unter ihrer Mütze rötlich schimmerten. Sie lächelte Mira freundlich an und sagte: „Hallo, du bist bestimmt Mira, stimmt's?" Mira nickte. „Ich bin Antje Heimann. Du kannst mich gerne duzen, wenn du willst." „Okay", brachte Mira hervor und ärgerte sich darüber, dass sie keinen adäquaten Satz hervorbrachte. „Wie heißt denn dein Pferd?" fragte Antje weiter. „Anton", antwortete Mira und fuhr fort: „Er ist sieben Jahre alt."

„Ein schöner Haflinger", sagte Antje anerkennend und streichelte Antons Hals. Anton schnaubte leise. Antje wollte nun wissen, wie lange Mira ihr Pferd schon hatte, wie oft in der Woche sie ihn ritt und was für eine Vorgeschichte er hatte. Anschließend fragte sie: „Was sind denn eure Stärken?" Mira schaute die Reitlehrerin verwundert an. „Unsere Stärken? Wie meinst du das?" „Na ja, was klappt beim Reiten besonders gut? Woran habt ihr Spaß?" Mira war überrascht, dass Antje solche Fragen stellte. Nach kurzem Zögern sagte sie: „Wir springen beide gerne und ich denke, das können wir auch ganz gut." Für einen Moment fragte sie sich, ob die Reitlehrerin das wohl gemeint hatte, aber Antje schien zufrieden mit der Antwort und erkundigte sich nun nach den Schwächen. „Ich schaffe es nicht, Anton durchs Genick zu reiten", sagte Mira und merkte schon wieder, wie ein Gefühl der Frustration in ihr aufkam. Sie erzählte Antje, dass sie Anton aus diesem Grund immer mit Dreieckszügeln ritt und den Wunsch hatte, irgendwann davon loszukommen. Antje hörte aufmerksam zu.

„Ich bin sehr froh", bemerkte Antje, „dass du nicht gesagt hast, dass das Problem beim Pferd liegt. Die meisten Reiter hätten die Antwort so formuliert, dass ihr Pferd nicht durchs Genick gehen will. Und du bist scheinbar bereit, an dir zu arbeiten. Das ist eine super Einstellung. Und was Anton betrifft, bin ich mir ziemlich sicher, dass wir ihn zur Mitarbeit animieren können, wenn er erst versteht, was wir von ihm wollen." Mira hoffte inständig, dass Antje Recht hatte. Sie klang so optimistisch, dass Mira ihr nur zu gerne glauben wollte. „Reite ihn mir doch mal ein paar Runden vor, damit ich sehe, auf welchem Stand ihr seid", forderte Antje nun Mira auf. Mira wurde es mulmig zumute. Jetzt würde es gleich peinlich werden, da war sie sich sicher. Hoffentlich wollte Antje sie dann trotzdem noch unterrichten. „Soll ich ihn denn mit oder ohne Dreieckszügel vorreiten?", fragte Mira zaghaft. „Wenn es dir nichts ausmacht, lass sie mal ab. Dann sehen wir besser, woran wir arbeiten müssen." Antje stapfte in die Mitte der Bahn und sah dort irgendwie schon viel eher nach einer Reitlehrerin aus. Mira hatte irgendwie dieses Klischeebild verinnerlicht, dass Reiterinnen und natürlich auch Reitlehrerinnen alle groß und schlank waren, dazu lange Haare hatten und diese grundsätzlich in einem Zopf unterbrachten. Da Antje das ganze Gegenteil von Miras Vorurteil war, würde sie ihre Vorstellung von der typischen Reitlehrerin wohl noch mal überdenken müssen, dachte sie. Sie nahm die Zügel auf und ritt los. Noch immer war Mira völlig perplex, dass Antje sie soviel gefragt hatte. So genau hatte noch niemand von ihr wissen wollen, was sie gut konnten und wo es noch haperte. Eine Einzelstunde war doch etwas ganz anderes, dachte sie. Die Aufmerksamkeit galt nun komplett ihr und Anton. Daran musste sie sich wohl erst noch gewöhnen. Einerseits war das toll, dass sie nun endlich im Begriff war, guten Unterricht zu bekommen, andererseits war ihr nicht wohl bei dem Gedanken, dass Antje nun alles mitbekommen würde, was sie falsch machte. Von jetzt an war sie keine Sekunde mehr unbeobachtet.

Antje musste Miras Gedanken gelesen haben, denn sie rief ihr fröhlich zu: „Tu möglichst so, als wäre ich gar nicht da. Reite so wie sonst auch. Vergiss mich einfach. Ich will erst mal ein paar Minuten nur zuschauen." „Leichter gesagt als getan", murmelte Mira leise, als sie im Schritt auf den Zirkel abwendete. Eine Reitlehrerin, die so offensichtlich und präsent in der Mitte der Halle stand, war schwer zu ignorieren. Mira beschloss, dass sie gar nicht erst versuchen würde, Anton an den Zügel zu stellen. Sie hatte das Ergebnis ihres letzten Versuchs noch allzu gut in Erinnerung. Stattdessen nahm sie die Zügel nur so viel auf, dass sie eine leichte Verbindung zu Antons Maul spürte. Dieses Mal würde sie nicht an Anton herumziehen und drücken und dadurch ihren Sitz und die Laune ihres Pferdes ruinieren. Sie würde sich ausschließlich auf ihren Sitz konzentrieren, um wenigstens keinen ganz furchtbaren Eindruck zu hinterlassen, das hatte sie sich fest vorgenommen. Mira hatte nicht die geringste Ahnung, was genau Antje von ihr sehen wollte. Also ritt sie zunächst ein paar Hufschlagfiguren im

Schritt, danach im Trab. Schließlich galoppierte sie Anton auf beiden Händen einmal an, erst auf dem Zirkel, dann ganze Bahn. Es war ihr unheimlich, dass sie dabei so akribisch beobachtet wurde, ohne dass sie eine Anweisung oder Korrektur bekam. Allerdings stellte sie erstaunt fest, dass Anton zufriedener und runder lief als an dem Tag, an dem sie in Ulrikes Stunde vergeblich darum bemüht war, ihn ohne die Dreieckszügel in eine schöne Haltung zu bringen. Damit bestätigte sich ihr Verdacht, dass sie mit zu viel Krafteinsatz geritten war. „Hoffentlich hat Antje eine bessere Alternative für Anton und mich parat", dachte Mira und schielte zu Antje rüber, die mit schief gelegtem Kopf immer noch auf dem gleichen Fleck des Hallenbodens stand und Anton und sie musterte. Nach zehn Minuten, die Mira wie eine Ewigkeit vorkamen, rief Antje sie endlich zu sich in die Mitte. „Vielen Dank, jetzt habe ich schon mal einen ersten Eindruck von euch beiden bekommen", sagte Antje und streichelte Antons Hals, während sie fortfuhr: „Du hast eine gute Sitzgrundlage. Damit können wir arbeiten. Ein ausbalancierter Sitz ist das A und O. Hier und da sind noch ein paar Kleinigkeiten zu korrigieren, aber die Basis stimmt. Außerdem reitest du mit viel Gefühl, das finde ich super." Mira atmete erleichtert auf. Also hatte sie sich schon mal nicht bis auf die Knochen blamiert, was für ein Glück. „Du hast aber auch Recht mit deiner Einschätzung, dass wir an Antons Gymnastizierung arbeiten müssen. Er läuft zwar nicht verspannt, aber wenn du ihn dazu bringst, mehr über den Rücken zu arbeiten, kann er dich leichter tragen, baut die richtige Muskulatur auf und wird beweglicher. Dann macht das Reiten auch gleich doppelt so viel Spaß!" „Woran sehe ich denn, ob ein Pferd gut bemuskelt ist?", fragte Mira neugierig. „Steig mal ab, ich zeige dir ein paar Stellen, an denen man die Muskulatur ganz gut beurteilen kann", sagte Antje. Mira stieg ab, und Antje ließ sie absatteln. „Eine merkwürdige Reitstunde", dachte Mira, während sie Antons Sattel über die Bande legte. „Schau mal, in dieser dreieckigen Mulde müssten sich nach und nach die Oberhalsmuskeln ausbilden und sie ausfüllen", erklärte Antje und malte mit dem Finger Striche in Antons Fell am Hals. Mira fiel zum ersten Mal auf, dass an der Stelle tatsächlich eine leichte Vertiefung zu sehen war. Antje fuhr fort: „Und hier hinter der Schulter hat er auch eine leichte Kuhle. Auch die wird durch gutes Reiten verschwinden - vorausgesetzt der Sattel passt." „Den haben wir extra auf ihn anpassen lassen", sagte Mira schnell und versuchte sich die Erklärungen von Antje einzuprägen. Über die Muskulatur ihres Pferdes hatte sie sich bisher wenig Gedanken gemacht, stellte sie nun fest. „Seine Hinterhandmuskulatur ist gar nicht schlecht. Sie könnte allerdings noch ausgeprägter sein, wenn er seinen Rücken noch effizienter nutzen würde. Aber genau daran wollen wir ja zusammen arbeiten, stimmt's?" Mira nickte und fragte sich, was als nächstes kommen würde. Sollte sie Anton nun wieder satteln? Antje schien Miras Gedanken zu erraten und erklärte ihr, dass Anton nun erst einmal ohne Reitergewicht lernen sollte, in welcher Haltung er sich überhaupt zu bewegen hatte. Voller Staunen schaute Mira zu, während Antje Antons Zügel ergriff und ihr Pferd nach wenigen Sekunden den Hals rundete und auf seinem Gebiss kaute. „Unglaublich!", entfuhr es Mira, „wie hast du das gemacht?" „Ganz einfach", entgegnete Antje lächelnd und zeigte Mira, wie sie die Zügel halten musste und wie sie aus den Fingern leichte Impulse geben konnte, die Anton zum Kauen brachten. Mira befolgte Antjes Anweisungen genau und bemerkte fasziniert, dass sie das gleiche Ergebnis bekam wie Antje. Zum ersten Mal konnte sie sich vorstellen, wie sich ein zufrieden kauendes Pferdemaul beim Reiten in der Hand anfühlen würde. Sie war begeistert. Antje zeigte ihr als nächstes, wie sie Anton in dieser Haltung angehen lassen und wieder anhalten konnte. Nach einer halben Stunde lief Mira bereits Zirkel und Volten mit Anton und schaffte es sogar, ihn dabei weich nach innen zu stellen - genial! Wenn sie so ein Gefühl in der Hand irgendwann beim Reiten hätte, wäre das einfach perfekt, dachte sie. Am Ende der Stunde rief Antje sie zu sich in die Mitte: „Und, was denkst du?", fragte sie. Mira keuchte ein bisschen, denn das Laufen im Sand in einer für sie ungewohnten Haltung war anstrengender gewesen als erwartet. „Es ist ungewohnt und ziemlich anstrengend, aber es scheint zu helfen. Anton hat in der kurzen Zeit schon verstanden, dass er seinen Hals runden soll, und ich musste nicht ziehen, schieben oder drücken. Ich glaube, er hat wirklich freiwillig mitgemacht." Antje lächelte. „Ja", antwortete sie, „den Eindruck hatte ich auch. Du hast ein Pferd, das alles richtig machen möchte. Ein toller Haflinger. Das Schöne an dieser Dressurarbeit vom Boden ist, dass du später auch fast alle Lektionen von dort vorbereiten kannst. Die Pferde lernen es auf diese Weise oft schneller, als wenn du es ihnen direkt vom Sattel aus beibringen willst. Ich schlage vor, dass du mal für eine Woche den Schwerpunkt auf diese Arbeit vom Boden legst. Übe einfach die Sachen, die wir heute zusammen erarbeitet haben. Und zwischendurch reitest du einfach am langen Zügel aus und vergisst die Dressurarbeit. Wenn Du möchtest, machen wir dann nächste Woche weiter mit dem nächsten Schritt." Mira freute sich. Sie war sich ganz sicher, dass sie bei Antje weiter reiten wollte. Ihr war bewusst, dass der Unterricht bei dieser Reitlehrerin ganz anders ablief, als sie es bisher gewohnt war, aber das störte sie nicht. Solange es sie und Anton weiterbrachte, war das egal. Sollten doch alle anderen denken, was sie wollten. Außerdem war Antje nett und konnte gut erklären. Und für den Luxus von gutem Reitunterricht würde sie sogar in Kauf nehmen, weiterhin samstags früh aufzustehen... Mira bezahlte ihre Stunde und verabschiedete sich von Antje. Auf dem Weg zum Stall kam ihr die Luft nicht mehr ganz so kalt vor wie noch vor einer Stunde. Vergnügt pfiff sie vor sich hin und konnte es kaum glauben, dass die Suche nach ordentlichem Reitunterricht nun ein Ende zu haben schien. Und Antje mochte Anton, das war für Mira ebenfalls eine ganz neue Erfahrung. Ulrike, so schien es Mira, hatte sie immer als Reiterin zweiter Klasse gesehen, weil sie einen Haflinger ritt.

Als sie Anton abgesattelt hatte, hielt Mira inne. Sie hatte ganz vergessen, Antje zu fragen, was sie denn mit ihrer Springstunde am Mittwoch machen sollte. Ob sie die auch einmal ausfallen lassen musste, damit Anton nicht verwirrt würde? Mira legte nachdenklich den Sattel auf den Sattelhalter und bemerkte Denise erst spät, die sich in der Stallgasse genähert hatte. „Hi Mira, ich hatte gehofft, dich noch zu treffen. Wie war deine Stunde?" Mira erzählte ihr, was sie gelernt hatte und dass Anton alles prima mitgemacht hatte. „Schön, dass es dir gefallen hat. Antje ist auch einfach eine tolle Reitlehrerin. Übrigens bin ich nicht nur vorbeigekommen um dich zu fragen, wie deine Stunde war, sondern weil ich dich noch was anderes fragen wollte." Mira schaute neugierig auf, während sie Antons Hufe weiter auskratzte. Denise fuhr fort: „Wir fahren nächste Woche für vier Tage auf Klassenfahrt. Hättest du vielleicht Zeit und Lust, in der Zeit Chayenne zu reiten? Du kannst sie auch gerne in Markus' Stunde springen, wenn du möchtest. Wobei, dann müsstest du dich ja zerteilen, du bist ja mit Anton in der gleichen Stunde." „Oh, ich würde sie total gerne reiten. Und springen würde ich sie auch furchtbar gerne, dann kann ich mich nämlich mit Anton in der nächsten Woche noch besser auf die Dressurarbeit an der Hand konzentrieren und muss trotzdem nicht die Springstunde absagen." Mira hielt kurz inne und konnte sich die Frage, die sich in ihrem Kopf ausbreitete, nicht verkneifen: „Wow, ich fühle mich echt geehrt, dass ich Chayenne reiten darf, - aber warum fragst du gerade mich?" Denise blickte Mira verständnislos an. „Wieso denn nicht dich? Du reitest mit weicher Hand, das ist wichtig bei Chayenne. Ich meine, das ist natürlich bei jedem Pferd wichtig, aber Chayenne kann auch mal ungemütlich werden, wenn sie sich zu hart angefasst fühlt. Außerdem bist du zuverlässig und jeden Tag hier, ich wüsste nicht, wen ich sonst fragen sollte." Denise klang dabei so überzeugt, dass Mira beschloss, ihre Aussage einfach hinzunehmen und sich zu freuen. Sie hatte noch nie vorher die Chance gehabt, sich irgendwo auf ein so fein gerittenes Pferd zu setzen. Mira konnte es kaum abwarten. „Komm doch gleich eben mit rüber, dann zeige ich dir, wo Chayennes Sattelzeug ist." Die beiden Mädchen gingen in den anderen Stalltrakt, in dem sich Chayennes Box befand, und Mira ließ sich alles zeigen. „Hast Du auch Dr. Weiss als Tierarzt? Ich meine nur, falls Chayenne krank wird, während du weg bist?" Denise lächelte und antwortete: „Ja, den habe ich auch für Chayenne. Aber keine Sorge, außer zum Impfen musste er bisher noch nie kommen. Sie wird schon nicht ausgerechnet in den paar Tagen krank werden, an denen ich nicht da bin." Mira hoffte es inständig. Sie hatte in ihrem ganzen Leben noch nie ein so gut ausgebildetes Pferd reiten dürfen und freute sich sehr darauf. Ein bisschen aufgeregt war sie schon bei dem Gedanken, dass Denise nicht einmal in der Nähe sein würde, wenn sie ihr Pferd ritt. Wie Chayenne wohl bei ihr laufen würde? Mira hoffte inständig, dass sie das Pferd nicht in der kurzen Zeit verreiten würde. Sie musterte die Stute, die völlig entspannt in ihrer Box stand. Wenn man sie aus dieser Perspektive betrachtete, sah sie wieder aus wie ein absolutes Durchschnittspferd, fand Mira. Nichts deutete auf die Ausstrahlung hin, die sie mit Denise im Sattel hatte. Mira verspürte plötzlich den Wunsch, mehr über Denise zu erfahren. Denise war schließlich auf den ersten Blick genauso unscheinbar wie ihre Stute. „Haben deine Eltern eigentlich auch Ahnung von Pferden?", hörte sich Mira fragen. „Meine Mutter ist während ihrer Schulzeit damals auch ein paar Jahre lang geritten", antwortete Denise. „Während des Studiums hat sie aufgehört und danach auch nie wieder angefangen. Meine Eltern sind beruflich total oft unterwegs. Ich glaube, sie haben mir Chayenne gekauft, weil sie ein schlechtes Gewissen deswegen hatten. Und so gammele ich wenigstens nicht auf der Straße rum, sagt mein Vater immer." Mira nickte. Plötzlich war sie froh darüber, dass ihre Mutter sich oft Zeit für sie und Maren nahm. Gerade für Maren ist das echt wichtig, dachte Mira. Wenig später verabschiedete sie sich von Denise und machte sich auf den Heimweg. Zu Hause empfing ihre Mutter sie mit einer Nachricht von Laura: „Sie hat eben angerufen und gesagt, dass sie starke Kopfschmerzen hat und dass ihr euch deshalb leider nicht treffen könnt heute Abend." „Ach, schade", entgegnete Mira, „was mache ich denn dann? Nicole hat ja auch keine Zeit und im Fernsehen kommt bestimmt auch nur Mist." Miras Mutter überlegte kurz und schlug dann vor:„Was hältst du davon, wenn wir drei eine Pizza essen gehen? Ist zwar wahrscheinlich nicht so amüsant wie mit deinen Freundinnen essen zu gehen, aber wir waren ja auch schon lange nicht mehr zu dritt weg. Was sagst du dazu?" Mira kam für einen Bruchteil einer Sekunde der Gedanke, dass es sicherlich uncool war, mit Schwester und Mutter irgendwo essen zu gehen an einem Samstagabend, aber andererseits war es allemal besser, als alleine zu Hause vor dem Fernseher zu sitzen. Außerdem hatte sie noch die Worte von Denise im Kopf, und so stimmte sie dem Vorschlag ihrer Mutter zu. Maren bestand darauf, dass sie zu Alfredo essen gehen sollten, und so steuerten sie die Pizzeria am Ortsrand an. Mira war froh über Marens Wahl, denn die Pizza bei Alfredo war auch in ihren Augen wirklich die beste, die man in dieser Gegend bekommen konnte. Zu Miras Freude war ein Tisch in einer der gemütlichsten Sitznischen frei. Sie vertiefte sich direkt in die Karte, und während sie noch überlegte, ob sie lieber Nudeln oder Pizza essen wollte, hörte sie ihren Magen knurren. Eine ihr bekannte Stimme riss sie aus ihren Überlegungen: „Darf ich euch schon was zu trinken bringen?" Mira sah auf und blickte in Thorstens überraschtes Gesicht. Er hatte sie offensichtlich vorher auch nicht erkannt. ‚Ach du Scheiße, warum arbeitet denn ausgerechnet der bei Alfredo?', dachte Mira und hoffte inständig, dass ihr die Gesichtszüge nicht komplett entglitten. Damit hatte sie ja nun überhaupt nicht gerechnet. Wer konnte auch schon ahnen, dass Thorsten kellnerte? Ausgerechnet Thorsten? Mira hatte sich nach dem Duschen nur schnell einen Pulli übergeworfen und war in ihre Lieblingsjeans geschlüpft. Obwohl sie es sich nicht eingestehen wollte, ärgerte sie sich in diesem Moment darüber, dass sie sich nicht wenigstens ein bisschen gestylt hatte. Schließlich sollte Thorsten ruhig denken, dass ihm durch seine blöde Anmache auf der Party etwas entgangen war. Sie bemühte sich um einen möglichst emotionslosen Gesichtsausdruck und sagte mit fester Stimme: „Also ich nehme 'ne Cola." Thorsten nahm die Getränke auf und verschwand in Richtung Theke. Auch er hatte sich nichts anmerken lassen. „Der Typ saß doch schon mal in unserem Wohnzimmer!", platzte nun Maren heraus. „Ihr kennt euch?", fragte Miras Mutter interessiert. „Na ja, kennen ist zuviel gesagt. Er ist ein Kumpel von Nicoles Freund", entgegnete Mira und fügte hinzu: „Dadurch bin ich ihm schon mal begegnet." Mit einem genervten Blick signalisierte sie ihrer Mutter, dass sie das Thema wechseln wollte. Sie war sich sicher, dass ihre Mutter sich den Abend nicht verderben lassen wollte, und behielt Recht. Ihre Mutter fragte nicht weiter nach. Maren hatte wie immer eine Menge zu erzählen, und Mira war dankbar dafür. Als Thorsten mit den Getränken wieder kam, schenkte er ihr ein breites Lächeln. Mira erwiderte sein Lächeln halbherzig und atmete erleichtert auf, als er die Getränke verteilt hatte und sich auf dem Rückweg zum Tresen befand. Sie saß mit dem Rücken zur Theke und konnte daher nicht sehen, wie er dort hantierte. ,Mein Glück. Wenn ich ihn jetzt eine Stunde permanent im Blickfeld hätte, würde ich wahnsinnig werden', schoss es ihr durch den Kopf. Ihr fiel es unheimlich schwer, ihm in die Augen zu sehen. Das lag wohl auch daran, dass er einen recht durchdringenden Blick hatte, überlegte sie. Thorsten schien wohl ausschließlich für die Getränke zuständig zu sein, denn für die Bestellung des Essens erschien wenig später ein anderer Kellner. Diese Tatsache half Mira, sich wenigstens ein bisschen auf die Gespräche mit ihrer Schwester und ihrer Mutter zu konzentrieren. Wobei sie nicht sonderlich viel dazu beitragen musste, denn Maren hielt eigentlich einen Monolog. Sie erzählte von der Schule, ihren Klassenkameraden, den Lehrern, vom Schwimmen, von ihren Freundinnen und deren Eltern... Mira schwirrte der Kopf. Immerhin schaffte sie es recht erfolgreich, den Eindruck zu vermitteln, dass sie zuhörte, denn weder ihre Mutter noch Maren sprachen sie noch mal auf das Thema Thorsten an. Als sie das Restaurant verließen, warf Mira einen flüchtigen Blick in Richtung Theke. Thorsten war nicht in Sicht und Mira beeilte sich, zur Tür hinaus zu kommen. Wie gut, dass sie ihm nicht auch noch tschüss sagen musste, schoss es ihr durch den Kopf. Alleine der Gedanke daran reichte aus, um ihr einen kleinen Adrenalinschub zu verpassen.

11

Als Mira am Montag in den Schulbus stieg, ließ sie ihren Blick kurz durch die Reihen streifen und war erleichtert, dass sie weder Thorsten noch Felix entdecken konnte. Wahrscheinlich, so dachte sie, hatten die beiden heute erst zur zweiten Stunde. Laura war noch immer krank, und so setzte Mira sich auf den freien Platz neben Nicole. „Na, du siehst aber ganz schön müde aus", stellte diese fest und musterte Mira von oben bis unten. „Das täuscht, ich bin hellwach", entgegnete Mira ironisch und gähnte. „Dabei habe ich überhaupt keinen Grund müde zu sein. So früh wie an diesem Wochenende war ich schon lange nicht mehr im Bett." Nicole verstaute ihr Mathebuch in ihrem Rucksack und nuschelte, dass sie ihre Hausaufgaben in der Pause machen würde. Seufzend lehnte sie sich zurück, und sie schwiegen für einen Moment. Dann prustete Nicole plötzlich los: „Ach übrigens, schöne Grüsse von Thorsten. Ich soll dir ausrichten, dass dir Grün außerordentlich gut steht." „Häh?!" Mira verschlug es die Sprache, so perplex war sie. Doch dann kam ihr der Samstagabend beim Italiener in den Sinn. Dort hatte sie ihren Lieblings-Wohlfühl-Pulli getragen. Der war mit Sicherheit alles andere als sexy, konnte aber dadurch punkten, dass er einfach warm und super bequem war. Nur deshalb trug sie ihn so gerne. Thorstens Anspielung konnte sich eigentlich nur auf diesen Pullover beziehen. Mira runzelte die Stirn. „Verarschen kann ich mich selber", knurrte sie. Nicoles Grinsen wurde immer breiter, und sie schüttelte betont heftig den Kopf. „Nein, der hat das ernst gemeint", ereiferte sie sich, „ehrlich, der steht auf dich." „Und wenn schon. Woher weißt du überhaupt, dass er das mit dem Grün über mich gesagt hat?", fragte Mira bissig.

„Er war gestern bei Felix, und ich bin auch kurz dort vorbeigefahren. Ich wusste nicht, dass Thorsten auch da ist. Jedenfalls hat er mir da erzählt, dass er dich am Samstagabend bei Alfredo gesehen hat und dass ich dir ausrichten soll, dass Grün dir gut steht. Und das habe ich ja nun hiermit erledigt", sagte Nicole triumphierend. „Aha." Mira war nur mäßig zufriedengestellt mit dieser Erklärung, beschloss aber, sich nicht weiter den Kopf darüber zu zerbrechen. Erstens fühlte sie sich wirklich veräppelt und zweitens konnte ihr Thorstens Meinung über sie und ihren Stil wirklich egal sein. Sie startete den Versuch, das Thema zu wechseln, musste aber feststellen, dass Nicoles Gedanken permanent um Felix kreisten. Nicht einmal Miras Bemühungen, Nicole zu ihrem Handballspiel vom Vortag zu befragen, waren erfolgreich. Immer wieder schweifte Nicole ab, und Mira zweifelte daran, dass sie sich je wieder normal mit ihrer Freundin würde unterhalten können. Sie war genervt - das war definitiv nicht mehr die Nicole, die sie kannte. Mira dachte wehmütig daran, wie sie noch vor ein paar Wochen zusammen gelacht, geredet, gelästert und manchmal sogar zusammen geweint hatten. Es kam ihr so vor, als ob seitdem Jahre vergangen waren. Wenn verliebt sein einen Menschen so veränderte und man dadurch so langweilig wurde, wollte sie sich erst gar nicht verlieben, beschloss sie.

Die sechs Stunden hatten sich wie eine Ewigkeit hingezogen. Ohne Laura war dieser Morgen in der Schule nur schwer zu ertragen gewesen, fand Mira. Sie war froh darüber, dass sie auf dem Weg zum Stall die Zeit hatte, ihre Gedanken zu sortieren. Der Wind war wieder stärker geworden und blies ihr frontal entgegen. Mira biss die Zähne zusammen und kämpfte sich vorwärts. Als sie ihr Fahrrad in den Fahrradständer neben der Reithalle schob, war ihr Kopf wieder frei für die Pferde. Sie wollte zuerst Anton bewegen und später Chayenne. Am Vortag war sie mit Anton ausgeritten und hatte sich kaum getraut, die Zügel anzufassen. Ihr war zwar bewusst, dass diese Vorsicht etwas übertrieben war, aber die Sorge, zuviel mit der Hand zu machen, hatte sie nicht losgelassen. Die Arbeit am Boden in Antjes Stunde hatte sie nachhaltig beeindruckt. Das Gefühl der Leichtigkeit, das Anton ihr vermittelt hatte, als er neben ihr laufend auf dem Gebiss gekaut - und schließlich im Genick nachgegeben hatte, war unbeschreiblich gewesen. Dabei war ihr noch deutlicher klar geworden, wie sensibel ein Reiter mit dem Pferdemaul umgehen musste. Auch ihr eigener Haflinger war noch feinfühliger, als sie zu hoffen gewagt hatte. Mira trenste Anton auf und ging mit ihm in die Halle. Genauso schnell wie am Samstag gelang es ihr, ihn vom Boden aus in seiner Haltung zu beeinflussen. Während sie ein paar Hufschlagfiguren liefen, kaute Anton zufrieden auf seinem Gebiss und ließ sich problemlos nach innen stellen. Mira war begeistert. Wäre das Ganze für sie nicht so anstrengend gewesen, hätte sie ewig weitermachen können. Aber sie spürte recht schnell, wie ihre Arme und Schultern schwer wurden von der ungewohnten, leicht verdrehten Haltung, in der sie sich bewegte. Der Hallenboden erschwerte das Laufen zusätzlich, und so entließ sie ihr Pferd bereits nach zwanzig Minuten wieder auf die Winterweide. Antje hatte ihr empfohlen, nicht zu lange zu üben, damit Anton die Motivation zur Mitarbeit nicht verlor. Mit ihren leicht schmerzenden Schultern war Mira in diesem Moment froh über diese Anweisung ihrer neuen Reitlehrerin. Außerdem hatte sie dadurch noch genug Zeit und Energie, sich ausgiebig um Chayenne zu kümmern. Ein bisschen aufgeregt war sie dann doch, als sie die große Schimmelstute sattelte. Aber Chayennes Gelassenheit war so ansteckend, dass Miras Aufregung sich nach und nach in Freude darüber wandelte, dieses tolle Pferd reiten zu dürfen. Zu ihrer Erleichterung war die Halle noch immer frei. Bei der Arbeit an der Hand mit Anton war das sehr angenehm gewesen, weil sie sicher jedem hätte erklären müssen, was sie dort machte und warum sie das tat. Mira konnte sich denken, dass ein großer Teil der Einsteller sie kritisch beäugt oder belächelt hätte.

Und mit Chayenne konnte sie sich ohne Mitreiter und Zuschauer einfacher zusammenraufen, da war sie sich sicher. Die anderen Reiter wussten ja größtenteils, wie toll dieses Pferd laufen konnte, und alleine dieser Gedanke setzte sie unter Druck. ‚Gut, dass keiner hier ist', dachte sie und ärgerte sich darüber, dass sie in diesem Punkt nicht mehr Selbstbewusstsein hatte. Schließlich war es doch ganz natürlich, dass sie die Stute nicht so perfekt reiten konnte wie Denise es tat. Trotzdem konnte sie doch die Chance nutzen, von diesem tollen Pferd zu lernen. „Genau das werde ich auch machen", sagte sie sich und schwang sich in den Sattel. Chayenne stand wie ein Fels und horchte aufmerksam nach hinten, als Mira sich sortierte. Sie streichelte den Hals der Stute und ritt mit leichtem Schenkeldruck an. Chayenne setzte sich in Bewegung, und Mira staunte über den raumgreifenden, schaukelnden Schritt, den die Stute an den Tag legte. Es war lange her, dass sie das letzte Mal ein Großpferd geritten hatte. Nachdem Mira Chayenne ein paar Runden mit hingegebenem Zügel geritten hatte, nahm sie die Zügel langsam auf. Die Stute rundete den Hals genau in dem Maß, in dem Mira die Zügel nachfasste, und kaute fühlbar auf dem Gebiss. Nachdem Mira das leichte Gefühl in ihrer Hand eine Weile genossen hatte, trabte sie an. Als sie die ersten kraftvollen Trabtritte von Chayenne unter sich spürte, musste sie unweigerlich lächeln. Es kam ihr so vor, als würde sie durch die Halle schweben. ‚Unglaublich!', dachte Mira. Allerdings merkte sie auch sofort, dass sie hochkonzentriert reiten musste, da Chayenne auf jede noch so feine Gewichtsverlagerung reagierte. „Genial", freute sie sich und probierte ein paar Übergänge auf der Zirkellinie. Nach einer Weile musste sie feststellen, dass die Zeit innerhalb der letzten fünfundvierzig Minuten unheimlich schnell vergangen war. In wenigen Augenblicken würde es voll werden in der Halle, und bis dahin wollte Mira fertig sein mit dem Reiten. Sie beschloss, zum Abschluss noch eine Runde auszusitzen. Da sie nur noch Antons Trab gewohnt war, rechnete sie sich keine hohen Chancen aus, dass ihr das bei Chayennes schwungvollen Bewegungen wirklich gelingen würde, aber sie wollte es zumindest einmal versuchen. Als sie den nächsten Schritt-TrabÜbergang ritt, widerstand sie beim Antraben der Versuchung, direkt wieder leicht zu traben, und blieb mit dem Hintern im Sattel. Was dann passierte, faszinierte sie unheimlich: Trotz des schwungvollen Trabs saß sie wie angegossen im Sattel. Dieses Gefühl wurde ihr durch einen flüchtigen Blick in den Spiegel bestätigt. Es war, als würde sie von unten in den Sattel hineingezogen werden, dachte sie. Mira strahlte und wäre am liebsten ewig so weiter geritten. Nach weiteren zwei Runden, in denen sie wie auf Wolke Sieben durch die Halle schwebte, betraten die ersten Reiter die Halle. Widerstrebend ließ Mira die Zügel aus der Hand kauen und beendete ihre Reiteinheit für diesen Tag. Als sie absaß und die Zügel vom Hals nahm, streichelte sie liebevoll Chayennes Hals. „Danke", flüsterte sie. Ihr war bewusst, dass die Stute nur deshalb so toll unter ihr gelaufen war, weil Denise sie so super ausgebildet hatte. Trotzdem hatte sie dieser Ritt in eine Art von Rauschzustand versetzt und in ihr den dringenden Wunsch geweckt, Anton zuliebe besser reiten zu lernen. „Irgendwann möchte ich so gut reiten können, dass ich Pferde selbst zu so einer Leichtigkeit ausbilden kann", träumte Mira, während sie Chayenne zurück in den Stall führte. Sie betrachtete die Stute neben sich und dachte ehrfürchtig, dass sie eine richtige vierbeinige Professorin war. Chayenne strahlte ihrer Meinung nach eine Mischung aus Sanftmut und Erhabenheit aus. Plötzlich kam ihr in den Sinn, dass sie die Stute bis vor ein paar Wochen nie wirklich wahrgenommen hatte. ‚Irgendwie verrückt', dachte sie. Wenig später verstaute sie Chayennes Sattelzeug ordnungsgemäß und konnte es kaum abwarten, sie am nächsten Tag wieder zu reiten.

Zu Hause angekommen griff Mira nach dem Telefon und verzog sich in ihr Zimmer, um Laura anzurufen. Sie hoffte inständig, dass Laura wieder gesund genug war, um ein wenig mit ihr zu quatschen. Mira wählte Lauras Nummer und freute sich, als sie nach einigen Sekunden des Wartens die Stimme ihrer Freundin hörte. „Wie geht's dir? Kommst du morgen wieder in die Schule?", fragte Mira hoffnungsvoll, denn Lauras Stimme klang eigentlich wie immer. „Heute geht's mir wieder gut", entgegnete Laura. „Ich wollte auch schon zur Schule kommen, aber meine Mutter hat mich nicht gelassen. Du weißt ja, wie vorsichtig sie immer ist. Und ich habe das ganze Wochenende auf und über dem Klo verbracht. War nicht so schön." „Das ist ja gruselig!" Mira schauderte. Ihrer Meinung nach gab es kaum etwas Schrecklicheres als eine Magen-Darm-Grippe. „Hauptsache, du kommst morgen wieder zur Schule, ich habe dich echt vermisst", fügte sie hinzu. Das war nicht gelogen, denn mit Nicole war zur Zeit wirklich nicht viel anzufangen, fand Mira. Sie erzählte Laura von der Stunde bei Antje und von ihrem Reiterlebnis mit Chayenne. Obwohl Laura aufmerksam zuhörte, merkte Mira schnell, wie schwierig es war, einem Nicht-Reiter ihr Erlebnis zu erklären. ‚Wahrscheinlich würde es aber auch längst nicht jeder Reiter nachvollziehen können', dachte sie später. Vor allem das Gefühl, das Chayenne ihr beim Aussitzen vermittelt hatte, konnte man sicherlich nicht auf jedem Pferd bekommen. Dafür musste ein Pferd sicher sehr gut geritten sein, überlegte sie. Mira hoffte, dass sie dieses Gefühl so in ihrem Gehirn abspeichern konnte, dass sie es wieder hervorrufen konnte, wenn sie Anton ritt. Dann würde sie zumindest nicht vergessen, wie ihr Ziel aussah. Als sie das Telefonat mit Laura beendet hatte, setzte sie sich an ihre Hausaufgaben. Amüsiert bemerkte sie, dass selbst die Mathe- und Physikhausaufgaben ihre Stimmung nicht verschlechtern konnten. Als Mira später im Bett lag und die Augen schloss, sah sie sich in größter Harmonie mit Anton über den Reitplatz schweben. Mit einem Lächeln im Gesicht schlief sie wenig später ein.

12

Der nächste Tag brachte einen Vorgeschmack auf den Frühling mit sich. Bis zum offiziellen Frühlingsanfang war es auch nicht mehr lange hin, und Mira konnte ihn beinahe riechen, als sie zum Stall radelte. An manchen Tagen im Winter fehlte ihr die Vorstellungskraft, sich den Frühling oder gar den Sommer auszumalen. Bei schmuddelig grauem Winterwetter beschlich sie dann von Zeit zu Zeit die Angst, dass der Sommer nie mehr kommen würde. Deshalb genoss sie die Sonnenstrahlen und deren wärmende Wirkung auf ihrer Haut in vollen Zügen. An diesem Tag reichte ihre Phantasie endlich wieder aus, um sich eine frühlingshafte Welt mit Blättern an den Bäumen und blühenden Blumen vorzustellen. Zum ersten Mal seit längerer Zeit machte ihr sogar das Fahrradfahren wieder Spaß. Das Wetter war viel zu schön, um nicht genutzt zu werden, fand sie. Sie beschloss, dass sie erst Chayenne in der Halle reiten und dann mit Anton einen Ausritt machen würde. Dieses Mal konnte sie sich mit Chayenne mehr Zeit lassen, denn in der Schule war ihre sechste Stunde ausgefallen, und es war erst früh am Nachmittag. Um diese Zeit war selten jemand außer ihr zum Reiten da. Auch an diesem Tag war das nicht anders. Chayenne lief genauso schön wie am Tag zuvor, und als Mira wenig später in Antons Sattel stieg, war sie bester Laune. An die kürzeren Schritte ihres Haflingers musste sie sich für einen Moment erst wieder gewöhnen, doch dann fühlte sie sich ganz zu Hause. Ihr Pferd, ihr Sattel und die ihr vertrauten Zügel - auf Antons Rücken spürte sie die besondere Vertrautheit, die sie mit keinem anderen Pferd verband. Sie vertraute ihrem Pferd zu hundert Prozent, und diese Tatsache machte Anton für sie persönlich zu etwas ganz Besonderem. Sie schlang die Arme um seinen kräftigen Hals, während er den Hügel zum Wald hoch stapfte. Anton schnaubte, und Mira inhalierte den Geruch seines Fells. Dieser Pferdegeruch hatte sie schon als kleines Mädchen fasziniert, und über die Jahre hatte sie bemerkt, dass jedes Pferd ein bisschen anders roch. Antons Geruch war ihr so vertraut wie alles andere an ihm auch. Mira hielt ihn an, um noch einmal nachzugurten, und nutzte die Gelegenheit dafür, die Bügel zwei Loch kürzer zu schnallen. Der Weg sah relativ trocken aus, und sie hegte die Hoffnung, dass sie vielleicht endlich mal wieder ein Stück galoppieren konnte. Ein paar Minuten später war sie am Waldrand angelangt und bog in einen Waldweg ein, der sich in sanften Kurven durch den Wald schlängelte. Sie ließ Anton antraben und merkte gleich, wie viel Energie in ihm steckte. Als der Weg etwas breiter wurde, entschied sie, einen Galopp zu wagen. Der Boden war zwar noch nicht komplett abgetrocknet, aber es waren auch keine tiefen Matschlöcher in Sicht. Schon nach wenigen Galoppsprüngen wusste sie wieder, was sie so viele Wochen lang vermisst hatte. Anton quietschte und Mira war sich sicher, dass er am liebsten vor Übermut gebuckelt hätte. Trotzdem nahm er sich zusammen, und sie erlaubte ihm, seine Galoppsprünge zu verlängern. Wirklich schnell konnte man auf den Waldwegen ohnehin nicht galoppieren, dafür waren sie zu uneben und zu unübersichtlich. Mira hätte nicht sagen können, ob sie oder ihr Pferd diesen ersten Galopp im Gelände am Ende des Winters mehr genossen hatte, als sie sich plötzlich gezwungen sah, zum Schritt durch zu parieren. Auf dem Waldweg kam ihr ein Spaziergänger mit Hund entgegen. Erst als sie auf gleicher Höhe waren, erkannte sie, dass es nicht irgendein Spaziergänger war. Der junge Mann mit dem Hund an der Leine war ihr nicht unbekannt - es war Thorsten! Miras Puls beschleunigte sich schlagartig. Im Restaurant hatte sie seinen Blicken recht erfolgreich ausweichen können, und in der Schule sah sie ihn fast nie. Aber in diesem Moment auf einem einsamen Waldweg konnte sie schlecht so tun, als wenn sie sich noch nie begegnet wären.

So ein Verhalten wäre selbst ihr lächerlich vorgekommen. Mira gab sich einen Ruck und sagte: „Hi, was für ein Zufall! Ist das dein Hund? Der ist ja riesig!" Thorsten bereitete es keinerlei Schwierigkeiten, ihr in die Augen zu sehen. Er erwiderte: „Jein, ein Viertel davon ist meiner, sozusagen. Pünktchen ist Familienhund, er gehört uns allen." Mira blickte beeindruckt auf Pünktchen herunter, der sich brav neben Thorsten gesetzt hatte und freudig mit dem Schwanz wedelte. Er gehörte zu den größten Hunden, die Mira je gesehen hatte. Sie fragte sich, ob er ein Doggenmischling war. Eigentlich kam gar keine andere Rasse in Frage. „Versteht er sich denn mit euren Katzen?", fragte sie neugierig. „Bestens. Das ist überhaupt kein Problem. Sie schlafen sogar zusammen auf Pünktchens

Hundekissen", erwiderte Thorsten. Mira stellte sich das bildlich vor und war umso mehr fasziniert von dem riesigen Vierbeiner. Pünktchen war nicht nur imposant, Mira fand ihn außerdem wunderschön.

Nie im Leben wäre sie auf den Gedanken gekommen, dass Thorsten einen Hund haben könnte. Die Tatsache, dass er sogar mit ihm spazieren ging, machte ihn doch ein bisschen sympathisch, ob sie es wollte oder nicht. Er trug ein Baseball-Cap zu Jeans und Turnschuhen und sah hier draußen gar nicht so obercool aus - eher lässig und irgendwie ganz natürlich.

„Und wie heißt dein vierbeiniger Kollege hier?", fragte Thorsten und machte einen Schritt nach vorne, um Antons Hals streicheln zu können. „Anton", erwiderte Mira und merkte, wie ihre Wangen erröteten. „Ist das ein Haflinger?", erkundigte sich Thorsten fachmännisch, ohne dabei die Augen von Anton abzuwenden. Nun war Mira wirklich überrascht. „Genau. Woher weißt du das? Sag nicht, dass ihr auch noch ein Familienpferd besitzt?" Die Frage klang sarkastischer, als sie es beabsichtigt hatte. „Nee, aber wir waren vor ein paar Jahren in Tirol im Urlaub, und da gab es überall Haflinger. Und die sahen genauso aus wie Anton", grinste Thorsten. In diesem Moment fing Anton an, mit einem seiner Vorderhufe zu scharren, was er sonst nur äußerst selten tat. Thorsten zog erschrocken seine Hand zurück, und Mira nutzte die Gelegenheit, um sich zu verabschieden: „Mein Pferd wird ungeduldig", sagte sie schnell, „ich muss weiter. Bis demnächst." „Man sieht sich", erwiderte Thorsten, und Mira spürte, dass er ihr hinterher sah. Nachdem sie um die nächste Kurve gebogen war, trabte sie Anton erneut an. Dieses Mal ließ sie ihn einige Minuten traben und merkte, wie der Fahrtwind ihren Kopf frei pustete. Ihr war bewusst, dass sie Thorsten bisher deshalb so erfolgreich aus ihren Gedanken verdrängt hatte, weil sie davon überzeugt gewesen war, dass er einen an der Waffel hatte. Nun begann dieses Bild von ihm zu bröckeln, und das gefiel ihr überhaupt nicht. Das Leben war schon kompliziert genug, und es war sicherlich besser, wenn alles beim Alten blieb, dachte sie. Aber so sehr sie sich auch dagegen wehrte, ein Stückchen Thorsten hatte sich soeben in ihrem Hirn breit gemacht und ließ sich dort beim besten Willen nicht mehr verdrängen - auch nach einem zweiten flotten Galopp nicht.

13

Als sie am Morgen im Schulbus neben Nicole Platz nahm, war Mira sich ziemlich sicher, dass ihre Freundin wieder bestens informiert war über ihr zufälliges Zusammentreffen mit Thorsten. Da Nicole jedoch die gesamte Busfahrt hindurch nicht mit diesem Thema anfing, hegte Mira schließlich die Hoffnung, dass Thorsten diese zufällige Begegnung im Wald ausnahmsweise für sich behalten hatte. Das war ihr mehr als Recht, denn sie konnte sich gut vorstellen, was Nicole sonst wieder in dieses Zusammentreffen hinein interpretiert hätte. Stattdessen gelang es Laura und Mira, Nicole von der Dringlichkeit eines Mädelsabends zu überzeugen. Sie einigten sich auf Samstag. „Was machen wir denn Schönes?", fragte Laura in die Runde. „Wir könnten schwimmen fahren", schlug Nicole vor, „In Hagen gibt es doch dieses große Spaßbad. Dort wollte ich schon lange mal hin." „Und mit Felix warst du noch nicht da?" Mira konnte sich die Frage nicht verkneifen. Viel Lust zum Schwimmen hatte sie nicht, aber mit ihren beiden Freundinnen würde es sicher ganz lustig werden. Sie hatte gehört, dass es in dem Schwimmbad sogar eine Kletterwand über dem Wasser gab. Alleine dafür könnte es sich lohnen, entschied sie. „Mit Felix war ich noch nicht da", antwortete Nicole ruhig und ignorierte den bissigen Unterton in Miras Frage. „Meine Mutter kann uns bestimmt fahren, ich glaube nicht, dass sie am Samstag was vorhat." „Super, dann lass uns das auf jeden Fall festhalten", sagte Laura. Mira nickte zustimmend. Sie dachte an Maren und daran, wie neidisch ihre kleine Schwester sein würde, wenn sie hörte, wo sie und ihre beiden Freundinnen hinfahren wollten. Für einen kurzen Moment empfand sie so etwas wie Mitleid. Maren hätte es viel mehr bedeutet als ihr selbst, in so ein cooles Schwimmbad zu fahren. Mira schüttelte diesen Gedanken ab und stellte erstaunt fest, dass sie sich zunehmend auf den Samstagabend freute. Es wurde auch wirklich Zeit, dass sie mal wieder etwas zu dritt unternahmen.

Es war Mittwochnachmittag, und somit stand endlich wieder eine Springstunde bei Markus auf dem Plan. Für Mira war es ein merkwürdiges Gefühl, mit Chayenne statt mit Anton die Halle zu betreten. Denise hatte Markus bereits darüber informiert, dass Mira in dieser Woche mit Chayenne kommen würde. Mira war dankbar darüber, dass sie Markus deshalb nicht erklären musste, was sie gerade mit Anton erarbeitete. Sie hatte keine Ahnung, was er davon halten würde, ein Pferd vom Boden aus zu gymnastizieren. Wahrscheinlich hätte er das total exotisch gefunden, fürchtete sie. Lieber würde sie ihn demnächst mit einem guten Ergebnis überraschen. Dann konnte sie ihm ja immer noch sagen, wie Antje und sie das erarbeitet hatten. Markus würde sicherlich denken, dass sie Chayenne nur deshalb sprang, um mal ein anderes Pferd reiten zu können. Und gelogen war das ja auch nicht, dachte sie. Mira freute sich besonders darüber, Sarah wieder zu sehen. Aus irgendeinem Grund hatten sie sich in den letzten Tagen immer verpasst. Meistens hatte es daran gelegen, dass sie direkt nach der Schule zum Stall gefahren war. Sarah musterte Mira und Chayenne und grinste über das ganze Gesicht: „Welch ein ungewohntes Bild! Wie ist denn die Luft da oben?", scherzte sie. Bevor Mira antworten konnte, fuhr sie fort: „Wobei man sich daran gewöhnen könnte. Du siehst gar nicht so deplatziert aus auf diesem Pferd." „Danke", sagte Mira, obwohl sie nicht wusste, ob sie das als Kompliment auffassen sollte. „Wir haben uns auch in den letzten beiden Tagen schon ganz gut zusammengerauft", ergänzte sie und streichelte Chayennes leuchtend weißen Hals.

Sie ritten ihre Pferde ab, und Markus baute zwei der Sprünge niedriger, damit sie die Pferde darüber aufwärmen konnten. Als erstes sollten sie ein Kreuz aus dem Trab springen. Obwohl das Hindernis niedrig und Chayennes Tempo gleichmäßig war, bekam Mira einen kleinen Schrecken, als die Stute zum Sprung ansetzte. Die Flugkurve kam ihr viel aufwändiger vor als die von Anton, und sie hatte Mühe, sich der Bewegung des Pferdes anzupassen. „Hoffentlich falle ich nicht runter, wenn die Sprünge höher werden", dachte sie. Insgeheim wünschte sie sich den Bügelriemen zurück, den die Schulpferde damals in ihren ersten Springstunden um den Hals getragen hatten, damit die Reiter im Notfall hineingreifen und darin Halt finden konnten. Sie hatte den Riemen zwar nie gebraucht, aber alleine der Gedanke, dass sie hätte hineingreifen können, hatte ihr das Gefühl von Sicherheit vermittelt. Markus, der Miras Gedanken scheinbar erraten hatte, ermutigte sie: „Keine Sorge, aus dem Trab springt Chayenne immer etwas aufwändiger. Wenn wir gleich aus dem Galopp springen, wird es einfacher für dich." Mira konnte sich zwar kaum vorstellen, dass es wirklich einfacher werden würde, aber Markus behielt wie immer Recht. Als sie den gleichen Sprung wenig später aus dem Galopp anritt, war der Bewegungsablauf der Stute deutlich runder. Mira fühlte sich zunehmend wohler auf Chayennes Rücken und durfte im Verlauf der Stunde auch die höheren Hindernisse springen. Ihre Wangen glühten, und als Markus sie am Ende für ihre gute Leistung lobte, bekam sie glänzende Augen. Sie bedauerte, dass sie dieses außergewöhnlich gut ausgebildete Pferd nun nur noch einmal reiten konnte, bevor Denise wiederkam. In den drei Tagen hatte sie bereits eine Menge von Chayenne lernen können, daran bestand kein Zweifel für Mira.

„Wer hoch hinaus will, kann auch tief fallen", schoss es Mira durch den Kopf, als sie am darauf folgenden Tag unsanft wieder auf den Boden der Tatsachen zurückbefördert wurde. Denn obwohl sie genauso konzentriert und bemüht ritt wie an den Tagen zuvor, lief Chayenne nicht halb so gut. Auf Mira wirkte sie lustlos und matt, und es gelang ihr auch nicht, die Stute wirklich locker zu reiten. Chayenne schlurfte vor sich hin, sie entwickelte weder ehrliche Losgelassenheit noch Schwung. Nach einer knappen Stunde gab Mira deprimiert auf. Während Chayenne kein einziges feuchtes Haar an ihrem Körper hatte, war sie selbst nass geschwitzt. ‚So ein Mist', dachte Mira, ‚und das ausgerechnet einen Tag bevor Denise wiederkommt. Hoffentlich habe ich nicht doch innerhalb von vier Tagen das Pferd verritten!' Während Mira Chayenne absattelte, überlegte sie fieberhaft, warum die Stute dieses Mal so schlecht gelaufen war. Ihr fiel kein plausibler Grund ein. Ein wenig lustlos trenste Mira Anton auf, um mit ihm noch einmal die Aufgaben an der Hand zu üben, die sie von Antje bekommen hatte. Sie bezweifelte, dass sie am kommenden Tag dazu kommen würde, ihn zu bewegen, und deshalb war das nun die letzte Gelegenheit vor der nächsten Reitstunde, die Dinge noch einmal aufzufrischen. Da es nicht regnete und die Halle mittlerweile ziemlich voll war, ging sie mit Anton auf den Reitplatz. Sie hatten bereits ein paar Runden gedreht, als sie bemerkte, dass sie beobachtet wurde. Ein paar Mädchen hatten sich an die Umzäunung gestellt und sahen ihr bei der Handarbeit zu. Mira schätzte, dass sie etwa zwei Jahre älter waren als sie selbst. Obwohl sie ebenfalls Einstellerinnen waren, hatte Mira bisher nicht viel mit ihnen zu tun gehabt. Sie wusste aber, dass die vier Mädchen die Star-Reiter in Ulrikes Stunden waren und von vielen der jüngeren Reiterinnen bewundert wurden. Mira warf einen flüchtigen Blick auf die kleine Gruppe am Rande des Reitplatzes. Es war nicht zu übersehen, dass dort über das, was sie mit Anton machte, gelästert wurde. Miras Magen krampfte sich zusammen. Anton hingegen ließ sich von dem, was rundherum passierte, nicht beirren und schritt eifrig und in korrekter Haltung neben ihr her. ‚Genauso wie es sein soll‘, dachte Mira. Noch bevor sie den festen Entschluss fassen konnte, sich von den ungebetenen Zuschauern nicht aus der Ruhe bringen zu lassen, fragte eins der Mädchen provokativ und lauter als nötig: „Was soll das denn werden, wenn es fertig ist?“ Mira atmete einmal tief durch und antwortete so gelassen sie konnte: „Ich mache Handarbeit mit meinem Pferd.“ „Lern doch stricken, dafür brauchst du dein Pferd nicht mal!“, rief die Älteste in der Truppe und die anderen Mädchen kicherten. Mira versuchte verzweifelt, sich auf ihre Übung und auf ihr Pferd zu konzentrieren, als die nächste bissige Bemerkung sie traf: „Tja, wer sich aus dem Reitunterricht abmeldet, hat ihn wohl nicht nötig. Vielleicht solltest du mal Reiten lernen, dann kannst du dir den Tüddelkram hier sparen. Oder willst du demnächst neben deinem Pferd laufend ’nen Blumentopf gewinnen?“ Die kleine Zuschauergruppe brach in schallendes Gelächter aus. Mira schluckte und fühlte, wie der Zorn in ihr hochstieg. Diese blöden Gänse sollten sie doch in Ruhe lassen und sich um ihren eigenen Kram kümmern!

Sie beschloss, die Kommentare so gut wie möglich zu ignorieren und keine Antworten mehr zu geben. Trotz ihrer Emotionen erledigte Anton seinen Job super, und Mira bewunderte ihn dafür. Wenig später entließ sie ihn auf den Paddock. „Heute hast du dir ein Fleißkärtchen verdient“, sagte sie, als sie ihm das Halfter abnahm. Sie sah ihm hinterher, als er gemütlich zu Lukas stapfte und ihn zur Fellpflege aufforderte.

Auf dem Rückweg kämpfte sie gegen ihre Tränen an. Es waren Tränen des Zorns und der Enttäuschung. Warum konnten sich die anderen Einsteller denn nicht um ihren eigenen Kram kümmern und sie in Ruhe lassen? Was ging es die Mädchen an, was sie mit Anton machte? Schließlich quälte sie ihn ja nicht. Also brauchte sich auch niemand einzumischen, fand sie. Außerdem war Mira wütend auf sich selbst. Warum hatte sie nicht genug Selbstbewusstsein, um über den Dingen zu stehen? So exotisch ihr die Handarbeit auch selbst vorkam

- sie hatte doch erlebt, wie Anton darauf ansprach. Während sie noch darüber nachdachte, kamen ihr plötzlich Zweifel, ob sie das Erreichte auch wirklich später auf das Reiten übertragen konnte. Vielleicht hatten die anderen Recht, und sie würde ihr reiterliches Leben auf dem Boden verbringen, weil sie zum Reiten zu doof war. Die Tatsache, dass Chayenne so schlecht gelaufen war, gab ihrem angeknacksten Selbstwertgefühl den Rest. ‚Verrückt‘, dachte sie, drei Tage lang habe ich geglaubt, dass ich einen großen Fortschritt gemacht habe und doch keine ganz so schlechte Reiterin bin. Und heute fühlte ich mich wie der letzte Reit-Legastheniker.‘ In diesem Moment überkam sie ein Schwall von Selbstmitleid, und sie konnte die Tränen nicht länger zurückhalten. Erst kurz bevor sie die ersten Häuser der Siedlung erreicht hatte, war sie wieder in der Lage, klare Gedanken zu fassen. Ihre Wut wandelte sich allmählich in Trotz, und sie fasste einen Entschluss: „Ich werde es allen zeigen“, sagte sie zu sich selbst, „Anton wird eines Tages am kleinen Finger zu reiten sein. Wir werden genauso über den Reitplatz schweben, wie die Reiter in meinem Buch. Oder so wie Denise und Chayenne.“ Und wie um ihrem Beschluss Ausdruck zu verleihen, trat sie kräftig in die Pedale.

Ihre Stimmung hatte sich bereits ein wenig gebessert, als sie wenig später zu Hause ankam. Im Wohnzimmer traf sie ihre Mutter an, die hektische rote Flecken im Gesicht hatte und nervös in ihrer Handtasche wühlte. „Mama, ist alles klar bei dir?“, fragte Mira unsicher und vergaß den Ärger am Stall auf der Stelle. „Hallo Mira, na ja, bei mir ist zwar alles klar, aber bei Marion nicht. Ich habe eben einen Anruf von Ludger bekommen, und der sagte mir, dass Marion im Krankenhaus liegt. Sie hat eine schwere Gehirnerschütterung.“ Mira sah ihre Mutter bestürzt an und stammelte: „Ach du Schande, wie ist das passiert?“

Marion war seit fast zwanzig Jahren die beste Freundin ihrer Mutter. Mira mochte sie gerne, und auch Marions Mann Ludger konnte sie gut leiden. Obwohl die beiden keine Kinder hatten, konnten sie scheinbar gut nachvollziehen, was einen Teenie in ihrem Alter beschäftigte. „Sie ist die Treppe runtergefallen“, sagte ihre Mutter und hörte auf, in ihrer Handtasche zu wühlen, um Mira anzusehen. „Ich muss jetzt eben Maren vom Zahnarzt abholen und mache auf dem Rückweg einen Abstecher zum Krankenhaus. Das Essen für Dich steht auf dem Herd.“ „Willst du Maren wirklich mit zu Marion nehmen?“, fragte Mira entsetzt und fügte hinzu: „Marion braucht doch bestimmt Ruhe.“ „Nein, ich will sie nicht mit hinein nehmen. Sie kann in der Sitzecke auf dem Stations-flur schon mal ihre Hausaufgaben machen und soll dann dort auf mich warten." Mit diesen Worten eilte ihre Mutter zur Tür. Mira konnte ihr gerade noch hinterher rufen, dass sie Marion einen lieben Gruß von ihr ausrichten sollte. Nachdenklich schlenderte sie in die Küche und steuerte auf den Herd zu. Sie hob den Topfdeckel an, um zu sehen, was es zu essen gab. Die Gemüsesuppe, die sie dort erwartete, konnte ihre Laune nicht verbessern und passte aus Miras Sicht irgendwie zu diesem beschissenen Tag.

Es waren mehr als zwei Stunden vergangen, seit ihre Mutter das Haus verlassen hatte. Mira hatte es sich vor dem Fernseher gemütlich gemacht und eine Tafel Schokolade verdrückt. Nach diesem Tag wollte sie sich einfach nur sinnlos berieseln lassen von irgendeinem Mist, der im Fernsehen lief. Die Auswahl an bescheuerten Sendungen und Beiträgen war ohne Zweifel groß genug. Die Schokolade schüttete zwar nicht so viele Glückshormone aus wie Mira gebraucht hätte, aber trotzdem fühlte sie sich nach dem Verzehr der gesamten Tafel irgendwie besser. Ein bisschen übel war ihr zwar, aber diesen Umstand konnte sie besser ertragen als das Chaos in ihrem Gehirn. Endlich hörte sie die Haustür ins Schloss fallen, und wenig später erschien ihre Mutter im Wohnzimmer, gefolgt von Maren. Mira schaltete den Fernseher auf lautlos. „Wie geht's Marion?" fragte Mira schnell. „Es geht so", entgegnete ihre Mutter. „Letztendlich hat sie noch mal Glück gehabt. Trotzdem wird sie wohl noch ein paar Tage im Krankenhaus bleiben müssen, damit sie unter Beobachtung steht. Sie braucht viel Ruhe." Das war das Stichwort, denn nun fiel Miras Blick auf ihre kleine Schwester, die auffallend gut gelaunt aussah dafür, dass sie ihren Nachmittag beim Zahnarzt und im Krankenhausflur verbracht hatte. „Hast du dich gut amüsiert im Krankenhaus?", fragte sie und musterte Maren irritiert. „Ja, war total cool", antwortete diese wie aus der Pistole geschossen. „Ich habe auf dem Flur mit einem von den Pflegern Mensch-ärgere-dich- nicht gespielt. Der war total nett. Und ich habe gewonnen!" Maren blickte Mira triumphierend an. „Aha. Wenigstens eine, die einen schönen Tag hatte", brummte Mira und wandte sich wieder dem Fernseher zu. Mit einem Grinsen verschwand Maren auf ihr Zimmer und Miras Mutter ließ sich wortlos neben ihre Tochter aufs Sofa fallen. Aus den Augenwinkeln konnte Mira sehen, wie müde und fertig ihre Mutter aussah. Sie gab sich einen Ruck: „Möchtest du fernsehen oder möchtest du reden?" Kaum hatte Mira diese

Frage ausgesprochen, kam sie sich unheimlich erwachsen vor. Es kam selten vor, dass ihre Mutter so aussah, als ob sie selbst ein bisschen Bemutterung nötig hatte. „Nein, ist schon in Ordnung. Lass den Fernseher ruhig an, ich kann heute auch einen Schwall sinnloser Berieselung vertragen." Ihre Mutter lächelte müde. In diesem Moment wünschte Mira sich nichts sehnlicher, als dass ihr Papa noch lebte. Sie wusste zwar, dass ihre Mutter ganz viele Dinge mit Marion besprach und auch ihre Sorgen mit ihr teilen konnte, aber manchmal hätte sie sich sicher gerne an eine starke Schulter angelehnt. Als Mira wenig später ins Bett ging, konnte sie lange nicht einschlafen. Nachdem sie sich fast zwei Stunden hin- und hergewälzt hatte, schaltete sie das Licht wieder an.

Um endlich müde zu werden, nahm sie sich ihr Geschichtsbuch und begann zu lesen. Der Plan verfehlte seinen Zweck nicht. Sie hatte sich eine besonders langweilige Passage herausgesucht, und schon nach zwei Seiten überkam sie gähnende Müdigkeit. Mira schaffte es gerade noch, das Licht auszuschalten und das Buch beiseite zu legen, da fielen ihr auch schon die Augen zu.

14

„Jetzt habe ich mir das Wochenende aber mehr als verdient", dachte Mira, als sie sich am späten Freitagnachmittag von Lilly und Tante Gabi verabschiedete. Lilly war an diesem Nachmittag richtig anstrengend gewesen und hatte Mira, die immer noch ein wenig müde war, bis an ihre Grenzen gefordert. „Ich glaube, ich will später keine Kinder haben", überlegte sie, als sie sich auf den Weg zum Stall machte. Es war einer der wenigen Tage, an denen sie überhaupt keine Lust hatte, dorthin zu fahren. Schon am Vortag hatte sie beschlossen, dass sie Anton an diesem Abend nicht mehr reiten und auch sonst nichts mit ihm machen würde. Freitags war sie nach dem Babysitten einfach zu kaputt, um noch irgendetwas Produktives zu tun. Sie würde einfach nur kurz nach ihrem Pferd sehen und dann wieder fahren.

Die Pferde standen noch auf der Weide, was Mira ein wenig verwunderte, denn es war mittlerweile dunkel. Anton war trotzdem leicht zu erkennen aufgrund seiner hellen Fellfarbe. Er hob sich klar gegen den dunklen Hintergrund ab und kam ein paar Schritte auf Mira zu, als sie die Weide betrat. Sie kraulte sein dichtes Winterfell und ging einmal mit prüfendem Blick um ihn herum, um ihn auf Macken oder sonstige Verletzungen zu untersuchen. Viel sah sie nicht, aber es schien alles in Ordnung zu sein. Mit einem Blick vergewisserte sie sich, dass die anderen Pferde nicht in der Nähe waren, und kramte dann ein Leckerlie aus ihrer Tasche. Sie gab es Anton und wandte sich zum Gehen. Die Temperatur war noch einmal gefallen, und Mira wollte einfach nur noch nach Hause. Auf dem Weg zum Fahrradständer traf sie auf Denise. „Hi, wie ist's gelaufen mit Chayenne? Hat alles geklappt?", rief sie ihr schon aus ein paar Metern Entfernung entgegen. Mira fiel auf, dass Denise ebenfalls keine Reitsachen trug. In Jeans war sie ihr noch nie begegnet, und der Anblick kam ihr richtiggehend fremd vor. „Es hat total viel Spaß gemacht, Chayenne zu reiten", antwortete Mira und bemerkte, wie die Begeisterung über dieses Pferd in ihrer

Stimme mitschwang. „Ich habe eine Menge von ihr gelernt. Am Montag und Dienstag ist sie toll gelaufen, und auch beim Springen hat alles super geklappt. Nur gestern war sie irgendwie lustlos und nicht mehr so locker. Dabei habe ich mir wirklich total viel Mühe gegeben und habe auch gar nichts anders gemacht als vorher, glaube ich..." Wieder dachte Mira angestrengt darüber nach, ob sie nicht doch irgendetwas anders gemacht hatte als in den ersten Tagen. Ihr fiel nach wie vor nichts ein. Denise lächelte und sagte: „Es ist sicher nicht deine Schuld, ich habe mir so etwas schon fast gedacht. Letzte Woche habe ich sie auch nur in der Halle geritten, und es musste irgendwann der Punkt kommen, wo sie schlechter wird. Normalerweise reite ich sie höchstens vier Mal in der Woche dressurmäßig und gehe mindestens zwei Mal ins Gelände. Ich habe den Fehler schon ein paar Mal gemacht, dass ich sie zu lange am Stück in der Halle geritten habe. Sie hat dann irgendwann einfach keine Lust mehr und wird immer schlechter. Aber darauf musste ich erst mal kommen. Es gibt ja auch Pferde, die haben sieben Mal die Woche Spaß daran, richtig zu arbeiten, aber Chayenne braucht diesen Ausgleich im Gelände. Ich werde sie heute in Ruhe lassen und gehe morgen mit ihr raus. Danach ist bestimmt wieder alles im Lot." Mira sah sie verwundert an. Irgendwie war sie davon ausgegangen, dass Denise gar nicht ins Gelände ritt, sondern jeden Tag in der Woche akribisch ihre „Hausaufgaben" machte, die sie von Antje bekam. Und nun waren es ausgerechnet die Ausritte, die Chayenne brauchte, um mit ihrer vollen Ausstrahlung in den Dressurlektionen zu glänzen. Höflichkeitshalber erkundigte sich Mira noch, wie die Klassenfahrt war, und verabschiedete sich anschließend von Denise. Sie bedankte sich noch einmal dafür, dass sie Chayenne hatte reiten dürfen, und machte sich dann auf den Weg nach Hause.

Irgendwie fühlte sie sich nach dem Gespräch mit Denise richtig erleichtert. Sie hatte sich bereits Gedanken darüber gemacht, ob sie nun bei jedem Ausritt mit Anton ein schlechtes Gewissen haben musste, weil sie die Zeit nicht in produktive Dressurarbeit gesteckt hatte. Und nun hatte ausgerechnet Denise, die so toll ritt, ihr diese Zweifel genommen. Nicht nur das, sie hatte Mira sogar durch ihre Aussage darin bestärkt, mit Anton auch weiterhin regelmäßig ins Gelände zu reiten. Mit diesem Gedanken im Hinterkopf freute sie sich umso mehr auf die Reitstunde bei Antje am nächsten Tag. Außerdem war sie gespannt darauf, wie sie wohl dieses Mal weitermachen würden.

15

Als Antje die Halle betrat, hatte Mira bereits ein paar Minuten Handarbeit mit Anton gemacht. Das Laufen hatte dafür gesorgt, dass Miras Aufregung sich verflüchtigt hatte. Sie wusste selbst nicht, weshalb sie immer noch ein bisschen Nervosität vor der Stunde verspürt hatte. Einen wirklichen Grund dafür gab es nicht, denn immerhin wusste sie ja inzwischen, dass Antje nett war und außerdem Anton mochte.

Antje sah ihr für einen Moment zu und entschied dann: „Das sieht doch schon richtig gut aus. Wir werden in den nächsten Wochen Stück für Stück ein paar Dinge mit einbauen in die Handarbeit, heute widmen wir uns aber erst mal dem Reiten. Sitz ruhig auf." Mira legte ihre Jacke auf die Bande und ging mit Anton in die Hallenecke, in der die Aufstiegshilfe stand. Sie freute sich richtig darauf, nun aufsitzen zu dürfen. ‚Irgendwie absurd', dachte sie, ‚dass man sich darüber freut, im Reitunterricht reiten zu dürfen.' Antje hatte sich in die Mitte der Reitbahn gestellt und ließ Mira auf einem kleinen Zirkel um sich herumreiten. „Nimm die Zügel so auf, dass du einen gleichmäßigen Kontakt hast, und dann stellst du ihn mal etwas deutlicher nach innen. Mit der äußeren Hand bleibst du so weich dran, dass du die Stellung zulassen und ihn trotzdem begrenzen kannst. - Ja, genau so." Antje schien zufrieden, und Mira bemühte sich, alles so umzusetzen, wie Antje es ihr ansagte. Als sie ein paar Runden um Antje herumgeritten war, spürte sie zunächst das inzwischen vertraute Gefühl des Kauens in den Fingern, und wenig später gab Anton plötzlich im Genick nach. Mira konnte es kaum fassen und wusste gar nicht, wie sie reagieren sollte. Sie traute sich kaum, weiter zu atmen. „Super", kommentierte Antje, die Miras Euphorie bemerkte, „und jetzt lobst du ihn und lässt die Zügel lang." Mira lobte Anton überschwänglich und gab ihm die Zügel hin, was sie einige Überwindung kostete. Nun lief ihr Pferd zum ersten Mal in seinem Leben durchs Genick, und sie konnte dieses unbeschreibliche Gefühl nur ein paar Sekunden genießen. „Keine Sorge", ermutigte sie Antje, die ihre Gedanken zu lesen schien, „wenn du die Zügel gleich wieder aufnimmst, ist er ganz schnell wieder da. Probier's aus!" Mira nahm die Zügel auf, und zu ihrer Überraschung dauerte es dieses Mal nur ein paar Sekunden, bevor Anton seinen Hals erneut rundete und ihr das tolle Reitgefühl abermals vermittelte. Antje lächelte und sagte: „Siehst du?" Mira konnte in der Stimme ihrer Reitlehrerin hören, dass sie sich mit ihr freute. „Das gleiche Programm machen wir jetzt ein paar Mal und wechseln zwischendurch die Hand. Du nimmst die Zügel auf, lässt ihn ein paar Meter in seiner schönen neuen Haltung laufen und gibst die Zügel wieder hin. Nach und nach verlängern wir dann die Phasen, in denen er durchs Genick laufen soll, so dass die Pausen weniger werden. Aber zunächst können wir ihn dadurch super motivieren, und er lernt, wie angenehm es sein kann, sich auf diese Weise unter dem Reiter so zu bewegen." Mira verstand zwar theoretisch, was Antje ihr da erzählte, bekam aber in ihrer Euphorie alles nur wie durch einen Schleier mit. Sie ritt auf Wolke Sieben. Obwohl sie am Ende der Stunde lediglich eine Minute am Stück im Schritt auf einem nachgiebigen Pferd gesessen hatte, war sie völlig hin und weg. Mira war sich darüber im Klaren, dass an diesem Morgen der nächste Meilenstein in Antons und ihrer Ausbildung gelegt worden war.

Als sie wenig später nach Hause kam, war sie in bester Stimmung. Sie freute sich auf den Abend mit ihren Freundinnen und darüber, dass sie noch ein paar Stunden Zeit hatte, in denen sie einfach faul sein konnte. Maren war unterwegs, und ihre Mutter hatte sich in ein Buch vertieft. Mira setzte sich zu ihr auf die Couch und machte es sich mit der Zeitung und einer Tasse Tee gemütlich. Das war ein annehmbarer Ersatz für ein verpasstes Samstagsfrühstück, fand sie.

Einige Stunden später betrat sie mit Nicole und Laura das Schwimmbad. Sie konnte sich kaum erinnern, wann sie das letzte Mal schwimmen gewesen war, und brauchte einen Moment, ehe sie sich in dem großen Freizeitbad zurechtfand. „Was machen wir denn als erstes?", fragte Laura, die angesichts der großen Auswahl von Möglichkeiten ebenfalls ein wenig überfordert wirkte. „Lass uns doch rutschen gehen", schlug Nicole vor. „Au ja, super Idee", sagte Mira, und auch Laura war einverstanden. Die Freundinnen schnappten sich je einen der großen Reifen und bemerkten erstaunt, dass an der Rutsche nur sehr wenige Leute anstanden. „Bestimmt, weil wir an einem Samstagabend hier sind", meinte Nicole und fuhr fort: „Wahrscheinlich sind die alle im Kino oder machen irgendwo Party." Eigentlich war es Mira herzlich egal, wo all die Menschen waren. Die Hauptsache war doch, dass die Warteschlange an der Rutsche überschaubar war. Kurz bevor sie an der Reihe war, sah sie, wie steil die Rutsche außerhalb des Schwimmbads verlief. Ein bisschen mulmig war ihr schon, aber das wollte sie um keinen Preis zugeben. Laura ging es genauso, doch sie machte kein Geheimnis aus ihrer Angst: „Boah, ich habe voll Schiss", stöhnte sie und wurde weiß um die Nase. Ehe Mira etwas erwidern konnte, übernahm Nicole die Initiative: „Lass mich mal vor.

Wenn ich das überlebe, könnt ihr ja nachkommen", witzelte sie. Siegessicher platzierte sie ihren Reifen und rutschte auf das grüne Ampelzeichen hin los. „Das war ja klar, dass sie keine Angst hat", sagte Laura und kaute nervös an ihren Fingernägeln herum. „Mach dir nichts draus, mir geht's auch nicht viel besser als dir", gab Mira zu und begab sich in Startposition.

„Ich fang dich auf, wenn ich unten bin", scherzte sie und hatte Mühe, den Reifen in der Strömung der Rutsche so lange unter Kontrolle zu halten, bis die Ampel Grün zeigte. Endlich war der Start frei, und Mira ließ sich von der Strömung mitreißen. Schon in der ersten Kurve drehte sich ihr Reifen, und sie rutschte die gesamte Länge der Rutsche rückwärts. Es war Adrenalin pur, und Mira wusste nicht, ob sie das Gefühl mochte oder furchtbar fand. Auf jeden Fall war ihr Puls deutlich beschleunigt, als sie am Ende der Rutsche sanft ausgebremst wurde. Mit dem Reifen in der Hand kletterte sie ans Ufer und machte die Bahn für Laura frei. Wenige Sekunden später kündigte Laura sich mit einem gellenden Schrei an, und Mira konnte erahnen, dass auch ihr Reifen sich unterwegs gedreht hatte. Sie konnte sich das Lachen nicht verkneifen, als Laura unmittelbar danach immer noch laut quietschend aus der Röhre geschossen kam. „Oh Scheiße, das ist ja furchtbar", japste sie und warf Mira und Nicole einen vorwurfsvollen Blick zu. „Sagt jetzt nicht, dass ihr das geil findet", fügte sie mit einem entsetzten Unterton in ihrer Stimme hinzu. „Doch, ich will noch mal", antwortete Nicole und klemmte sich ihren Reifen unter den Arm. „Ich hab 'ne Idee", sagte Mira und wandte sich an Laura: „Guck mal, da gibt es einen Doppelreifen für zwei. Lass uns doch damit rutschen, der dreht sich dann bestimmt nicht mehr." „Meinst du echt?" Laura sah Mira skeptisch an. „Wie soll er denn? Wir sitzen doch hintereinander." „Na gut, ihr habt mich überzeugt. Aber nur, wenn wir uns gleich ganz lange in den Whirlpool setzen", forderte Laura. „Klar, da will ich auch rein. Da ist es bestimmt super warm drin", überlegte Mira laut. Nicole zuliebe rutschten sie noch einige Male und der Kompromiss mit dem Partnerreifen bewährte sich dabei aus Miras Sicht bestens. Es machte mindestens genauso viel Spaß wie alleine und brachte dabei nicht ganz so viel Nervenkitzel mit sich. Nachdem auch Nicole sich ausgetobt hatte, schlenderten sie zum Whirlpool und ließen sich in dem angenehm warmen Wasser nieder. Da außer ihnen niemand darin war, konnten sie sich richtig breit machen. „Ey Mädels, wir werden alt. Jetzt sitzen wir hier genauso rum, wie unsere Omas das auch machen würden, wenn sie zusammen hier wären", bemerkte Mira und fand die Vorstellung lustig. Vielleicht hätten sich ihre Omas ja auch auf der Reifenrutsche amüsiert und die Drehungen besonders genossen. „Auf jeden Fall ist das Wasser schön warm, hier könnte ich ewig sitzen", erwiderte Laura und räkelte sich wohlig auf der steinernen Bank. „Wo wir schon mal hier sitzen", begann Nicole, und Mira konnte erahnen, dass sie für irgendeine hoch spannende Frage oder Neuigkeit ausholte, „was ist denn jetzt eigentlich mit dir und Thorsten? Da läuft nichts, oder?" Nicole sah Mira erwartungsvoll an. „Nein, da läuft nichts", antwortete Mira leicht genervt. „Warum eigentlich nicht? Er ist doch 'ne super Partie", bohrte Nicole weiter. „Wenn du ihn so super findest, dann kannst du ihn dir doch anlachen. Vielleicht ist er ja noch toller als Felix", stichelte Mira. „Ach Quatsch, keiner ist toller als Felix. Außerdem steht Thorsten auf dich und nicht auf mich", bemerkte Nicole geduldig. „Und für Laura finden wir auch einen tollen Kerl", fügte sie hinzu. Laura sah sie böse an, und Mira konnte sich die Frage nicht verkneifen: „Warum willst du uns denn unbedingt verkuppeln? Machen wir den Anschein, dass wir so unglücklich sind als Singles? Also was mich betrifft, mir geht es prima", sagte Mira bestimmt. Nicole kam nicht dazu, ihr zu antworten, denn Laura war schneller: „Das ist doch sonnenklar. Sie will uns verkuppeln, damit sie ihr Gewissen beruhigen kann. Dann braucht sie sich keine Gedanken mehr darüber zu machen, dass sie sich wochenlang nicht bei uns meldet und uns wie Luft behandelt. Das würde die Sache doch viel einfacher machen, oder?" Sie blitzte Nicole böse an. „Nicht mal als ich krank war, hast du dich einmal erkundigt, ob ich noch lebe. Wahrscheinlich wäre es dir gar nicht aufgefallen, wenn ich drei Wochen nicht zur Schule gekommen wäre." Laura hielt inne, und Mira merkte, wie ihre Freundin gegen Tränen von Wut und Enttäuschung ankämpfte. Für einen Moment war sogar Nicole sprachlos, was äußerst selten der Fall war. Sie sah mit einem Mal traurig und schuldbewusst aus, so dass sie Mira ein wenig leid tat. In all den Jahren ihrer Freundschaft hatte Mira nie zuvor einen solchen Ausbruch bei Laura erlebt. ‚Bevor es soweit kommt, muss sie wirklich sehr gekränkt sein‘, schoss es ihr durch den Kopf. Sie selbst hatte Nicoles Verhalten zwar auch oft als etwas anstrengend empfunden, aber so sehr wie Laura hatte sie darunter nicht gelitten. Mira wusste nicht so recht, was sie sagen sollte, und fühlte sich wie in einer Art von Schockstarre, unfähig zu sprechen. Während Laura leise vor sich hinschniefte und die erste Träne ihre Wange herunterkullerte, fing sich Nicole als erste wieder. „Tut mir leid“, sagte sie ungewöhnlich leise, „mir war das gar nicht so bewusst, dass ich euch damit verletzt habe. Felix und ich sind ja auch noch nicht so lange zusammen, da habe ich wohl alles andere gar nicht mehr wahrgenommen. Aber ihr beide seid mir total wichtig, echt.“ Nicole blickte ihre beiden Freundinnen an, und Mira wusste, dass sie das so meinte, wie sie es sagte. „Ich werde versuchen, mich zu ändern. Ich will euch nämlich nicht verlieren.“ Sie senkte den Blick und malte mit ihrem Finger Figuren auf die Wasseroberfläche. Mira fand die nun einsetzende Stille unerträglich. Es war das erste Mal, dass sie in solch eine unangenehme Situation geraten waren, und sie wusste nicht, wie sie sich verhalten sollte. Ihr war klar, dass Laura nicht viel erwidern konnte, weil sie noch immer damit zu tun hatte, ihre Tränen zurückzuhalten. Endlich brachte sie unter großer Anstrengung das Wort „okay“ hervor und verzog die Mundwinkel zu einem Lächeln. Mira hielt es nicht mehr aus, und sie nutzte die Chance, um das Thema zu wechseln. „Los, lasst uns klettern gehen. An der Kletterwand ist gerade keiner. Auf geht's!“ Noch ehe ihr jemand widersprechen konnte, schwang sie sich aus dem Pool und steuerte auf die Kletterwand zu. Laura und Nicole folgten ihr. Sie versuchten nacheinander, sich an den Vorsprüngen entlang zu hangeln, und fielen dabei einige Male ins Wasser. Mira schien es, als ob die Aktion dabei half, die Stimmung wieder ein wenig zu entspannen. Trotzdem hing Lauras Anklage nach wie vor im Raum und ging Mira nicht mehr aus dem Kopf. Den restlichen Abend sprachen sie weniger als sonst, und wenn sie über irgendetwas lachten, kam es Mira künstlich vor. Sie war richtig erleichtert, als die Badezeit vorüber war und sie per Lautsprecherdurchsage dazu aufgefordert wurden, das Schwimmbad zu verlassen. Draußen wurden sie schon von Nicoles Mutter erwartet.

93

Im Auto sitzend hatte sie das Radio laut aufgedreht und hörte die Charts. Da sie die Musik auch während der Autofahrt nicht leiser drehte, war jegliche Unterhaltung unmöglich. Mira war darüber richtig erleichtert, denn für diesen Tag reichten ihr die Momente peinlicher Stille. Als sie später im Bett lag, dachte sie noch lange über das nach, was Laura gesagt hatte. Es war klar, dass ihre Freundin ziemlich verletzt war, denn es war normalerweise nicht Lauras Art, so aus der Haut zu fahren. ,Das Problem ist wahrscheinlich, dass sie als einzige kein zeitaufwändiges Hobby hat', schoss es Mira durch den Kopf. ,Nicole hat den Handball und Felix, ich habe Anton und das Reiten. Laura singt zwar, aber das nimmt nicht so viel Zeit in Anspruch. Deshalb leidet sie noch viel stärker als ich darunter, dass Nicole sich verändert hat und sich kaum noch meldet.' So sehr sie auch nachdachte, irgendwann überkam Mira schließlich die Müdigkeit, und sie fiel in einen tiefen und traumlosen Schlaf.

16

Am nächsten Tag war sie früh wieder wach. Durch das Fenster fielen ein paar Sonnenstrahlen und motivierten sie dazu aufzustehen. Sie beschloss, dass sie nach dem Frühstück Sarah anrufen würde. Vielleicht hatte sie ja Zeit und Lust, eine Runde mit ihr auszureiten. Außerdem wusste sie bestimmt, ob es Neuigkeiten von Jenny und Colorado zu berichten gab. Sie hatte sich schon seit Tagen nicht mehr erkundigt, wie es ihm ging.

Zu Miras Freude hatte Sarah Zeit, und sie verabredeten sich für den frühen Nachmittag. Als Mira am Stall eintraf, war Sarah bereits damit beschäftigt, Lukas von einer dicken Schlammschicht zu befreien. Ihre Wangen waren rot vor Anstrengung, und sie lächelte Mira gut gelaunt an: „Es gibt Neuigkeiten!", sagte sie triumphierend. „Bevor du mir alle Neuigkeiten erzählst, sag mir doch eben, wie es Colorado geht. Du weißt doch bestimmt, was seine Springfreudigkeit macht?" „Bingo, genau darum geht es in meinen Neuigkeiten. Jenny war seit einigen Tagen nicht hier. Ich habe gehört, dass sie das Reiten an den Nagel hängen will. Spielt wohl jetzt Tennis." Mira sah Sarah ungläubig an. Damit hatte sie nicht gerechnet. „Bist du sicher? Das ist doch bestimmt nur ein Gerücht. Die würde doch nie mit dem Reiten aufhören, oder? Sie hat doch das passende Pferd dafür, überall angeben zu können. Diese Chance wird die sich doch nicht entgehen lassen." „Angeben kann man mit einem Springpferd aber nur dann, wenn es springt", sagte Sarah. „Und außerdem bringt ein Tennisröckchen ihre langen Beine doch noch viel besser zur Geltung als eine Reithose", fügte sie grinsend hinzu. „Aber ist das denn wirklich eine gute Nachricht?", fragte Mira verwirrt.

„Ich meine, der Dumme ist doch in jedem Fall Colorado. Wenn sie jetzt nicht mehr kommt, gammelt der doch langsam vor sich hin." Sarah musste husten, denn sie stand in einer dichten Staubwolke. Als sie sich beruhigt hatte, sagte sie:„Du glaubst doch nicht, dass Herr Peters weiter für ein Pferd zahlt, das seine Tochter nicht reitet. Er wird ihn bestimmt verkaufen wollen. Und an diesem

Punkt setzt mein optimistischer Plan an. Ich will ihn kaufen." „Du???", platzte Mira verwundert heraus, „Wieso du? Wofür? Und vor allem wovon?" Sarah grinste und erklärte: „Na ja, eigentlich eher mein Freund Simon. Er ist früher geritten und hat sein Pferd dann aber verkaufen müssen, als er sein Studium begonnen hat. Jetzt ist er fast fertig und würde gerne wieder anfangen zu reiten. Colorado ist genau der Typ Pferd, der ihm gefallen würde. Und ich glaube, Colorado wäre mit ihm auch sehr gut bedient. Simon reitet echt gefühlvoll und hat außerdem an allem Spaß. Da wäre Colorados Stundenplan nicht mehr so eintönig wie jetzt, und er dürfte auch mal durchs Gelände galoppieren. Das einzige Problem ist, dass er erst Ende des Jahres mit seinem Studium fertig ist. Bis dahin bräuchte ich jemanden, der sich mit um das Pferd kümmert, denn Simon hat nur am Wochenende Zeit. Ich bin mit Lukas schon gut ausgelastet und schaffe es einfach nicht, mich um zwei Pferde zu kümmern. Also fehlt mir noch jemand, der Spaß an einem Pflegepferd hätte." Mira sah sie noch immer fassungslos an, und während Sarah ihren Striegel ausklopfte, verkündete sie: „Ich werde auf jeden Fall mal mit Herrn Peters sprechen." „Meinst du, dass du ihn bezahlen kannst?", fragte Mira ungläubig. „Ja. Die letzten zwei Male, als Jenny ihn springen wollte, hat er jeden Sprung verweigert. Sie wollte ja eigentlich das A-Springen in Unna mit ihm gehen, aber das hat sie sich wohl inzwischen abgeschminkt. Und ein Springpferd, das nicht springt, ist bestimmt deutlich günstiger zu haben", bemerkte Sarah. Mira nickte und hatte Mühe, der Wendung zu folgen, die die Ereignisse nahmen. „Also, falls dir jemand einfällt, der Zeit und Lust hätte, was mit Colorado zu machen, sag Bescheid. Ich bin wirklich optimistisch, dass Herr Peters ihn an mich verkaufen wird. Wäre schade, wenn er dann fünf Tage die Woche nicht beachtet und bewegt würde." Sie hielt kurz inne und sagte dann: „Tu mir einen Gefallen und sage es hier am Stall niemandem. Du weißt ja, was das für ein Gerede geben würde." Mira konnte sich unschwer vorstellen, wie schnell dieses Gerücht die Runde machen würde, wenn es jemand öffentlich machte. „Ist doch klar, ich sage keinem was", versprach sie. „Eventuell wüsste ich jemanden, der Spaß hätte, sich um ein Pferd zu kümmern. Allerdings gibt es einen Haken an der Sache." „Was wäre das für ein Haken?", fragte Sarah interessiert. „Die Person, an die ich denke, kann und möchte nicht reiten", erwiderte Mira. Sarah blickte überrascht auf und unterbrach die Putzorgie für einen kurzen Moment. Dann sagte sie: „Wenn diese Person nett und zuverlässig ist und sich ansonsten mit ihm befassen würde, fände ich das gar nicht schlimm. Man kann ja auch vom Boden eine Menge machen. Ich möchte nur nicht, dass er sich vernachlässigt fühlt. Vielleicht ist ein Jahr, in dem er nicht viel geritten wird, auch gar nicht schlecht. Schließlich wurde er früh angeritten und von Jenny nicht gerade geschont. Er kommt ja weiterhin jeden Tag auf die Weide und kann dabei vielleicht seine Jugend ein Stück weit nachholen. An wen denkst du denn überhaupt? Kenne ich die Person?" „Nein, die kennst du nicht", antwortete Mira nachdenklich, „ich denke an meine Freundin Laura. Ich habe keine Ahnung, ob sie das machen würde, aber sie liebt Pferde, und ich finde, ihr täte das gut." „Dann frag sie doch mal", sagte Sarah fröhlich und fügte hinzu: „Und ich spreche nächste Woche mal mit Herrn Peters. Vielleicht können wir Colorado tatsächlich noch zu einem schönen Leben verhelfen." „Das wäre total klasse ", stimmte Mira ihr zu.

Während des Ausritts malte sie sich aus, wie es wäre, wenn Laura sich wirklich um Colorado kümmern würde. Dann könnten sie öfter zusammen zum Stall fahren und gemeinsam etwas mit den Pferden unternehmen. Mira besaß ein Buch über Bodenarbeit, das viele gute Ideen beinhaltete. Mit Anton hatte sie bereits das eine oder andere ausprobiert, aber mit Laura zusammen würde es doppelt so viel Spaß machen, da war sie sich sicher. Und außerdem würde sie dann vielleicht auch ein dickeres Fell gegen die blöden Kommentare der anderen Mädels entwickeln, wenn sie nicht mehr alleine dastand. In Sarah hatte sie zwar auch eine Verbündete, aber Sarah ritt meistens abends, wenn Mira längst wieder zu Hause war. Manchmal fühlte sie sich schon ein wenig einsam am Stall. „Ach wäre das genial, wenn Laura tatsächlich Lust hätte auf ein Pflegepferd", dachte sie.

Nach dem Ausritt versorgten sie ihre Pferde, und beim Abschied versprach Sarah, Mira über die Sache mit Colorado auf dem Laufenden zu halten: „Ich rufe dich an, sobald ich mit Herrn Peters gesprochen habe. Frag ruhig schon mal deine Freundin, was sie von der Idee hält. Falls es wider Erwarten nicht klappen sollte mit Colorado, kann sie sich auch gerne mit um Lukas kümmern." Mira freute sich darüber, dass Sarah dieses Angebot machte. Sie wusste, dass Sarah diese Alternative ihr zuliebe vorgeschlagen hatte. Lukas war Sarahs ganzer Stolz, und sie kümmerte sich täglich um ihn. Sicher hatte sie nie zuvor auch nur den Gedanken gehegt, ihn mit jemandem zu teilen. Auch wenn es hier nicht um die klassische Reitbeteiligung ging, wusste Mira diesen Vorschlag zu schätzen. Sie nahm sich vor, gleich morgen mit Laura über die ganze Sache zu sprechen.

Als Mira mit dem Fahrrad auf die Hofeinfahrt einbog, traute sie ihren Augen nicht. Auf der Parkbank vor dem Haus saß Thorsten, dick eingepackt in eine warme Winterjacke. Seine Nase war von dem kalten Wind ganz rot, was seine Stimmung aber nicht zu trüben schien.

Er grinste Mira an und stand auf, als diese irritiert ihr Fahrrad an die Hauswand lehnte. „Was machst du denn hier?", fragte Mira, obwohl sie sich die Antwort schon denken konnte. „Ich warte auf dich. Oder wonach sieht es deiner Meinung nach aus?" konterte Thorsten amüsiert. „Es sieht nach Sich-den-Hintern-Abfrieren aus, um ehrlich zu sein. Hast du geklingelt?" „Klar habe ich geklingelt. Ich hatte ja die Hoffnung, dass du zu Hause bist, sonst wäre ich ja nicht hier aufgelaufen. Zu deiner kleinen Schwester wollte ich nicht, und außer ihr ist niemand da." Mira musterte Thorsten und fragte sich, wie lange er wohl schon dort draußen gewartet hatte. Sie hatte nicht die geringste Ahnung, wie sie mit dieser Situation umgehen sollte. Eigentlich wollte sie nicht, dass er mit rein kam, aber andererseits konnte sie ihn ja schlecht draußen erfrieren lassen. Gerade als sie sich einen Ruck geben und ihn mit hineinbitten wollte, löste Thorsten das Problem für Mira auf unerwartete Art und Weise. Er verkündete: „Wie gut, dass ich nicht ganz umsonst gekommen bin und dich noch angetroffen habe. Ich muss nämlich jetzt wieder los. Hast du Bock, heute Abend mit mir ein Eis essen zu gehen?" Mira konnte sich beim besten Willen nicht vorstellen, dass um diese Jahreszeit schon irgendwo eine Eisdiele geöffnet hatte. Schon der Gedanke an Eis ließ sie schaudern. „Brrr, ein Eis im März?! Ich friere schon, wenn ich an Eis denke. Ich glaube nicht, dass ich eins essen möchte. Nimm es bitte nicht persönlich." „Na gut", sagte Thorsten, und Mira konnte ihm keinerlei Enttäuschung anmerken, was sie ein wenig verwunderte. „Dann wünsche ich dir noch einen restlichen schönen Sonntag. Bis die Tage." „Ja, äh, tschüss", stammelte Mira, als Thorsten vom Hof trabte. Sein Baseballcap hatte er tief ins Gesicht gezogen, und Mira konnte nur vermuten, dass er total durchgefroren war.

Gedankenverloren betrat sie das Haus. Irgendwie war es ja ganz süss, dass Thorsten so lange in der Kälte auf sie gewartet hatte, dachte sie. Warum hatte sie es nicht auf den Versuch ankommen lassen, mit ihm wegzugehen? Sie musste ja kein Eis essen. Ein heißer Kakao war ja auch zu haben in der Eisdiele. Und immerhin wäre das ja die beste Möglichkeit, Thorsten ein bisschen besser kennenzulernen. Schließlich war sie sich immer noch nicht sicher, ob er nun ein Idiot war oder im Zweifelsfall doch ein ganz cooler Typ. Eigentlich, so dachte sie weiter, hätte sie sich jetzt erleichtert fühlen müssen, Thorsten wieder los zu sein und den Abend nicht mit ihm in irgendeiner Eisdiele verbringen zu müssen - aber sie war es nicht.

Im Gegenteil, sie ärgerte sich plötzlich über sich selbst, und die Unzufriedenheit begann an ihr zu nagen. „Ich doofe Kuh, ich habe echt eine Chance vertan. Wahrscheinlich werde ich nun nie rausfinden, wie Thorsten wirklich drauf ist. Und ich bin selbst Schuld", sagte sie sich. Glücklicherweise hatte Maren Besuch von einer Freundin und hatte nicht bemerkt, dass Mira nach Hause gekommen war. Sie ging in ihr Zimmer und schloss die Tür. Unentschlossen setzte sie sich auf ihr Bett und starrte die gegenüberliegende Wand an. Ihr Ärger über ihre eigenen Worte wurde immer größer. Schließlich hielt sie es nicht mehr aus und holte das Telefonbuch aus dem Wohnzimmerschrank. Sie schlug es auf und suchte nach Thorstens Nachnamen. Wie gut, dachte sie, dass sie die Adresse von Svenjas Party damals noch wusste. Ansonsten hätte sie alle möglichen Leute anrufen müssen, denn Thorsten hieß mit Nachnamen Schumacher. Diesen Nachnamen teilte er sich mit weiteren zehn eingetragenen Menschen im Telefonbuch. Mira hatte die richtige Nummer schnell gefunden, und als sie sie wenig später in die Telefontastatur eingab, klopfte ihr Herz so laut, dass sie es hören konnte. Wie angenehm wäre es gewesen, wenn sie Thorsten einfach auf seinem Handy hätte anrufen können. Aber sie kannte seine Nummer nun mal nicht, und so musste sie wohl oder übel in Kauf nehmen, seine Mutter oder seinen Vater ans Telefon zu bekommen. Es tutete einige Male, bevor jemand den Hörer abnahm. Zu ihrer großen Erleichterung war es Svenja. Mira fragte sie nach ihrem Bruder. „Nee, Thorsten ist noch nicht wieder zu Hause", antwortete ihr Svenja, „Ich weiß auch nicht, wo er hinwollte. Aber ich kann dir mal seine Handynummer durchgeben, dann kannst du ihn auch unterwegs erreichen. Nur wenn du möchtest, versteht sich. „Ja super, ich hole eben einen Zettel." Mira ging die paar Schritte zu ihrem Schreibtisch rüber und ließ sich Thorstens Nummer diktieren. Sie war froh darüber, dass Svenja keine Fragen stellte. Nachdem sie aufgelegt hatte, hielt Mira den Zettel mit Thorstens Nummer in ihrer leicht zitternden Hand. Ein paar Mal musste sie tief durchatmen, bevor sie erneut zu wählen begann. Sie hoffte nur, dass ihr Herz nicht so laut schlug, dass Thorsten es durch das Telefon hindurch hören konnte. Er ging sofort dran. „Hallo, hier ist noch mal Mira", begann sie und fuhr dann fort: „Ich habe mir das noch mal überlegt mit dem Eis. Also wenn du immer noch Eis essen möchtest, können wir das gerne machen heute Abend. Ich würde mich freuen." Mira merkte, dass sie Thorsten mit dieser Sinneswandlung nun doch überrascht hatte. Er brauchte eine Sekunde, bis er die Sprache wieder fand, und sagte dann: „Okay, dann lass uns doch um sieben bei San Remo treffen. Ist das okay?" „Ja, passt wunderbar. Dann bis später", antwortete Mira schnell und legte kurz danach auf. Ihr Puls beruhigte sich langsam wieder. „Irgendwie ist das doch verrückt", dachte sie, während sie noch immer das Telefon in ihrer Hand betrachtete, „gestern haben wir im Schwimmbad noch über das Thema geredet, und heute habe ich ein Date mit Thorsten." Sie überlegte, ob sie das direkt ihren Freundinnen erzählen sollte, entschied dann aber, dass das auch noch bis zum nächsten Tag Zeit hatte. Als sie sich ein wenig beruhigt hatte, bemerkte sie, dass sie sich tatsächlich auf den Abend mit Thorsten freute. Sie machte die Tür ihres Schrankes auf und überlegte, was sie anziehen sollte. Schließlich entschied sie sich für einen engen dunkelgrünen Rolli zu ihrer verwaschenen Jeans. Sie betrachtete das Ergebnis im Spiegel und fand, dass Thorsten Recht hatte: Grün stand ihr wirklich ganz gut.

Als sie sich mit ihrem Fahrrad der Eisdiele näherte, beschleunigte sich Miras Puls erneut. Was für eine verrückte Idee, sich mitten im Winter mit einem verrückten Typen wie Thorsten in der Eisdiele zu treffen, fand sie. Und noch dazu in einem Ort, in dem jeder jeden kannte. Wahrscheinlich würde sie ihren Freundinnen nicht einmal von diesem Date erzählen müssen, irgendjemand würde es ihnen mit Sicherheit brühwarm unterbreiten, bevor sie es tun konnte. ‚Und wenn schon', dachte sie, ‚ich ziehe das jetzt durch. Entweder ich weiß in ein paar Stunden, dass ich den Typen ein für allemal vergessen kann, oder ich finde heraus, dass er gar nicht so bescheuert ist. Dann kann ich meine Meinung über ihn ja einfach ändern, und Nicole wird sich freuen, dass sie mit ihrer Einschätzung von Thorsten Recht behalten hat.' Mira hatte die Eisdiele erreicht und parkte ihr Fahrrad im Fahrradständer. Sie hatte nicht die geringste Ahnung, was Thorsten für ein Fahrrad hatte und ob er überhaupt mit dem Fahrrad anrücken würde. Verstohlen warf sie einen Blick durch die großen Glasfenster und sah ihn zu ihrer Erleichterung bereits an einem der runden Tische sitzen. Er saß mit dem Rükken zum Fenster, so dass er sie nicht sehen konnte. Mira wusste, dass sie vom kalten Fahrtwind ein ganz rotes Gesicht hatte, denn das Gefühl kannte sie genau. Mit klopfendem Herzen betrat sie die Eisdiele. Thorsten schrieb gerade eine SMS und sah Mira erst, als sie direkt vor ihm stand. Er steckte das Handy in die Hosentasche und sagte: „Schön, dass du es dir doch noch überlegt hast. Eis essen geht doch immer - und außerdem siehst du so aus, als käme dir eine Abkühlung gerade gelegen. Bist du so schnell gefahren?" Er musterte sie amüsiert, und Mira ahnte, dass ihr Gesicht in diesem Moment einen noch dunkleren Rot-Ton annahm. Sie zog ihre Jacke aus und setzte sich Thorsten gegenüber auf die Bank. „Klar bin ich schnell gefahren. Ansonsten wäre mir ja nicht warm genug geworden, um Eis zu essen. Das habe ich haarscharf kalkuliert." Thorsten reichte ihr grinsend die Eiskarte und Mira warf einen kurzen Blick hinein. Für die Auswahl brauchte sie selten lange. Das Eis mit dem größten Schoko-Anteil war für gewöhnlich das, was sie bestellte. Sie hatte sich entschieden und ließ ihren Blick durch die Eisdiele schweifen. Ein paar Gesichter kamen ihr bekannt vor, aber es war niemand aus ihrer Jahrgangsstufe da. Mira war erstaunt darüber, dass es überhaupt noch mehr Verrückte gab, die abends bei Temperaturen um den Gefrierpunkt Lust auf Eis verspürten. Zu Hause war sie noch fest davon überzeugt gewesen, dass sie nur einen heißen Kakao trinken würde, aber in diesem Moment - mit der Eiskarte in der Hand - änderte sie ihre Meinung schnell. Die Fotos der Eisbecher sahen einfach zu verführerisch aus. Als sie ihre Bestellung aufgegeben hatte, fühlte Mira sich schon ein bisschen besser. Ihr Puls hatte sich wieder normalisiert, und auch ihre Gesichtsfarbe schien ihren Originalton wieder angenommen zu haben. Sie fragte sich, mit welchen Gefühlen Thorsten wohl hier saß und was er von ihr dachte. Er wirkte wie immer gut gelaunt und souverän. Die Art von Selbstbewusstsein, die er ausstrahlte, gefiel ihr. Nun war sie ihm erneut so nah wie vor wenigen Wochen in dem Gartenhäuschen und konnte über den Tisch hinweg wieder seinen Geruch wahrnehmen, der ihr ebenfalls gefiel. Ob es ein Deo, ein Parfum oder nur ein bestimmtes Duschgel war, konnte sie nicht einordnen.

Sie beschloss, das Gespräch zu eröffnen. Schließlich wollte sie ja ein bisschen mehr über Thorsten herausfinden. „Ist Felix eigentlich dein bester Freund?", fragte sie, obwohl sie glaubte, die Antwort bereits zu kennen. Thorsten überlegte einen Moment, was Mira verwunderte. Wäre ihr diese Frage gestellt worden, hätte sie sie schneller beantworten können, dachte sie. „Ja, er ist einer meiner zwei besten Freunde", erwiderte Thorsten schließlich, „der zweite ist mein Cousin Tim." „Tim? Ist der auch auf unserer Schule?" Mira konnte mit dem Namen nichts anfangen. „Nein, er macht gerade sein Fach-Abi und war auch nie auf unserer Schule. Aber er wohnt auch nur ein paar Kilometer entfernt, und wir sehen uns fast jeden Tag." Mira sah ihn überrascht an und konnte sich nicht verkneifen, weiter nach zu haken: „Wie kommt's, dass ihr euch so oft seht? Habt ihr das gleiche Hobby?" „Ja, das kann man wohl sagen. Aber ich schätze, du würdest nicht darauf kommen." In Miras Kopf blitzten alle möglichen Sportarten auf, aber die meisten schienen ihr nicht recht zu Thorsten zu passen. „Nee, ich komme wirklich nicht drauf. Was machst du denn? Zusammen mit ihm bei Alfredo kellnern? Synchronschwimmen? Stricken? Tauben züchten?" Thorsten lachte und sagte: „Du hast ja eine rege Phantasie. Ganz so verrückt ist es auch nicht. Aber auf Musik wärst du nicht gekommen, oder?" Mira sah ihn überrascht an und dachte: ‚Wenn er mir jetzt gleich noch sagt, dass er Blockflöte spielt oder Harfe, dann ist der Glaube in meine Menschenkenntnis restlos dahin.' Thorsten ließ sie nicht länger zappeln und erklärte: „Ich spiele Schlagzeug und Tim spielt Bass. Irgendwann wollen wir mal 'ne Band gründen. Aber das muss schon passen. Also vielleicht auch erst, wenn wir im Studium oder in der Ausbildung sind. Mal schauen." „Wie lange spielst du denn schon?" fragte Mira, als sie sich einigermaßen erholt hatte. „Seit über zehn Jahren", antwortete Thorsten. In diesem Moment kam die Bedienung und brachte zwei große Eisbecher. Mira war inzwischen froh darüber, dass sie in der Eisdiele waren. Ein Eis konnte man wenigstens so essen, dass es nicht zwangsläufig peinlich werden würde. Im Vergleich dazu war ein Date bei einem Teller Spaghetti sicher eine echte Herausforderung.

„Aber du machst doch bestimmt auch Sport, oder?", wollte Mira wissen. Sie konnte sich einfach nicht vorstellen, dass Thorsten keinen Sport machte. „Ich gehe zwischendurch mal joggen, aber das war's. Also kein Mannschaftsport, falls du darauf hinaus wolltest." „Nein, ich wollte auf gar nichts hinaus. Ich war einfach nur neugierig", erwiderte Mira wahrheitsgemäß. Thorsten grinste sie über den Eisbecher hinweg an.

Die Zeit verging schnell, und als Mira das erste Mal auf die Uhr schaute, war es bereits neun. Sie hatten über alles Mögliche geredet, und zu Miras Erstaunen hatte Thorsten sich sogar für Anton und die Reiterei interessiert und ihr einige Fragen dazu gestellt. Nach einiger Zeit hatte Mira die Leute an den Nebentischen komplett ausblenden können. Ab diesem Zeitpunkt war es ihr egal gewesen, ob irgendjemand sie dort sah. Es gab bestimmt genug Leute, die daraus die falschen Schlüsse zogen, aber auch das kümmerte sie nicht. Sie war froh, dass sie ihre Meinung in Sachen Eisessen noch einmal geändert hatte. Diese Sinneswandlung hatte es ihr ermöglicht, Thorsten ein Stückchen besser kennengelernt zu haben.

Auf dem Weg nach Hause bemerkte Mira die Kälte kaum. Sie war so in Gedanken, dass sie beinahe in die falsche Straße eingebogen wäre. Von Thorsten hatte sie sich bereits an der Eisdiele verabschiedet, da er in die entgegengesetzte Richtung fahren musste. Die zwei Stunden hatten ausgereicht, um Miras Meinung über ihn gründlich ins Wanken zu bringen. Sie konnte einfach nicht länger an ihrem Standpunkt festhalten, dass er ein Idiot war.

‚Nicole wird sich tierisch freuen, wenn sie hört, dass wir uns getroffen haben‘, dachte Mira.

Andererseits war sie froh darüber, dass sie sich völlig unverbindlich und ohne ein neues Treffen zu verabreden verabschiedet hatten. Sie hatte ihm ihre Handynummer gegeben, da sie ja nun auch seine besaß. Als Mira zu Hause angekommen war und die Haustür aufschloss, fragte sie sich, ob er sie wohl in den nächsten Tagen anrufen würde. Der Gedanke daran verursachte bei ihr ein leichtes Magenkribbeln. Dieses Mal fühlte es sich allerdings erstaunlich gut an.

17

In der Schule musste Mira bis zur großen Pause warten, bis sie ihren Freundinnen von dem Abend mit Thorsten erzählten konnte. Es war ein kühler, aber sonniger Märztag, und die drei Mädels beschlossen, eine Runde um die Schule zu schlendern und die Sonnenstrahlen zu genießen. „Ratet mal, mit wem ich gestern Abend Eis essen war!", begann Mira. Nicole überlegte nicht lange: „Wenn du schon so fragst, tippe ich auf Thorsten." „Woher weißt du das bloß?", fragte Mira mit gespielter Verwunderung. Gleichzeitig war sie erleichtert darüber, dass nicht schon irgendjemand diese Neuigkeit in die Welt posaunt hatte. So konnte sie ihren Freundinnen wenigstens selbst davon erzählen. „Wie ist es denn dazu gekommen? Was habe ich denn jetzt schon wieder verpasst?", fragte Laura irritiert. Mira berichtete: „Du hast nicht viel verpasst. Thorsten saß gestern vor unserem Haus auf der Bank, als ich nach Hause kam vom Reiten. Er muss dort schon 'ne ganze Weile gesessen haben und hat sich bestimmt den Hintern abgefroren. Jedenfalls hat er gefragt, ob ich mit ihm ein Eis essen gehe. Eigentlich hatte ich schon nein gesagt, aber dann habe ich es mir doch anderes überlegt. Ich dachte, das ist die beste Möglichkeit rauszufinden, ob er einen an der Klatsche hat oder nicht. Also habe ich doch zugesagt, und dann haben wir uns abends in der Eisdiele getroffen." Nicole und Laura blickten Mira erwartungsvoll an. „Und?" fragte Nicole, „hat er einen an der Klatsche?" „Nein, ich war ziemlich positiv überrascht. Eigentlich ist er sogar ganz nett." „Nett?! Nett ist doch die kleine Schwester von ‚Scheiße', oder?", stichelte Nicole weiter. Mira merkte, wie sie errötete. „Hast ja Recht", sagte sie, „aber ich meinte das positiv. Allerdings sind wir nicht zusammen, falls du darauf hinaus willst." Sie sah ihre Freundinnen prüfend von der Seite an und versuchte, ihre Gesichtsausdrücke zu deuten. Nicole sah ein wenig enttäuscht aus. In Lauras Augen sah sie deutlich einen Ausdruck von Erleichterung. ‚Wahrscheinlich hat sie die Befürchtung, dass wir bald beide keine Zeit mehr für sie haben', dachte Mira. In diesem Moment kam ihr das Gespräch mit Sarah in den Sinn, und sie wandte sich an Laura: „Ist zwar jetzt ein ganz anderes Thema, aber bevor ich das wieder vergesse, frage ich dich jetzt: Hättest du nicht Lust auf ein Pflegepferd?" Laura blickte Mira überrascht an. Mira konnte ihrer Freundin ansehen, dass sie Mühe hatte, ihren Gedankensprüngen zu folgen. Von Thorsten und der Eisdiele ging es nun geradewegs in den Stall. „Ein Pflegepferd? Wie meinst du das?", fragte Laura. Mira erklärte: „Ich habe euch doch von Colorado erzählt, dem Pferd von Jenny Peters. Er springt nicht mehr und ist für Jenny deswegen nicht mehr interessant. Deswegen wird ihr Vater ihn wohl verkaufen. Der Plan ist, dass der Freund von Sarah ihn kauft. Er ist früher schon mal ein paar Jahre lang geritten, hatte dann aber wegen des Studiums keine Zeit mehr. Jetzt würde er aber bald gerne wieder anfangen. Wenn Sarah und Jennys Vater sich einig darüber werden, wie viel er kosten soll, dann ist der Deal perfekt. Er würde dann bei Hennings stehen bleiben, und eigentlich wäre alles super, aber der Freund von Sarah hat in den nächsten Monaten kaum Zeit, sich um Colorado zu kümmern. Also suchen sie jemanden, der zuverlässig ist. Ich habe zu Sarah gesagt, dass ich da vielleicht jemanden wüsste, und sie hat gesagt, ich soll dich mal fragen." Mira verschwieg Sarahs Vorschlag, dass Laura sich auch um Lukas kümmern könnte, falls es mit dem Kauf von Colorado nicht klappte. Es musste einfach klappen. Laura runzelte skeptisch die Stirn: „Aber die suchen doch bestimmt jemanden, der das Pferd auch reiten kann. Das kann ich nicht, und das möchte ich auch nicht, das weißt du ja."

„Ja, weiß ich", erwiderte Mira geduldig, „das habe ich Sarah auch gesagt. Sie weiß, dass du nicht reiten willst. Ist ihr aber auch nicht wichtig. Es geht nur darum, dass sich jemand um Colorado kümmert und er sich nicht so abgeschoben vorkommt." Mira dachte, dass das Argument bestimmt zünden würde, und wurde in dieser Annahme bestätigt. Lauras Miene hellte sich ein Stück weit auf. „Ich glaube, das würde mir Spaß machen. Und du könntest mir ja sicherlich in der ersten Zeit helfen, oder? Du weißt ja, dass ich nicht viel Ahnung habe." „Kein Problem", sagte Mira schnell, „das kriegen wir auf jeden Fall hin." Sie malte sich erneut aus, wie schön es sein würde, mit Laura zusammen am Stall zu sein. Und Colorado hatte es in jedem Fall verdient, eine zweite Chance mit einem neuen Besitzer zu bekommen. Es musste einfach funktionieren.

Der Tag verging, ohne dass Mira etwas von Sarah hörte. Als sie am darauf folgenden Tag zum Stall radelte, nahm sie sich vor, Sarah am Abend anzurufen. Sie musste einfach wissen, wie der Stand der Dinge war. Von Thorsten hatte sie seit dem Abend in der Eisdiele nichts mehr gehört. Im Bus hatten sie sich zwar kurz gesehen, aber außer einem flüchtigen Gruß kein Wort miteinander gewechselt. Mira wusste nicht, wie sie sein Verhalten deuten sollte. Andererseits war sie sich bewusst, dass sie ihn ja ebenso gut einfach anrufen konnte. Sie redete sich ein, dass sie noch nicht sicher war, ob sie ihn wirklich wieder treffen wollte. Auf dem Reitplatz war nichts los, als Mira mit Anton dort eintraf. Trotz des schönen Wetters tummelten sich die anderen Reiter alle in der Halle. ‚Umso besser‘, dachte sie, ‚dann habe ich wenigstens meine Ruhe.‘ Sie arbeitete ihr Pferd ein paar Runden an der Hand und saß dann auf. Am Tag davor war Anton ebenso schön gelaufen wie in der Reitstunde mit Antje. Nun war Mira gespannt, ob es heute noch einmal so gut klappen würde. Sie nahm die Zügel auf und merkte gleich, wie sich das Gefühl von Leichtigkeit einstellte. Stück für Stück vergrößerte sie ihren Zirkel, und zu ihrer großen Freude blieb Antons Anlehnung dabei konstant. Wenig später versuchte sie ein paar Achten und war verblüfft darüber, wie weich sie ihr Pferd bei jedem Handwechsel umstellen konnte. Obwohl sie ewig so hätte weiter reiten können, gab sie die Zügel hin und gönnte Anton eine Pause. Inzwischen hatte sie bemerkt, dass diese kurzen Pausen seiner Motivation unheimlich gut taten. Als sie die Zügel wenig später wieder aufnahm, gab Anton augenblicklich wieder im Genick nach. ‚Das ist echt der Hammer. Hätte mir das früher jemand erzählt, ich hätte es nicht geglaubt!‘, dachte Mira. Ulrike hatte ihr und den anderen Reitern stets eingeschärft, die Zügel während der Reitstunde nicht lang zu lassen, damit die Pferde nicht „auseinander fielen“. Überhaupt hatte Antjes Art von Unterricht nicht viel gemeinsam mit dem von Ulrike. Während Mira über die beiden Reitlehrerinnen nachdachte, empfand sie plötzlich eine große Dankbarkeit dafür, dass sie nun bei Antje Unterricht nehmen konnte. Sie überlegte, ob sie einen Trab auf dem Zirkel wagen sollte. ‚Warum nicht?‘, dachte sie, ‚wenn es nicht klappt, pariere ich einfach wieder zum Schritt durch. Kaputt gehen wird davon schon nichts.‘ Mira wartete auf eine Phase, in der Anton sich besonders gut anfühlte, und gab die Trabhilfe. Anton trabte unverzüglich an, verlor aber augenblicklich seine schöne Haltung. Mira ließ ihn ein paar Tritte traben und parierte dann wieder durch zum Schritt. Augenblicklich rundete sich der kräftige Hals vor ihr wieder. Sie wiederholte die Vorgehensweise ein paar Mal und stellte fest, dass Anton den Kopf bei jedem neuen Versuch ein bisschen weniger hob. Als sie zum fünften Mal antrabte, hob Anton sich nicht mehr heraus, und Mira hatte den Eindruck, in den Trab hinein zu gleiten. Obwohl Anton kein Bewegungswunder war, wurden seine Trabtritte spürbar größer. Mira konnte ihr Glück kaum fassen, und nachdem sie sich gefangen hatte, überhäufte sie Anton mit Lob. Sie wusste, dass es bei vielen Reitern verpönt war, mit dem Pferd zu sprechen, aber es war ihr egal. In diesem Augenblick war es ihr sogar noch gleichgültiger als sonst. Sie war überzeugt davon, dass ihr Pferd das Lob verstand, und nur das zählte. Nach einigen Metern parierte sie durch zum Schritt und gab den Zügel hin. Trotzdem konnte sie es sich nicht verkneifen, die Zügel noch einmal aufzunehmen und einen erneuten Versuch zu wagen. Dieses Mal brauchte sie nur noch zwei Versuche, bis Anton seine Haltung auch beim Antraben beibehielt. Mira freute sich riesig und beschloss, es damit gut sein zu lassen. Sie hatte sich abgewöhnt, beim Reiten auf die Uhr zu sehen. Antje hatte sie dazu ermutigt, mehr auf ihr Bauchgefühl zu achten und die Reiteinheit auch mal nach zwanzig Minuten zu beenden, wenn Anton gut mitmachte. Mira fiel das zwar schwer, aber ihrem Pferd schien die Vorgehensweise auf jeden Fall gut zu tun. Sie wusste, dass es die größte Belohnung für Anton war, dass sie ihn nun zurück zu seinen Kumpels auf die Winterweide brachte. Kurz nachdem Mira ihn abgehalftert hatte, wälzte er sich bereits genüsslich auf dem lehmigen Boden. Etliche Dreckklumpen setzten sich dabei in seiner Mähne fest, und sogar von weitem konnte sie sehen, dass er selbst im Ohr Lehmklümpchen hatte. Am nächsten Tag würde sie ihr Pferd unter der Dreckkruste irgendwie wieder zum Vorschein bringen müssen, damit Markus beim Unterrichten keinen Anfall bekam. Mira seufzte und war froh, dass Anton bereits mitten im Fellwechsel steckte. Vielleicht würden die dreckigsten Haare ja beim Putzen einfach ausgebürstet, hoffte sie. Jetzt war es nur noch eine Frage der Zeit, bis der Winterpelz komplett verschwinden und der pflegeleichte Sommerlook zum Vorschein kommen würde. Mira konnte es kaum erwarten.

Zu Hause angekommen versuchte sie, Sarah zu erreichen. Enttäuscht musste sie feststellen, dass Sarah ihr Handy ausgeschaltet hatte. „Na ja", dachte Mira, „ich sehe sie ja spätestens am Mittwoch in der Springstunde. Bis dahin werde ich es schon noch aushalten mit meiner Neugierde. Hoffentlich kann sie Herrn

Peters überzeugen, ihr Colorado zu verkaufen." Sie schlenderte in die Küche, wo ihre Mutter mit einem Berg von Geschirr im Spülbecken kämpfte. Instinktiv schnappte Mira sich ein Trockentuch und griff nach einem der gespülten Töpfe. „Das ist aber lieb, dass Du mir hilfst. Irgendwie hat sich hier schon wieder eine Menge Abwasch angesammelt", sagte ihre Mutter. „Das kann nur Zufall sein - wahrscheinlich waren Einbrecher hier, die ungeniert gekocht und ihren Dreck einfach nicht weggeräumt haben", bemerkte Mira. Ihre Mutter grinste und sagte: „Ja, so wird's wohl gewesen sein." „Wie geht's eigentlich Marion?" fragte Mira, der plötzlich einfiel, dass sie in den letzten Tagen gar nicht mehr an sie gedacht hatte. „Oh, viel besser", antwortete ihre Mutter. „Ich bin heute Morgen noch mal kurz bei ihr vorbeigefahren, sie wird wohl noch diese Woche entlassen werden. Nur an den Unfall selbst kann sie sich nicht mehr erinnern." Mira war erleichtert zu hören, dass es Marion wieder besser ging. Einen Moment hing sie ihren Gedanken nach und musste überlegen, wo der Topf hingehörte, den sie gerade abtrocknete. „Hättest du morgen Abend Zeit, mit mir einkaufen zu fahren?", fragte ihre Mutter und riss Mira aus ihren Gedanken. Mira überlegte kurz. Wirklich wild aufs Einkaufen war sie nicht, aber wenn ihre Mutter sie darum bat, konnte sie schlecht nein sagen. Schließlich musste sie zu Hause nicht viel helfen, und einen wichtigen Termin hatte sie auch nicht. „Ja, ich kann mitkommen. Ich habe nichts vor", sagte sie und versuchte ihre mangelnde Begeisterung so gut es geht zu kaschieren. „Schön", freute sich ihre Mutter, „Maren kommt auch mit. Es wird ein echter Großeinkauf, wir müssen noch für Marens Geburtstag einkaufen. Ist ja auch schon am Freitag. Und wenn ihr beide mitkommt, geht das recht schnell. Außerdem muss ich dann nicht zwanzig Mal zwischen dem Auto und dem Haus hin- und herlaufen beim Ausladen." „Ja, ist kein Problem", bekräftigte Mira noch einmal und dachte angestrengt nach, ob sie für Maren schon ein Geschenk gekauft hatte. Oft machte sie das schon Wochen vorher, wenn sie irgendetwas sah, was ihr geeignet schien. Nur musste sie dann später aufpassen, dass sie das Geschenk nicht in irgendeiner Schublade vergaß. Dann fiel ihr ein, dass sie direkt nach Weihnachten schon etwas gefunden und für diesen Anlass gekauft hatte: Maren hatte sich immer eine bestimmte Taucherbrille gewünscht. Genau die war im Sportgeschäft im Januar herabgesetzt worden, und Mira hatte sofort zugegriffen. Den Originalpreis hätte sie nicht bezahlen können, aber herabgesetzt war sie erschwinglich gewesen. Mira war froh darüber, dass sie ihr Geschenk lediglich noch einpacken musste. Viel Zeit hätte sie sonst nicht mehr gehabt, etwas Passendes auszusuchen. „Was macht Maren eigentlich an ihrem Geburtstag?", fragte Mira beiläufig. „Drei Mal darfst du raten. Sie möchte mit allen Gästen ins Schwimmbad. Ich habe mir frei genommen und werde natürlich mitfahren. Wir haben dort einen Raum gemietet, so dass wir dort den Kuchen essen können. Und abends gibt's hier dann Spaghetti. Geplant ist, dass die Kinder um sieben wieder abgeholt werden." „Ich schätze, du freust dich schon richtig auf diesen Tag, stimmt's?" stichelte Mira. Ihre Mutter lächelte gequält und sagte: „Na und wie, ich kann es kaum erwarten. Aber mal ehrlich - es gibt Schlimmeres. Eigentlich sind die Freunde von Maren ja ganz pflegeleicht. Sie hat auch nur sechs eingeladen. Vier Mädels und zwei Jungs. In dem Alter beschäftigen die sich ja schon selbst. Ich muss also kein Entertainment veranstalten, um die Laune hoch zu halten."

18

„Stimmt", pflichtete Mira ihr bei und war trotzdem insgeheim sehr froh darüber, dass sie nicht mitfahren musste. Dann doch lieber babysitten, dachte sie.

Der nächste Tag war so sonnig und warm, dass Mira ohne Jacke reiten konnte. Sie war super zufrieden mit Anton und konnte die Trabphasen bereits verlängern, ohne dass er jedes Mal die Haltung verlor.

Trotzdem war sie nicht so euphorisch, wie sie es nach diesem Erfolg hätte sein können. Auf dem Weg vom Stall nach Hause zerbrach sie sich den Kopf darüber, warum Thorsten sich nicht bei ihr meldete. Es waren zwar erst zwei Tage vergangen seit ihrem Date in der Eisdiele, aber er hätte ja wenigstens mal eine SMS schreiben können, fand sie. In Gedanken ging sie noch einmal den Abend mit ihm durch und überlegte, ob sie irgendetwas Blödes gesagt hatte. Vielleicht hatte ihm auch ihr Styling nicht gefallen. Oder er hatte sich doch in ein anderes Mädchen verliebt. Mira wunderte sich darüber, dass sie dieser Gedanke so wurmte. Sie dachte an Nicole und darüber, wie sie sich amüsieren würde, wenn sie von Miras Gedankengängen gewusst hätte.

Nicole hatte ihr von Anfang an nicht abgenommen, dass sie nichts von Thorsten wollte. Und nun stellte sich auch noch heraus, dass sie mit ihrer Einschätzung gar nicht so falsch gelegen hatte, wie Mira sich gerne eingeredet hätte. Thorsten ging ihr einfach nicht mehr aus dem Kopf. Andererseits verstand Mira sich selbst nicht. Immerhin hatte er sich so kindisch verhalten bei Svenjas Party im Gartenhäuschen. Sie überlegte, was sie an ihm fand. Lustig war er und spontan auch. Außerdem sah er gut aus. Zumindest wenn er nicht diese blöden Hosen anhatte, die beim Laufen fast verloren gingen. Auf die stand Mira überhaupt nicht. Aber die letzten Male, als sie ihn gesehen hatte, hatte er Jeans getragen. Da die Jeans auch so saßen, wie Jeans nun mal sitzen sollten, hatte er damit doch ziemlich gut ausgesehen, das musste sie zugeben. Sein Lächeln war ebenfalls ziemlich einnehmend. Trotzdem gab es da noch etwas, das Mira noch mehr faszinierte als alles andere. Thorsten hatte eine Art von Selbstbewusstsein, das einfach anziehend war. Er war nicht arrogant, strahlte aber eine Souveränität aus, die Mira fesselte. In einer Unterhaltung mit ihm wurde direkt klar, dass er wusste, was er wollte. Mira hatte die Befürchtung, dass Thorsten sicherlich jede Menge Auswahl hatte, was die Mädels anging. Gerade weil er diese selbstbewusste Art hatte, die bei ihm einfach nicht aufgesetzt wirkte, sondern echt zu sein schien. Sie beschloss, dass sie die Chance ergreifen würde, sich noch einmal mit ihm zu treffen, falls die sich bot. Thorsten war nicht der Typ, der darauf wartete, dass sie ihn anrief. Obwohl es Mira Überwindung kostete, war sie entschlossen, dass sie sich nicht bei ihm melden würde. Wenn er wirklich Interesse hatte, sollte er sie anrufen. Schließlich war das doch Sache der Jungs, dachte sie.

Eine Stunde später schob sie zusammen mit ihrer Mutter und Maren zwei Einkaufswagen durch die Regale des Supermarktes. Beide waren schon halb gefüllt und Mira fragte sich, wann sie das letzte Mal so viel eingekauft hatten. Insgeheim wartete sie darauf, von irgendjemandem mit der Frage angesprochen zu werden, ob es Krieg geben würde. „Ja", dachte Mira, „es wird Krieg geben. Einen Spaghetti-Krieg mit Elfjährigen am Freitag."

Sie schlug vor, eine Papiertischdecke zu besorgen, und ihre Mutter fand die Idee gut. Dann konnte jeder mit seiner Tomatensauce so viel rumkleckern wie er wollte. Als sie um die nächste Ecke bogen und auf die Süssigkeitenmeile zusteuerten, stieß Maren einen Freudenschrei aus. „Da ist ja Markus", rief sie und lief schnurstracks auf einen Mann zu, der am Ende der Reihe stand und seinen Wagen mit Chips belud. Mira sah ihr erstaunt nach und ihr Erstaunen wuchs, als sie den Mann mit der Chipstüte in der Hand erkannte: Es war ihr Reitlehrer. Maren unterhielt sich bereits angeregt mit ihm, als Mira auf die beiden zusteuerte. Ihre Mutter folgte ihr. „Hi", sagte Mira zu Markus und wandte sich im nächsten Moment an ihre Schwester: „Woher kennst du denn meinen Reitlehrer?" fragte sie irritiert. „Mit Markus habe ich letztens Mensch-ärgere-dich-nicht gespielt, als Mama Marion besucht hat. Dabei haben wir uns ganz prima unterhalten. Ich wusste gar nicht, dass er dein Reitlehrer ist." Jetzt fiel es Mira wieder ein, dass Maren von einem Pfleger erzählt hatte, mit dem sie im Krankenhaus während ihrer Wartezeit ein Gesellschaftsspiel gespielt hatte. Sie wäre nur nicht im Traum auf die Idee gekommen, dass es sich dabei um Markus handeln könnte. Markus lächelte Mira an und sagte: „Du hast ja vielleicht eine quirlige Schwester. Wenn man weiß, dass ihr Schwestern seid, sieht man vielleicht auch ein bisschen Ähnlichkeit." Er musterte Maren und Mira und wandte sich dann ihrer Mutter zu: „Ich glaube, wir sind uns schon mal begegnet, oder? Ich heiße Markus Fachmann und bin der Springreitlehrer von Mira." Er streckte ihr die Hand entgegen. Miras Mutter ergriff sie und sie schüttelten sich die Hände. Miras Mutter sagte: „Ich heiße Corinna Ulmke und bin, wie Sie sich wahrscheinlich schon gedacht haben, die Mutter der beiden. Wir sind uns tatsächlich auch schon mal begegnet, aber immer nur kurz. Einmal auf dem Hoffest bei Hennings, einmal bei der Weihnachtsfeier..." „Stimmt, jetzt erinnere ich mich." Markus lächelte, und Miras Mutter erwiderte sein Lächeln. Bevor einer der beiden noch etwas sagen konnte, ergriff Maren das Wort. An ihre Mutter gewandt bat sie: „Mama, ich möchte Markus zum Geburtstag einladen. Ist das okay?" Ihre Mutter setzte zum Reden an, aber Mira fiel ihr ins Wort: „Maren, das ist ein Kindergeburtstag, den du da feierst. Was soll Markus denn da machen? Mit euch schwimmen gehen oder was? Du bist echt peinlich!" „Aber er könnte doch einfach abends zum Essen dazukommen, oder Mama?" Maren ließ sich nicht beirren. „Dann frag ihn doch einfach, ob er Zeit und Lust hat", schlug ihre Mutter vor. Zu Markus sagte sie: „Sie können ganz ehrlich sein. Wenn Sie keine Zeit oder keine Lust haben, sagen Sie es ruhig." Mira fand die Idee einfach nur total bescheuert. Sie war sich sicher, dass Markus an einem Freitagabend Besseres zu tun hatte, als beim Kindergeburtstag einer Elfjährigen zu sitzen. Sie verdrehte die Augen, als Maren lossprudelte: „Markus, hast du Lust und Zeit zu kommen? Wir sind so um sechs wieder da vom Schwimmen. Dann gibt's Spaghetti. Das wäre so cool, wenn du kommen würdest." Maren sah Markus so flehentlich an, dass Mira davon überzeugt war, dass er kaum noch eine Chance hatte, nein zu sagen. Er überlegte kurz und antwortete: „Ich habe nichts vor am Freitagabend. Wenn du mich wirklich dabei haben willst, komme ich gerne. Allerdings schaffe ich sechs Uhr nicht ganz pünktlich. Ich würde dann ein bisschen später kommen." „Das macht gar nichts", rief Maren begeistert, „wir lassen dir auf jeden Fall noch was zu essen übrig." „Super", sagte Markus, „dann musst du mir nur noch verraten, wo ihr wohnt." Maren kritzelte die Adresse auf ein Stück Papier, das sie aus ihrer Jackentasche zog. Mira wollte gar nicht wissen, woher das

Papier stammte. Sie schämte sich ziemlich, als Maren den Zettel freudestrahlend an Markus übergab. „Dann bis Freitag", trällerte Maren und wandte sich zum Gehen. „Ja, bis Freitag", sagte Markus und nickte dann Mira zu: „Und wir sehen uns morgen, oder?" fragte er. „Ja", antwortete Mira. Mehr brachte sie in diesem Moment nicht heraus. Sie war froh darüber, dass Markus sich zum Gehen wandte, denn sie konnte ihm nicht in die Augen sehen. Selten fand sie ihre Familie richtig peinlich, aber dieser Augenblick gehörte zu den wenigen, für die der Ausdruck „peinlich" eine eindeutige Untertreibung darstellte. Hätte ihre Mutter Maren diese Schnapsidee nicht ausreden können? Lustlos türmte Mira ein paar Süssigkeiten in den Einkaufswagen und hoffte, dass Markus sie am nächsten Tag nicht auf diese Aktion ansprechen würde. Das würde die ganze Sache noch viel peinlicher machen. Maren war außer Hörweite, als ihre Mutter zu Mira sagte: „Du hast ja wirklich einen netten Reitlehrer. Er hat Maren eine große Freude gemacht, indem er zugesagt hat. Meinst du, er kommt auch wirklich?" Mira musste nicht lange überlegen und antwortete: „Ja, da bin ich mir ziemlich sicher. Wenn er sagt, dass er kommt, dann wird er das wohl auch tun. Aber ich finde das wirklich mehr als peinlich." Ihre Mutter sah sie fragend an. „Das habe ich schon gemerkt", sagte sie, „aber warum eigentlich?" Mira wusste nicht, ob sie keinen Grund hatte oder ob ihr vor lauter Gründen keiner einfiel, der herausragend war unter all den anderen. Auf jeden Fall konnte sie die Frage nach dem Warum nicht beantworten. Stattdessen vertiefte sie sich wieder in die Einkaufsliste und machte sich dann auf die Suche nach Waldmeistersirup. Der stand zwar nicht auf der Liste, aber den tranken fast alle Kinder gerne, soviel stand fest. Also gehörte er auch in den Einkaufswagen, entschied sie.

Der Einkauf war schneller erledigt, als Mira zu hoffen gewagt hatte. Es war erst halb acht, und sie verspürte das dringende Bedürfnis, noch was zu unternehmen. Sie überlegte kurz, ob sie sich noch für ein Stündchen mit Nicole oder Laura treffen sollte, verwarf den Gedanken aber wieder. Nach kurzem Zögern fasste sie den Entschluss, joggen zu gehen. Sie zog eine Sporthose und Turnschuhe an und rief ihrer Mutter zu, dass sie in einer halben Stunde wieder da wäre. Ein bisschen wunderte sie sich über sich selbst. Sie hatte eigentlich gar nicht viel übrig fürs Joggen. Normalerweise drückte sie sich davor, wann immer es nur ging. Richtige Laufschuhe besaß sie auch nicht, aber ihre Turnschuhe würden dafür wohl auch zu gebrauchen sein, hoffte sie. Mira trat hinaus auf den Hof und trabte direkt los. Sie wusste, dass das unprofessionell war, aber das war ihr egal. In diesem Moment wollte sie einfach die überschüssige Energie loswerden, die in ihr schwelte und sie fast wahnsinnig machte. In ihren Gedanken kreisten Thorsten, Markus und ihre Mutter, Sarah und Colorado.... ,Wenn ich lange genug laufe, ist mein Kopf bestimmt wieder frei', dachte Mira und lief durch die Siedlungsstraßen. Die kalte Abendluft tat gut, und Mira konnte förmlich spüren, wie ihr Gehirn durchgepustet wurde. Nach ein paar Minuten musste sie verlangsamen, da sie den typischen Anfängerfehler begangen und zu schnell losgelaufen war. Außerdem musste sie feststellen, dass sie auf dem Weg zu Thorsten war. Seit der Party wusste sie ja, wo er wohnte, und war die Strecke schon einmal gelaufen. Joggend war sie allerdings deutlich schneller und bog nach zehn Minuten in die Straße ein, in der Thorsten und seine Familie wohnten. Als sie das Haus erreicht hatte, spürte sie den Wunsch, zur Haustür zu gehen und zu klingeln. Drinnen war alles hell erleuchtet, und das Gebäude wirkte hell und einladend. Trotzdem war irgendetwas in Mira stärker und veranlasste sie, vorbeizulaufen. Sie war froh, dass es so dunkel war. Von drinnen war sie bei der Beleuchtung nicht zu erkennen, da war sie sich sicher. Als sie das Haus beinahe hinter sich gelassen hatte, hielt sie für einen Moment inne. Sie hörte den Sound eines Schlagzeugs und war überzeugt davon, dass es Thorsten war, der dort spielte. Für einen Moment blieb sie stehen und lauschte. Zur Sicherheit stellte sie sich dicht an einen großen Lebensbaum, der sie verdeckte. Vom Haus aus konnte sie so nicht zu sehen sein, dachte sie. Bis zu diesem Zeitpunkt hatte Mira sich nicht vorstellen können, wie ein Schlagzeug ohne andere Instrumente klang. Als sie nun dort im Schatten des Baumes stand und zuhörte, war sie völlig fasziniert von dem überwältigenden Sound, der zu ihr nach draußen drang. Obwohl sie die Musik nur gedämpft hören konnte, war sie wie gebannt. Da verstand jemand sein Handwerk, soviel war klar. Nach ein paar Minuten in ihrem Versteck fing Mira an zu frieren und setzte sich wieder in Bewegung. Sie bog zweimal nach recht ab und lief dann in einer Schleife zurück nach Hause. Dort angekommen, ließ sie sich keuchend auf einen Hocker im Flur fallen. Obwohl sie keine halbe Stunde gelaufen war, war sie völlig außer Atem. Aber der Sport hatte zweifellos gut getan, sie fühlte sich viel besser.

Auf dem Weg ins Badezimmer wurde ihr klar, dass sie in dieser Nacht auf jeden Fall gut würde einschlafen können. Sie spürte jeden Muskel und musste über sich selbst lachen. „Andere Leute fühlen sich so, wenn sie einen Marathon laufen, und ich brauche dafür nicht einmal eine halbe Stunde", dachte sie. Sie konnte sich nicht erinnern, wann sie es das letzte Mal so genossen hatte, unter der Dusche zu stehen. Das warme Wasser tat dermaßen gut, dass Mira sich zwingen musste, es irgendwann wieder auszustellen. Halbherzig föhnte sie ihre Haare, bis sie halb trocken waren, und fiel anschließend direkt ins Bett. Wenige Minuten später schlief sie tief und fest.

19

Mira konnte es kaum erwarten, endlich mit Sarah zu sprechen. Sie war besonders früh am Stall und hatte genug Zeit, Anton ausgiebig zu putzen. Die Neugierde darüber, was Sarah mit Herrn Peters besprochen hatte, nagte an ihr. Auch Laura hatte sie an diesem Morgen schon ungeduldig gelöchert, wie es denn in Sachen Colorado aussah. Mira wusste, dass Laura Feuer gefangen hatte und frage sich, warum sie nicht eher auf die Idee gekommen war, nach einem Pflegepferd für sie Ausschau zu halten. Andererseits war es wohl vor allem Colorados spezielle Geschichte, die in Laura Mitleid und den Wunsch erweckt hatte, sein Vertrauen zu gewinnen. Vielleicht hätte die Aussicht auf irgendein Pflegepferd bei ihr gar kein Interesse hervorgerufen, überlegte Mira. Als sie gerade damit beschäftigt war, die Lehmklümpchen des Paddocks aus Antons Mähne heraus zu fummeln, betrat Sarah den Stall. Sie schien extrem gute Laune zu haben, und Mira hoffte inständig, dass die irgendwie mit Colorado zu tun hatte. Sie brauchte nicht nachzufragen, denn Sarah sprudelte direkt los: „Es hat geklappt, Simon und ich sind ab heute stolze Besitzer eines wunderschönen Warmblüters. Colorado gehört uns!" „Super", schrie Mira und fiel Sarah um den Hals. Sie war so erleichtert, dass sie es kaum in Worte fassen konnte. „Herzlichen Glückwunsch! Oh ich freue mich so mit!", rief sie und drückte als nächstes Anton, der ruhig neben ihr stand und erstaunt die Freudenausbrüche seiner Besitzerin beobachtete. „Das ist schön, dass sich jemand so mit uns freut", sagte Sarah und streichelte Lukas, der ebenfalls neugierig über die Boxentür schaute. „Es war auch gar nicht so einfach, wie ich es mir erhofft hatte. Herr Peters war zwar von Anfang an bereit, ihn zu verkaufen, aber nicht zu einem Preis, den ich hätte bezahlen können. Wir haben einige Stunden verhandelt, und ich war zwischendurch doch schon etwas mutlos, ob es wirklich noch Sinn macht, weiter zu reden. Aber letztendlich haben wir einen Kompromiss gefunden. Der Preis ist echt an meiner Schmerzgrenze, aber Colorado ist es wert. Am Samstag wollen wir hier im Reiterstübchen eine Flasche Sekt köpfen - oder auch zwei." Sarah grinste und fuhr fort: „Ich hoffe du kommst. Und bring auch ruhig schon deine Freundin mit, falls sie tatsächlich Interesse an einem Pflegepferd hat." „Ja, hat sie", sagte Mira schnell und ihre Freude wuchs noch mehr. Sie würde Laura gleich nach der Springstunde anrufen und ihr die Neuigkeit unterbreiten. „Wer kommt denn noch am Samstag zum Feiern?", fragte sie Sarah. „Nicht viele. Ich möchte nur die Leute einladen, mit denen ich auch wirklich was zu tun habe. Also außer dir noch Denise, Markus, Christa und Erich - mit denen fahre ich ja immer zu den Kursen. Na ja, und Simon kommt natürlich auch, Colorado ist ja schließlich sein Pferd", antwortete sie und ergänzte:„Und wenn deine Freundin auch noch kommt, sind wir doch eine nette kleine Runde. Wie heißt sie eigentlich?" „Laura heißt sie", sagte Mira und versuchte, sich wieder auf das Hier und Jetzt, ihr Pferd und die Spring-stunde zu konzentrieren. „Weißt du, was das Beste ist?", fragte Sarah und wartete Miras Antwort gar nicht erst ab, „das Beste ist, dass Lina bereit ist, die Boxen zu tauschen. Sie will sowieso lieber in den anderen Stalltrakt. Also kommt Colorado da hin, wo Finelli jetzt steht, und Finelli kommt in Colorados alte Box. Damit ste-hen Lukas und Colorado nebeneinander, und du und deine Freundin, ihr könnt die Pferde auch zusammen hier in der Stallgasse putzen. Super, oder?" Diese Auss-icht war in der Tat noch toller, das musste Mira zugeben. Sie und Sarah strahlten um die Wette, als sie mit ihren Pferden zur Halle gingen. Die peinliche Aktion ihrer Schwester am Tag davor hatte Mira bereits verdrängt, als sie die Halle be-traten und Markus begrüssten. Denise war ebenfalls schon da und saß bereits auf Chayenne, die gelassen mit hingegebenem Zügel ihre Schrittrunden drehte. Egal wie die Springstunde heute laufen würde, der Tag war auf jeden Fall gerettet, fand Mira. Markus hatte das Parcoursspringen als Schwerpunkt für diesen Tag einge-plant. Jetzt erst fiel Mira wieder ein, dass das Turnier unaufhörlich näher rück-te. Als sie die Nennung vor einiger Zeit abgeschickt hatte, war es ihr noch unglaub-lich weit weg erschienen. Nun trennten sie nicht einmal mehr drei Wochen von dem großen Tag. Ein leichtes Magenkribbeln verursachte der Gedanke zwar bei ihr, aber die Vorfreude war definitiv größer. Sie hatte zwar keine Ahnung, wie An-ton in fremder Umgebung springen würde, aber Mira vertraute darauf, dass er sein Bestes geben würde für sie.

Als sie die Steigbügel auf ihre Springbügellänge verkürzte, spürte sie ihre Ober-schenkelmuskulatur. ‚Ein nettes kleines Überbleibsel vom Joggen gestern‘, dachte Mira und biss die Zähne zusammen. Irgendwie fand sie es ein wenig peinlich, dass die knappe halbe Stunde Joggen bei ihr derartigen Muskelkater hervorgebracht hatte. Sie beschloss, die ganze Aktion für sich zu behalten. Niemand brauchte zu wissen, dass sie an Thorstens Haus vorbeigelaufen war. Ebenso brauchte auch niemand zu wissen, dass sie nun alle Muskeln spürte von dem bisschen Joggen. Mira lenkte ihre Aufmerksamkeit auf Anton und darauf, dass sie Sarah und Denise nicht in die Quere ritt. Sie liebte es, wenn so viele Hindernisse in der Halle standen, dass sie beim Abreiten in unterschiedlichsten Linien drumherum reiten konnte. An diesem Tag waren genug Sprünge da, und Mira mied den Hufschlag so gut sie konnte. Den Vorteil sah sie darin, dass sie viel phantasievoller ritt und Anton sich mehr auf sie und ihre Hilfengebung konzentrieren musste. Nachdem sie ein paar Mal die Hand gewechselt hatte, rundete Anton plötzlich seinen Hals und wurde genauso leicht in der Hand wie an den beiden Tagen davor. Mira hatte nicht zu hoffen gewagt, dass er das ohne die vielen Schritt-Trab-Übergänge tun würde, und hatte sich stattdessen auf die Linienführung und die korrekte Innenstellung konzentriert. Die Tatsache, dass er nun fast von alleine in die gewünschte Haltung gekommen war, faszinierte Mira. Auch Markus war überrascht und rief: „Mensch, was hast du mit deinem Pferd gemacht? Der läuft ja plötzlich durchs Genick! Sieht klasse aus, dein Anton. Und ganz zufrieden! Du hast auch nicht viel in der Hand, oder?" Mira verneinte. Sie hatte wirklich nicht viel in der Hand. Im Gegenteil, die Verbindung zwischen ihrer Hand und Antons Maul fühlte sich butterweich an. Sie erzählte Markus in wenigen Sätzen von ihrer neuen Reitlehrerin und der Vorgehensweise, mit der sie Anton dazu bewegt hatten, seine Haltung zu verbessern. Er hörte aufmerksam zu, und als Mira zu Ende erzählt hatte, sagte er: „Ich muss ja zugeben, wenn du mir das vor ein paar Wochen erzählt hättest, hätte ich es für ziemlich exotischen Kram gehalten. Ein Pferd vom Boden aus so zu schulen, dass es nachher besser in Anlehnung läuft - auf die Idee wäre ich echt nicht gekommen. Aber der Erfolg spricht für sich. Anton geht durchs Genick und schwingt dabei schön locker im Rücken - was wollen wir mehr? Die Methode kann also nicht schlecht sein." Mira freute sich, dass Markus das sagte. Seine Meinung bedeutete ihr viel. Er kannte sie und Anton lange genug und fand die Veränderung genauso positiv wie sie selbst. Sie hatte das Gefühl, schon lange nicht mehr mit so viel positiver Energie geritten zu sein. Den Parcours meisterte Anton spielend und Miras Sorge, sich die Reihenfolge der Sprünge nicht merken zu können, war unbegründet. Markus wirkte sehr zufrieden mit seiner Schülerin und kündigte an, dass sie in der Woche darauf noch einmal einen anderen

Parcours springen würden - als eine Art Generalprobe für das Turnier. Mira wusste, dass Sarah nicht aufs Turnier ging, weil ihr das Ganze zu stressig war. Aber was war mit Denise los? Soweit Mira das richtig verstanden hatte würde sie auch nicht reiten. Sie hatte doch mit Chayenne sowohl im Springen als auch in der Dressur richtig gute Chancen auf eine super Platzierung. Beim Trockenreiten fragte Mira nach dem Grund und erfuhr, dass Denise an dem Wochenende zum siebzigsten Geburtstag ihrer Oma nach Süddeutschland fuhr. ‚Schade', dachte Mira, ‚zusammen hätte das bestimmt noch viel mehr Spaß gemacht.' Erst als sie Anton absattelte, fiel ihr auf, dass Markus sie nicht auf die Aktion von Maren angesprochen hatte. ‚Entweder hat er es vergessen, oder er findet es gar nicht so außergewöhnlich, von einer Fünftklässlerin zum Geburtstag eingeladen zu werden', überlegte Mira. Sie war gespannt darauf, ob Markus tatsächlich kommen würde. ‚Marens kleine Welt würde wahrscheinlich zusammenbrechen, wenn er nicht auftauchte', dachte sie, und putzte Antons Sattellage noch einmal gründlich über.

20

Mira hatte bis zum nächsten Morgen warten müssen, um Laura die gute Nachricht von Colorados Kauf zu erzählen, da sie sie telefonisch nicht hatte erreichen können. Für Mira war es schön gewesen zu sehen, wie Laura sich über diese Info freute. Sie hatte zugesagt, am Samstag bei der Einstandsparty mit dabei zu sein. Mira hoffte sehr, dass Laura und Sarah sich sympathisch waren. Und obwohl sich Laura und Simon sicher nicht oft am Stall begegnen würden, fand Mira es ebenso wichtig, dass er nichts gegen Laura einzuwenden hatte. Nun würde sie bald ihre Nachmittage am Stall zusammen mit einer ihrer beiden besten Freundinnen verbringen können - was gab es Schöneres?

Während Mira Anton sattelte, überlegte sie fieberhaft, ob sie ausreiten oder noch einmal auf dem Reitplatz üben sollte. Das Wetter war noch immer super und lud geradezu zum Ausritt ein. Andererseits war die Verlockung groß, Anton vor der Stunde bei Antje noch einmal dressurmäßig zu reiten. Mira entschied sich für den Reitplatz.

Gut gelaunt saß sie auf und nahm wenig später die Zügel auf. Statt der erwarteten Reaktion legte Anton den Kopf schief und knirschte auf seinem Gebiss herum. Er ließ sich kaum stellen und schon gar nicht dazu veranlassen, im Genick nachzugeben. Mira verstand die Welt nicht mehr. Nach drei so guten Tagen am Stück kam nun der Einbruch. In ihrer Ratlosigkeit ließ sie Anton antraben, stellte aber fest, dass er im Trab noch viel bescheidener lief als im Schritt. Mira war der Verzweiflung nah und kämpfte mit den Tränen. Nach einigen Übergängen und vielen Runden im Trab lief Anton zwar schon etwas netter und hielt seinen Kopf nicht mehr schief, aber von Losgelassenheit und vorbildlicher Anlehnung fehlte jede Spur. Das konnte doch nicht wahr sein! Drei Tage lang hatte sie geglaubt, dass sie auf dem richtigen Weg war und spürbare Fortschritte machte - und nun war sie wieder am gleichen Ausgangspunkt wie vor ein paar Wochen. Mira spürte die Versuchung, ihr Pferd über ein deutliches Einwirken mit dem Zügel in die gewünschte Haltung zu bringen. Im gleichen Moment, in dem ihr dieser Wunsch bewusst wurde, schämte sie sich dafür. Sie war sich bewusst, dass das die Arbeit der letzten Wochen zunichte machen würde - und noch dazu das Vertrauen ihres Pferdes in sie als Reiterin. Mira überlegte fieberhaft, was Antje ihr in so einem Moment wohl geraten hätte. Sie kannte die Reitlehrerin zwar noch nicht so lange, war sich aber ziemlich sicher, dass Antje in so einem Moment einen Schritt zurückgehen würde. Schließlich musste sie diese bescheidene Reiteinheit doch irgendwie positiv abschließen. Widerstrebend saß Mira ab und ergriff die Zügel so, wie sie es von Antje gelernt hatte. Nachdem ihr Pferd die gewünschte Haltung eingenommen hatte, lief sie ein paar Runden mit ihm durch die Halle, wobei sie ihn stellte, anhalten und angehen ließ und ein paar Volten forderte. Anton machte seinen Job auch dabei nicht so gut wie in den Tagen zuvor, aber Mira erwischte einen Punkt, mit dem sie das Ganze abschließen konnte. Zerknirscht brachte sie ihr Pferd zurück auf den Paddock. ‚Wäre ich doch besser ausgeritten', schoss es ihr durch den Kopf. Sie überlegte hin und her, warum Anton so schlecht gelaufen war. Einen plausiblen Grund dafür konnte sie nicht finden. ‚Hoffentlich kann Antje mir am Samstag weiterhelfen', dachte Mira, als sie sich auf ihr Fahrrad setzte und nach Hause fuhr.

21

Am nächsten Morgen klingelte Miras Wecker eine halbe Stunde früher als sonst. Gerade als sie ihn genervt ausstellen und wieder einschlafen wollte, fiel ihr wieder ein, warum sie ihn so früh hatte wecken lassen: Es war Marens Geburtstag. Mira quälte sich aus dem Bett und schnappte sich ihre Klamotten. Im Haus war es noch still, und sie dachte an die Jahre zuvor, in denen Maren an ihrem Geburtstag immer alle um fünf Uhr aus dem Bett geschmissen hatte, um möglichst früh und möglichst schnell ihre Geschenke auspacken zu können. ‚Wie gut dass sie aus dem Alter raus ist‘, dachte Mira und huschte ins Bad, um sich ein wenig Wasser ins Gesicht zu schütten. In der Küche schaltete sie zuerst den Ofen ein und legte ein paar Aufbackbrötchen hinein. Während sie im Kühlschrank nach all den Dingen kramte, die Maren gerne aß, hörte sie, wie ihre Schwester die Zimmertür öffnete. ‚Mist‘, dachte Mira, ‚ich bin zu spät dran.‘ Eigentlich wollte sie das Frühstück fertig auf dem Tisch stehen haben, wenn Maren in die Küche kam. Zu ihrer Erleichterung brauchte Maren an diesem Morgen besonders lange im Bad und kam schließlich zeitgleich mit ihrer Mutter in der Küche an. „Happy Birthday, kleine Schwester!", rief Mira und umarmte Maren, die mit großen Augen auf den bunt dekorierten Frühstückstisch blickte. „Die Überraschung ist dir geglückt", lachte ihre Mutter und nickte Mira anerkennend zu. Während des Frühstücks packte Maren ihre Geschenke aus und freute sich besonders über die Taucherbrille, die Mira am Vorabend noch hübsch verpackt hatte. Als alles ausgepackt war, lehnte sich Maren zufrieden zurück und sagte: „Ein so schönes Sonntagsfrühstück an einem Freitag fühlt sich an wie Ferien. Ich habe überhaupt keine Lust, in die Schule zu gehen."

„Ich auch nicht", stöhnte Mira und dachte an die Doppelstunde Physik, die sie erwartete. Am liebsten wäre sie einfach auf der Eckbank in der Küche sitzen geblieben, hätte einen zweiten Kakao getrunken, die Zeitung gelesen und wäre dann irgendwann in aller Ruhe zum Stall gefahren, bevor es Zeit war, auf Lilly aufzupassen. „Ich glaube, du träumst", sagte Miras Mutter und gab ihr einen liebevollen Schubs. „Los, aufstehen, der Schulbus wartet nicht." Widerstrebend stand Mira auf und holte ihre Schulsachen. Immerhin versprach der Tag erneut sonnig zu werden, da konnte sie mit Lilly wieder zum Spielplatz gehen. Und morgen war schon Samstag, da konnte Antje ihr vielleicht helfen, Anton wieder besser zu reiten. Zusammen mit Maren verließ sie das Haus und machte sich auf den Weg zum Bus.

Als sie ein paar Stunden später wieder nach Hause kam, saßen ihre Mutter und Maren in der Küche und aßen Sandwiches. „Ich hoffe, das ist nicht schlimm, dass es heute nichts Warmes gibt", sagte Miras Mutter entschuldigend, „aber heute Abend gibt's ja dann Spaghetti." Mira hatte nichts gegen Sandwiches, und Maren liebte diese Art von Snack heiß und innig. „Ach übrigens, Tante Gabi hat angerufen. Du brauchst heute nicht zu kommen. Lilly hat Magen-Darm-Grippe." Miras Gesicht hellte sich auf. Nicht, dass sie Lilly diese fiese Krankheit an den Hals wünschte, aber das bedeutete einen freien Nachmittag. Nun konnte sie doch noch in Ruhe ihren Kakao trinken, für den an diesem Morgen keine Zeit mehr gewesen war. Sie aß ihre Sandwiches und machte es sich danach mit einem Kakao und einem Teil der Zeitung bequem. Mira konnte sich nicht erklären, warum sie so gerne Zeitung las. Ihre Freundinnen und wahrscheinlich auch die meisten ihrer Klassenkameraden konnten einer Zeitung gar nichts abgewinnen. Mira verband mit der Zeitung das Gefühl von Gemütlichkeit und Ruhe. In einer Stunde würde es mit der Ruhe im Haus vorbei sein, denn dann kamen Marens Geburtstagsgäste. Mira überlegte, was sie an diesem sonnigen und schönen Freitagnachmittag anstellen sollte. Für einen Moment kam ihr der Gedanke, doch mit ins Schwimmbad zu fahren. Ihre Mutter wäre sicherlich froh über ein wenig Gesellschaft, dachte sie. Während sie noch grübelte, ob sie sich das wirklich antun sollte, piepste ihr Handy und verkündete das Eintreffen einer SMS. Sie griff nach ihrem Telefon und las:

Pünktchen geht heute in den Wald. Ist Anton auch da?

Miras Herzschlag beschleunigte sich augenblicklich. Die Nachricht kam von Thorsten. Dieser Typ hatte einfach das unglaubliche Talent, sich immer dann wieder ins Gedächtnis zurückzurufen, wenn sie anfing, ihn zu verdrängen. Gleichzeitig musste sie über das Wortspiel lachen. Ihr war gar nicht aufgefallen, dass

Thorstens Hund den Namen trug, der zu ihrem Pferd passte. „Wenn das mal kein Zeichen ist", dachte sie und fand den Gedanken ein paar Sekunden später schon wieder lächerlich. Aber die Aussicht, Thorsten wieder zu sehen, rettete den Nachmittag. Da konnte kein Schwimmbadbesuch konkurrieren, fand Mira. „Wie gut, dass er nicht eine Stunde später geschrieben hat, dann wäre ich womöglich schon weg gewesen", überlegte sie. Sie drückte auf ihrem Handy die „Antworten"-Taste und schrieb zurück:

Anton ist auch da. Um vier an der Schutzhütte.

Als Mira die Nachricht abgeschickt hatte, kam ihr die Aktion doch ein wenig komisch vor. Sie hatte ein Date inklusive Pferd und Hund an einer Schutzhütte im Wald. „Na ja, warum auch nicht?" fragte sie sich und freute sich mehr und mehr darauf, Thorsten wieder zu sehen. Im Bad fand sie noch einen Rest Tönungscreme und schmierte ihr Gesicht damit ein. Wenigstens leuchtete jetzt nicht jeder Pickel wie ein Warnschild, dachte sie. Im Vergleich zu sonst sah ihre Haut zwar im Moment gar nicht so schlecht aus, aber immer noch nicht so, dass sie sich wirklich wohl fühlte. Anschließend ging sie zur Garderobe und nahm ihre beiden Stalljacken vom Haken. Sie hielt sie gegeneinander und entschied sich für die sauberere von beiden. Sogar ihre Schuhe erschienen ihr an diesem Tag zu dreckig, um damit in den Wald zu reiten. In Rekordzeit schrubbte sie den Dreck ab und bearbeitete sie mit Schuhcreme. Ihre Mutter und Maren waren noch mit den letzten Vorbereitungen für die Feier beschäftigt und bekamen nicht mit, was sie dort machte. „Sie würden sonst bestimmt Verdacht schöpfen", vermutete Mira und prüfte ihr Spiegelbild noch einmal, bevor sie zur Haustür ging. „Ich gehe reiten. Viel Spaß im Schwimmbad!", rief sie in Richtung Küche und trat ins Freie. Die Sonne schien ihr ins Gesicht und sie war auf der Stelle froh, dass sie sich gegen den Schwimmbadbesuch entschieden hatte. ‚Perfektes Ausreitwetter', dachte sie und genoss den leichten Rückenwind, der ihr einen zusätzlichen Antrieb verlieh.

Erstaunlicherweise hatte Anton sich an diesem Tag einmal nicht ganz so dreckig gemacht, so dass Mira früher als erwartet mit dem Putzen fertig war. Sie entschloss, in der verbleibenden Zeit seine Hufe zu schrubben und den Schweif zu verlesen. Wenig später betrachtete sie ihr Werk und stellte fest, dass ihr Pferd schon lange nicht mehr so geglänzt hatte. Ein Blick auf die Uhr sagte ihr, dass es Zeit war loszureiten. Bis zur Schutzhütte würde sie etwa eine halbe Stunde brauchen, schätzte sie. Binnen weniger Minuten war Anton gesattelt und getrenst, und Mira schwang sich in den Sattel.

Anton trabte die Waldwege in seinem frischen Tempo entlang, und Mira genoss den leichten Wind und die Sonnenstrahlen, die durch die Bäume auf ihr Gesicht fielen. Noch hatten die Bäume kaum Blätter, und ausnahmsweise fand sie diesen Umstand vorteilhaft. Kurz bevor sie um die letzte Kurve vor der Schutzhütte bog, musste sie sich eingestehen, dass sie schon wieder aufgeregt war. Nicht so sehr wie beim letzten Treffen, aber immerhin so stark, dass sie ihren eigenen Herzschlag hören konnte. Nur mischte sich dieses Mal auch eine große Portion Vorfreude in diese Aufregung, dessen war sie sich ebenso bewusst. Sie parierte Anton zum Schritt durch und legte die letzten Meter in einem ruhigen Tempo zurück. ‚Ein Glück, dass mein Pferd so eine gute Kondition hat‘, dachte Mira, als sie prüfend mit der Hand an Antons Hals entlangfuhr. Er hatte weder geschwitzt noch atmete er wesentlich schneller als sonst.

Als sie den Blick hob, sah sie Thorsten auf der Bank in der Hütte sitzen. Zu seinen Füssen lag Pünktchen, der liegend gar nicht mehr ganz so riesig aussah. Mira saß ab und sagte: „Hi, ihr seid ja schon da. Ich binde Anton eben an, dann habe ich mehr Ruhe." Sie sah sich nach einem geeigneten Baum um und entdeckte direkt vor dem Eingang der Hütte einen, an dem sie Anton anbinden konnte. Sein Halfter hatte sie extra für diesen Zweck mitgenommen und sie war froh, dass sie ihr Pferd daran gewöhnt hatte, sich an unterschiedlichen Orten anbinden zu lassen. Sobald sie Anton abgetrenst hatte, fing er an zu dösen. „Bleibt er da jetzt einfach ruhig stehen?", fragte Thorsten, als Mira den Strick mit einem Sicherheitsknoten um den Baum schlang. „Ja, das hoffe ich. Eigentlich kennt er das und weiß, dass er jetzt Pause hat", antwortete Mira. „Er kennt das? Du hast wohl öfter mal ein Date im Wald?", witzelte Thorsten. „Natürlich, ständig. Wenn ihr Typen immer so komische Einfälle habt, muss man ja ab und zu mal für den Ernstfall üben", erwiderte Mira und grinste. Als sie sich neben Thorsten setzte, stand Pünktchen auf und begrüsste sie erfreut. „Er frisst mich nicht, wenn ich ihn streichele, oder?", vergewisserte sie sich. „Keine Sorge, er hat heute gut gefrühstückt. Du kannst ihn ruhig streicheln." Mira kraulte Pünktchen, der vor lauter Genuss grunzte. „Tja, jetzt hast du einen neuen Freund. So schnell kann das gehen", scherzte Thorsten, der die Szene amüsiert betrachtete. „Ich habe uns übrigens ein kleines Picknick mitgebracht", fügte er hinzu und zog einen Rucksack unter der Bank hervor. Zu Miras Erstaunen holte er daraus einen kleinen Schokoladenkuchen und eine Thermosflasche mit Kakao hervor. „Wow, ich bin fasziniert. Aber gebacken hast du den nicht auch noch selbst, oder?", fragte sie ungläubig. „Ich gebe ja zu, dass ich ihn gekauft habe. Aber ich finde, er schmeckt wie selbst gebacken."

Thorsten stellte den Kuchen und den Kakao auf die Bank zwischen sich und Mira. „Probier mal", sagte er, nachdem er den Kuchen mit seinem Taschenmesser aufgeschnitten hatte. Mira nahm sich ein Stück und musste zugeben, dass er wirklich super schmeckte. Thorsten hatte es schon wieder geschafft, sie zu überraschen. Sie hätte ihm nicht zugetraut, dass er mit einem Picknick anrücken würde. ‚Echt süss', dachte sie. Pünktchen hatte es sich zu ihren Füssen bequem gemacht und schloss die Augen. Nur ab und zu blinzelte er in der Hoffnung darauf, dass ein paar Krümel herunterfielen.

Die Zeit verging wie im Flug. Als Mira auf die Uhr sah, stellte sie fest, dass sie schon über eine Stunde lang dort gesessen und sich unterhalten hatten. Nun wurde es wirklich Zeit, den Rückweg anzutreten. „Ich muss leider los, meine Schwester hat Geburtstag. Vor dem Schwimmen nachmittags konnte ich mich zwar erfolgreich drücken, aber wenn ich gar nicht auftauche, ist sie bestimmt enttäuscht." Mira stand auf und machte sich daran, Anton wieder aufzutrensen. Er hatte die ganze Zeit brav gewartet, und Mira gab ihm ein Leckerlie dafür, dass er so lieb still gestanden hatte. „Dein Anton war so ruhig, man hätte fast vergessen können, dass er auch noch da ist", sagte Thorsten bewundernd. Er war ebenfalls aufgestanden und beobachtete, wie Mira die Schnallen der Trense schloss. „Ich glaube, das würde ich nie lernen", stöhnte er. „Was würdest du nie lernen?", fragte Mira verwundert. „Das Pferd korrekt anzuziehen. All diese Schnallen und Riemen an dem Sattel und dem Zaumzeug - das ist doch eine Wissenschaft für sich. Daran würde es wahrscheinlich bei mir schon scheitern." „Ach Quatsch", lachte Mira, „das lernt man ganz schnell. Bist du schon mal geritten?" „Als Kind saß ich mal auf einem Pony. Aber reiten kann man das wohl nicht nennen." „Möchtest du mal auf Anton? Ich kann ihn ja ein Stück führen", schlug Mira vor. „Ein anderes Mal vielleicht. Reite mal lieber schnell nach Hause und feiere Geburtstag mit deiner Schwester."

„Ja, du hast Recht. Ich mache mich mal besser auf den Weg. Danke fürs Picknick. Das war eine echt coole Idee." Mira schwang sich in den Sattel und wendete Anton in Richtung Stall. „Und ich fand's super cool, dass du so spontan warst und gekommen bist", sagte Thorsten. Mira blickte ihn an und wusste, dass er das ernst gemeint hatte. „Wir sehen uns", sagte sie schnell und ließ Anton angehen. Als sie sich nach einigen Metern noch einmal umdrehte, sah sie Thorsten und Pünktchen in die entgegen gesetzte Richtung zwischen den Bäumen verschwinden.

Auf dem Rückweg schien es ihr, als würde sie nicht reiten, sondern schweben. Alles fühlte sich so unheimlich leicht an. Andererseits war sie so aufgedreht, dass sie erst einmal wieder runterkommen musste. Sie atmete tief durch. Anton bahnte sich seinen Weg durch den Wald und schritt fleißig vorwärts. Er kannte den Weg nach Hause, und Mira brauchte ihm nicht zu sagen, wo und wann er abzubiegen hatte. Sie legte die Zügel auf den Hals und ließ ihn einfach laufen. ‚Jetzt kann ich's wohl nicht mehr leugnen. Oh man, ich bin richtig verliebt', dachte sie und musste über sich selbst lachen.

Als sie Anton nach dem Ritt versorgte, wurde ihr bewusst, dass sie jegliches Zeitgefühl verloren hatte. Bei all ihren Bewegungen hatte sie das Gefühl, von einem Berg von Watte umgeben zu sein, der sie unweigerlich verlangsamte. Sie schaute erneute auf die Uhr und war überrascht, dass es bereits nach sechs war. Nun war es wirklich Zeit, nach Hause zu fahren. Während Mira nach Hause radelte, fragte sie sich, ob man jeglichen Verstand verlor, wenn man sich verliebte. Sie hoffte, dass durch die Geburtstagsfeier gar nicht auffallen würde, dass sie auf Wolke Sieben wandelte. Es musste ja nicht gleich für jeden ersichtlich sein, was mit ihr los war. Lieber wollte sie warten, bis sie und Thorsten offiziell zusammen waren. Zum ersten Mal hoffte sie, dass sie wirklich zusammen kommen würden. Ihre Einstellung, lieber keinen Freund haben zu wollen, hatte sie an diesem Tag geändert. Sie konnte nur hoffen, dass Thorsten das Gleiche für sie empfand wie sie für ihn. Plötzlich kam ihr ein Gedanke, der sie einerseits amüsierte und andererseits erschreckte: „Wenn er schon so platt fragt, ob ich Bock zum Knutschen habe, hoffentlich fragt er nicht auch noch, ob ich mit ihm gehen will."

Mira fand, dass sie aus dem Alter definitiv raus waren, hatte aber auch keine Idee, wie ein Sechzehnjähriger diese Frage treffend formulieren konnte. „An der Art der Fragestellung soll es dieses Mal auch nicht scheitern", beschloss sie.

Der Lärmpegel, der aus der Küche drang, erreichte Mira schon beim Aufschließen der Haustür. Sie empfand ein bisschen Mitleid für ihre Mutter, die wahrscheinlich nach einem ganzen Nachmittag umringt von quietschenden Mädels nun reif für die Couch war. In der Küche waren noch zwei Stühle frei, und Mira setzte sich auf einen davon. Die Spaghetti, die noch übrig waren, hätten für die ganze Nachbarschaft ausgereicht, schätzte sie. Obwohl sie schon eine große Menge von Thorstens Schokoladenkuchen gegessen hatte, schaffte sie noch einen vollen Teller Nudeln mit Soße. „War Markus schon hier?", fragte sie möglichst beiläufig, während sie mit ein paar besonders langen Spaghetti kämpfte. Maren schüttelte den Kopf, schien aber keinerlei Zweifel daran zu haben, dass er noch auftauchen würde. ‚Hoffentlich kommt er wirklich‘, dachte Mira. Sie konnte sich ausmalen, wie enttäuscht ihre Schwester wäre, wenn er sich nicht an seine Zusage halten würde. Nach und nach wurden die Kinder abgeholt, und Mira begann damit, das gebrauchte Geschirr in die Spülmaschine zu räumen. Die Papiertischdecke hatte sich auf jeden Fall ausgezahlt, fand sie. Durch die vielen roten Flecken der Tomatensauce hatte sie ein ganz eigenes Muster erhalten und dadurch einen künstlerischen Wert bekommen. Mira bewunderte das exotische Muster für einen Moment und stopfte die Decke danach emotionslos in den Mülleimer. Als das letzte Kind abgeholt wurde, hatte Mira die Küche bereits in einen halbwegs akzeptablen Zustand versetzt. „Danke, du bist ein Schatz", sagte ihre Mutter und ließ sich erschöpft auf die Küchenbank fallen. „Hattest du einen schönen Geburtstag? Wie war's im Schwimmbad?", erkundigte sich Mira und sah ihre Schwester fragend an. „Schön war's", antwortete Maren und fuhr unsicher fort: „Meinst du, Markus kommt auch wirklich? Er ist ja immer noch nicht da." „Bestimmt kommt er, er hat es ja zugesagt. Wahrscheinlich musste er nur etwas länger arbeiten", ermutigte Mira sie und setzte sich zu ihrer Mutter und Maren an den Küchentisch. Sie saß noch keine zehn Sekunden, da klingelte es an der Tür. Es war Markus.

Mira wollte zur Tür gehen, aber Maren war schneller. Freudestrahlend führte sie ihren Besuch in die Küche. Markus begrüsste Mira und gab ihrer Mutter die Hand. „Schön, dass Sie wirklich gekommen sind. Maren hat sich schon den ganzen Tag darauf gefreut", sagte Miras Mutter. Sie lächelte Markus an und fuhr fort: „Wir haben noch jede Menge Spaghetti. Kann ich Ihnen einen Teller anbieten?" „Ich würde einen Kaffee vorziehen, wenn das keinen Umstand macht", antwortete Markus. „Kein Problem, ich koche einen. Kann ich Ihnen denn ein Stück Kuchen dazu anbieten?" „Da würde ich nicht nein sagen. Bei Kuchen werde ich immer schwach." Markus lehnte sich entspannt zurück, und Maren machte sich daran, das Geschenk zu öffnen, das Markus ihr mitgebracht hatte. Als sie das Papier aufriss, quietschte sie vor Begeisterung: „Cool, ein Saturn-Hopper. Mama, guck mal!" Maren klemmte sich den Ball zwischen die Füsse und hüpfte wie ein Känguru durch die Küche. „Oh, da haben Sie wohl genau den richtigen Riecher gehabt. Alles was irgendwie mit Bewegung zu tun hat, ist bei Maren an der richtigen Adresse", sagte Miras Mutter. „Das habe ich mir doch fast gedacht", schmunzelte Markus und betrachtete Maren sichtlich amüsiert. Als sie sich schließlich ausgepowert hatte, war auch der Kaffee durchgelaufen. Maren setzte sich zurück an den Tisch und ließ die Füsse baumeln. „Kennst du ein paar Witze?", fragte sie Markus und sah ihn erwartungsvoll an. „Ich vergesse die Witze immer so schnell wieder", gab Markus zu. „Aber fang du doch an und erzähle mir welche, vielleicht fallen mir dann auch die wieder ein, die ich kenne." „Okay", sagte Maren, „dann erzähle ich dir zuerst meinen Lieblingswitz." Marens Lieblingswitz war ein Ostfriesenwitz, und Mira verdrehte die Augen, als ihre Schwester ihn aus der Versenkung holte. Sie war sich sicher, dass Markus den Witz seit zehn Jahren kannte, er war uralt. Doch sie täuschte sich. Als Maren geendet hatte, brach Markus in schallendes Gelächter aus, und es klang ziemlich echt. „Der ist gut", lachte Markus, „erzähl' mir mehr!" Maren brauchte nicht lange zu überlegen und erzählte einen Witz nach dem anderen. Manche kannte Mira noch nicht und fand den ein oder anderen sogar richtig lustig. Als Maren etwa zehn Witze erzählt hatte, kam auch Markus in Fahrt. Mira staunte, wie viele Witze er kannte, und musste zugeben, dass sie schon lange nicht mehr so viel gelacht hatte wie an diesem Abend. Als niemand mehr einen Witz wusste, wandte sich Maren an Markus und fragte: „Was machst du eigentlich als Krankenpfleger? Kannst du mal von einem typischen Tag erzählen?" „Ja, das kann ich", sagte Markus und lächelte. Er beschrieb Maren detailliert, wie sein Arbeitstag aussah, und sie hörte gebannt zu. Selbst Mira war überrascht darüber, was ein Krankenpfleger in seinem Job zu tun hatte. Sie fand es hoch interessant, an einem einzigen Abend so viel über ihren Reitlehrer zu erfahren. Schon nach wenigen Sätzen war ihr klar, wie wenig sie über ihn wusste. Jedenfalls war sie nicht mehr sauer auf Maren und fand es auch gar nicht mehr so peinlich, dass ihre kleine Schwester ihren Reitlehrer zum Kindergeburtstag eingeladen hatte.

Irgendwann unterbrach Miras Mutter das Gespräch und entschied, dass es nun Zeit für Maren war, ins Bett zu gehen. „Dann werde ich mich jetzt auch auf den Weg machen", sagte Markus und stand auf. „Vielen Dank für die Einladung, es war schön bei Euch." Er lächelte Maren zu, die über das ganze Gesicht strahlte. „Ich bring dich zur Tür", entschied sie und nahm Markus' Hand. Er verabschiedete sich von Mira und ihrer Mutter und folgte Maren zur Haustür. Mira und ihre Mutter blieben noch für einen Moment am Tisch sitzen. „Mensch, er ist wirklich klasse, dein Reitlehrer. Ich finde es so toll, dass er tatsächlich gekommen ist", flüsterte Miras Mutter. Mira musste ihr zustimmen: „Markus ist der Beste!", erwiderte sie leise.

22

Am nächsten Morgen fiel es Mira schwer, aus dem Bett zu kommen. Am liebsten hätte sie sich einfach noch mal umgedreht, aber wenn sie pünktlich in Antjes Unterricht erscheinen wollte, hatte sie keine Wahl - sie musste aufstehen. Ihre Motivation steigerte sich, als sie auf ihr Fahrrad stieg. Die Sonne ging gerade auf, und man konnte bereits erahnen, dass es wieder ein schöner Tag werden würde.

Erst als Mira mit Anton die Halle betrat, fiel ihr wieder ein, wie schlecht er beim letzten Mal in der Halle gegangen war. Diese Tatsache hatte sie bis zu diesem Moment erfolgreich verdrängt. Sie hoffte, dass Antje ein paar gute Tipps für sie auf Lager hatte, damit sie nicht völlig frustriert ins Wochenende starten musste. Andererseits beflügelte sie der Gedanke an Thorsten sowieso derartig, dass sie sich kaum vorstellen konnte, dass ihr der Tag von irgendetwas oder irgendjemandem verdorben werden würde. Kurz nach Mira betrat auch Antje die Halle und begrüsste Mira fröhlich. Antjes gute Laune wirkte ansteckend auf Mira und steigerte ihren Optimismus „Wie war denn eure Woche? Hat es ganz gut geklappt oder gab es Probleme?", erkundigte sich die Reitlehrerin. Mira berichtete: „Also bis einschließlich Mittwoch lief es bestens. Wir haben richtig tolle Fortschritte gemacht, sogar im Trab. Am Donnerstag war ich dann noch mal auf dem Platz, und da war es wirklich furchtbar. Es ging gar nichts. Wirklich nichts." Antje schaute Mira an und lächelte. „Es geht nie Nichts", sagte sie dann voller Überzeugung. „Und wenn wirklich mal kaum etwas klappt, muss man aus dem Wenigen das Beste machen." Mira dachte noch über diesen Satz nach, als Antje sie fragte: „Hast du denn noch irgendwie einen guten Abschluss gefunden für diesen schwierigen Tag?" „Ich bin abgestiegen und habe noch ein paar Minuten Handarbeit gemacht. Das war zwar auch nicht so toll, aber besser als das Reiten hat es auf jeden Fall geklappt." Antje nickte anerkennend: „Wow, das finde ich klasse, dass dir so etwas Sinnvolles eingefallen ist in dieser Situation. Wie schnell wird man ungerecht dem Pferd gegenüber und ärgert sich hinterher über sich selbst. Vertrauen, das man über viele Jahre aufgebaut hat, kann man in wenigen Minuten zerstören." Mit dieser Einschätzung hatte Antje sicher Recht, dachte Mira. Sie war froh darüber, dass sie trotz ihrer Frustration am Donnerstag die Nerven behalten hatte. Dabei war sie kurz davor gewesen, ungerecht zu werden, dessen war sie sich bewusst.

„Bevor wir mit dem Reiten anfangen, machen wir in der Arbeit an der Hand weiter. Ich zeige dir heute mal, wie du das Schulterherein vom Boden aus erarbeiten kannst", sagte Antje und fuhr fort: „Am besten zeige ich dir das direkt mit und am Pferd, das ist leichter verständlich, als wenn ich dir einen langen Theorievortrag halte. Darf ich Anton kurz ausleihen?" „Aber klar, gerne", antwortete Mira und übergab ihrer Reitlehrerin die Zügel. Sie freute sich sehr darüber, dass Antje noch mehr Abwechslung in die Arbeit an der Hand einbauen wollte. Anton tat diese gewichtslose Arbeit zum Anfang der Stunde definitiv gut, und je mehr unterschiedliche Dinge sie mit ihm machen konnte, desto besser würde er auch auf Dauer bei der Sache bleiben. Antje erklärte Mira in wenigen Sätzen, wie ein korrektes Schulterherein aussah und wozu es gut war. Schnell wurde Mira klar, dass es hier um eine der Schlüssellektionen überhaupt ging. Sie hörte aufmerksam zu und betrachtete dann, wie Antje mit Anton den ersten Ansatz vom Schulterherein erarbeitete. Antje erklärte ihr, dass sie das am Anfang lieber mit sehr wenig Abstellung üben sollte, damit der Takt und die Biegung nicht verloren gingen. Nachdem sie Anton klar gemacht hatte, was von ihm verlangt wurde, durfte Mira es selbst ausprobieren. Dabei musste sie sehr aufpassen, Antons Hals nicht einfach am inneren Zügel in die Bahn zu holen. „Das ist der meistgemachte Fehler, auch beim Reiten", erklärte Antje und korrigierte Mira noch einige Male, bis es einigermaßen funktionierte. Obwohl Mira sich danach noch immer nicht sicher war, ob sie das auch alleine so hinbekommen würde, wusste sie nun immerhin, worauf sie bei dieser Übung achten musste. Als sie aufsaß, merkte sie gleich, dass Anton wieder besser drauf war als in der schrecklichen Stunde am Donnerstag. Sie übten Schritt-Trab-Übergänge auf großen und kleinen gebogenen Linien, und sowohl Antje als auch Mira waren sehr zufrieden mit dem Ergebnis. Die Reitlehrerin grinste und sagte: „Wo ist denn das Problem? Er läuft doch super." Mira konnte ihr nicht widersprechen. Dieses Mal hatte er sich wirklich große Mühe gegeben. „Er darf doch auch mal einen schlechten Tag haben. Das wird immer mal vorkommen. Du musst nur wissen, wie du dann damit umgehen musst", stellte Antje klar, und Mira nickte. Sie machten ein paar Minuten früher Schluss, weil sie Antons Konzentration nicht überstrapazieren wollten. Mira ritt zu Antje in die Mitte und parierte zum Halten. Sie war einfach glücklich und hatte das Bedürfnis, ihrer Reitlehrerin dafür zu danken, dass sie ihr Wochenende gerettet hatte. „Ich bin echt froh, dass ich jetzt bei dir reite. Du hast immer so gute Tipps für mich, und es macht wirklich Spaß. Danke!" Antje lächelte und erwiderte: „Das freut mich, dass du das findest. Ihr macht ja auch wirklich gute Fortschritte. Aber die macht ihr auch nur, weil du auch dann bemüht bist, wenn ich nicht da bin. Das ist nicht jeder Reitschüler." „Nein?" Mira sah Antje überrascht an. „Nein. Viele nehmen nur Unterricht, um ihr Gewissen zu beruhigen. Sobald sie wieder alleine reiten, machen sie es dann doch so, wie sie es selbst für richtig halten." „Echt? Aber ich bezahle doch nicht für Unterricht, den ich mir dann auch sparen könnte. Das müssen ja komische Leute sein." Mira runzelte die Stirn und Antje musste lachen. Nach einem Moment der Stille sagte Mira: „Ich finde, du hast einen super Beruf. Wie wird man eigentlich eine gute Reitlehrerin? Ich meine, Reitlehrer gibt es ja viele. Aber wie wird man wirklich gut?" Antje musste kurz überlegen und antwortete dann:

„Das Wichtigste ist wohl, dass man nie aufhört zu lernen. Lernen muss man jeden Tag, solange man mit Pferden zu tun hat. Und man muss über den Tellerrand schauen. Es gibt viele tolle Ausbilder, und manchmal gibt es auch in den anderen Reitweisen wertvolle Tipps und Methoden, die man sich ruhig mal abschauen kann." Mira nickte und Antje fuhr fort: „Außerdem muss man auf jeden Schüler und jedes Pferd eingehen können und wollen. Nehmen wir mal das Beispiel Lösungsphase: Es gibt Pferde, die sich am besten über Trab-Galopp-Übergänge lösen lassen. Andere brauchen gebogene Linien im gleichmäßigen, ruhigen Trabtempo. Wieder andere werden am besten locker, wenn man die Stunde mit Seitengängen im Schritt beginnt." Sie hielt kurz inne und fuhr dann fort: „Das Wissen darum nutzt aber manchmal nur bedingt. Dann nämlich, wenn der Reiter des entsprechenden Pferdes noch nicht fähig ist, die Seitengänge korrekt zu reiten. Oder wenn der Reiter des Pferdes, das oft angaloppiert werden sollte, Angst vor dem Galoppieren hat. In solchen Fällen braucht man dann einen Plan B und muss bereit sein, Kompromisse einzugehen."

Mira hätte Antje ewig zuhören können. Sie fand es hoch spannend, was ihre Reitlehrerin ihr mit dieser Antwort vermittelte. Leider war die Zeit nun um und Antje verabschiedete sich.

Mira brachte Anton auf die Winterweide und fuhr nach Hause. Eigentlich fand sie es albern, dass ihr Erfolg beim Reiten einen so großen Einfluss auf ihre Stimmung hatte, die sich danach oft den ganzen Tag über hielt. An diesem Tag störte sie sich an dieser Tatsache jedoch weniger, da Anton gut gelaufen war und sie sich einfach super fühlte. Sie hatte noch ein paar Stunden Zeit, bis die Feier anlässlich des Kaufs von Colorado am Stall starten sollte. Zu Hause angekommen wählte sie Nicoles Nummer. Sie musste ihr einfach von ihrem Treffen mit Thorsten erzählen. Nicole ging gleich ans Telefon, und Mira freute sich, die Stimme ihrer Freundin zu hören. Sie erzählte ihr von ihrem Treffen mit Thorsten im Wald und wie es dazu gekommen war. „Das ist doch mal richtig genial", freute sich Nicole, als Mira geendet hatte. Zu Miras Überraschung fragte Nicole nicht, ob sie und Thorsten nun zusammen waren. Stattdessen fragte sie: „Wusstest du, dass Thorsten und Felix nächste Woche auf Klassenfahrt sind? Du wirst ihn dann wohl erst in einigen Tagen wieder sehen. Überlebst du das?" „Ist das dein Ernst?" Mira war entsetzt. „Ja, leider", erwiderte Nicole und fügte hinzu: „Was meinst du, wie ich dann leide. Ich werde richtig Entzug kriegen, soviel ist klar." Bei der Vorstellung konnte Mira sich ein Lachen nicht verkneifen. „Dann genieße noch mal dein Wochenende mit Felix und tanke auf, damit du nicht zugrunde gehst an deinen Entzugserscheinungen nächste Woche", spottete sie. „Das mache ich. Euch viel Spaß bei der Stallparty heute", sagte Nicole und verabschiedete sich. Als Mira aufgelegt hatte, sah sie Marens Saturn-Hopper im Flur liegen. Da hatte Markus wirklich voll ins Schwarze getroffen, fand Mira. Sie stellte sich auf die Scheibe, klemmte den Ball zwischen die Füsse und hopste durch den Flur. Obwohl sie schnell Spaß an dieser exotischen Art der Fortbewegung fand, war sie erstaunt darüber, wie anstrengend es war. Mira bemerkte nicht, dass ihre Mutter im Türrahmen lehnte und sie amüsiert betrachtete. Sie war so vertieft in ihr Spiel, dass sie erschrocken zusammenzuckte, als ihre Mutter sie ansprach: „Wie war die Stunde? Hat alles geklappt?" „Ja, war super. Dafür lohnt sich das Babysitten allemal", erwiderte Mira. Ihre Mutter lächelte: „Das freut mich", sagte sie und ergänzte: „Und für Tante Gabi ist es auch eine Erleichterung, dass du freitags kommst. Gut, dass sie diese Idee hatte." „Ja", stimmte Mira ihr zu, „das war eine der besten Ideen überhaupt."

Viele Stunden später saßen Mira und Laura auf ihren Fahrrädern und waren auf dem Heimweg. Die Feier am Stall war aus Miras Sicht richtig schön gewesen, und sie waren deutlich länger geblieben als geplant. Gerade der kleine Kreis von Leuten hatte es möglich gemacht, dass Laura auch Sarah und Simon ein wenig hatte kennen lernen können. Markus war bester Stimmung gewesen, und auch Denise schien immer gesprächiger zu werden. Inzwischen mochte Mira sie richtig gerne, und sie war erneut heilfroh, dass sie mit ihr und Sarah zusammen die Springstunde teilte. Paradoxerweise hatte Jennys Trotzreaktion in Markus' Stunde vor ein paar Wochen mit dazu beigetragen, dass Colorado nun einen netten neuen Besitzer hatte. Von daher hatte die von ihr so ungeliebte Stundeneinteilung auch etwas Gutes hervorgebracht, überlegte Mira. Sie sah zu ihrer Freundin hinüber, die völlig in Gedanken neben ihr herradelte. Selbst im fahlen Licht der Sterne konnte Mira sehen, dass Lauras Wangen glühten. Mira fand, dass sie richtig glücklich aussah. „Ich brauche dich wohl nicht zu fragen, wie du Sarah und Simon findest, oder?", fragte Mira. Laura lächelte noch immer, als sie erwiderte: „Nein, dafür kennst du mich gut genug. Ich mag beide total gerne, wirklich. Und Colorado ist wunderschön. Ich kann noch gar nicht glauben, dass ich mich wirklich um ihn kümmern darf." Bevor sie sich mit den anderen im Reiterstübchen getroffen hatten, waren sie natürlich noch in die Stallgasse gegangen, um den Pferden einen Besuch abzustatten. Dort hatte Laura ihr neues Pflegepferd zum ersten Mal bewusst gesehen und ihn direkt unwiderstehlich gefunden. Allerdings war Mira überzeugt davon, dass Laura jedes andere Pferd ebenso unwiderstehlich gefunden hätte. Sie fand es süss, dass ihre Freundin so begeistert und voller Vorfreude war. Schließlich war es nicht selbstverständlich, dass jemand die Lust verspürte, sich um ein Pferd zu kümmern, ohne selbst reiten zu wollen. Sie fuhren eine Weile schweigend nebeneinander her. Noch waren sie auf den dunklen Wirtschaftswegen unterwegs, an denen keine Laternen standen. Es war eine sternenklare Nacht, und die Landschaft hob sich klar erkennbar gegen den Nachthimmel ab. Kurz bevor sich ihre Wege trennten, fragte Laura: „Wir treffen uns doch morgen am Stall, oder? Du musst mir ganz viel zeigen und erklären, ich will alles wissen. Colorado soll nicht unter mir leiden müssen." Sie sah Mira flehend an. Mira musste lachen. „Klar treffen wir uns. Wir können die Pferde ja erst einmal putzen, und dann zeige ich dir, wie man richtig führt. Wie wär's mit zwei Uhr? Um die Uhrzeit ist selbst sonntags nicht viel los." Laura war einverstanden und verabschiedete sich wenig später von Mira. Ihre Wege trennten sich, als sie die ersten Laternen der Siedlungsstraßen erreichten. Während sie den letzten Kilometer ihres Heimwegs zurücklegte, freute Mira sich darüber, die Strecke zum Stall in Zukunft nicht mehr ganz so oft alleine fahren zu müssen.

23

Der nächste Tag brachte noch einmal einen Kälteeinbruch mit sich. Als Mira zum verabredeten Treffpunkt an der Kreuzung fuhr, kam ihr der Gedanke, dass Laura wahrscheinlich gar nicht die richtigen Klamotten besaß, um stundenlang in der Kälte zu verweilen. Hoffentlich war sie nicht schon durchgefroren, bevor sie am Stall ankamen. Fast zeitgleich erreichten die beiden den vereinbarten Treffpunkt, und Mira sah ihre Befürchtungen bestätigt: Laura trug dünne Turnschuhe. „Ich friere ja schon, wenn ich dich nur angucke", sagte Mira und deutete auf Lauras Füsse. „Ja, ich weiß, dass die nicht so ideal sind. Ich werde mir dann wohl mal neue Schuhe zulegen müssen. Aber so viel Zeit habe ich bisher bei der Kälte noch nicht draußen verbracht, da brauchte ich keine Winterschuhe. Ist aber für heute egal, ich werde das schon überleben." Sie biss die Zähne zusammen, und sie machten sich auf den Weg. Am Stall angekommen konnte Mira es nicht länger ertragen, ihre Freundin so frieren zu sehen. Sie selbst hatte sich mit mehreren Schichten Klamotten, gefütterten Schuhen sowie Mütze und Handschuhen für das Wetter gerüstet. „Wir setzen uns jetzt erst mal ein paar Minuten ins Reiterstübchen, bis du wieder aufgetaut bist", ordnete Mira an, und Laura widersprach ihr nicht. Als sie die Tür zum Reiterstübchen öffnete, musste Mira der Versuchung widerstehen, sie gleich wieder zu schließen und den Plan zu verwerfen. Drinnen saßen auf dem Ofenbänkchen genau die vier Mädchen, die vor ein paar Tagen so über sie gelästert hatten, als sie mit Anton auf dem Reitplatz gewesen war. „Umdrehen kommt nicht in Frage", entschied Mira, obwohl sie einen Kloß im Hals hatte. Sie schob sich durch die Tür und steuerte einen Tisch am anderen Ende des Raums an. Laura folgte ihr. Sie konnte nicht ahnen, was in diesem Moment in Mira vorging. Die vier Mädchen betrachteten Laura und Mira spöttisch, und eine von ihnen ergriff das Wort: „Ah, da ist ja wieder unser Haflinger-Guru! Wenn du deinen Zossen fertig trainiert hast, kannst du bei unseren gleich weitermachen. Die wollen nämlich auch lieber Führ-Pferde werden."

Die anderen Mädchen kicherten, und Laura sah Mira ratlos an. Sie hatte natürlich keine Ahnung, wovon die Vier sprachen. Obwohl Mira ein flaues Gefühl in der Magengegend hatte, wusste sie, dass sie irgendetwas erwidern musste. Sie hatte einfach keine Lust, sich von den Vieren schon wieder die Stimmung verderben zu lassen. Außerdem würden sie sie nie in Ruhe lassen, wenn sie ihnen nicht den Wind aus den Segeln nahm. Trotzdem war Mira klar, dass sie alleine gegen vier dastand. Lauras Anwesenheit ermutigte sie zwar bis zu einem bestimmten Grad, aber sie war ihr keine Hilfe, wenn es um fachliche Dinge ging. Dafür hatte sie einfach noch nicht genug Ahnung von Pferden und der Reiterei. Mira atmete einmal tief durch und sagte dann in einem ruhigen Ton: „Freut euch doch daran, dass ihr schon so schlau auf die Welt gekommen seid und alles könnt. Ich muss mir das leider mit Hilfe einer guten Reitlehrerin erarbeiten. Und was Anton angeht: Ihm scheint das genauso zu gehen, er versteht nämlich bei der Arbeit an der Hand viel schneller, worum es geht. Wenn ich besser reiten würde, wäre das vielleicht was anderes, das ist mir schon klar." Sie war selbst erstaunt darüber, wie gelassen ihre Stimme klang. Ihre Wut und ihre aufgewühlte Gefühlswelt hatte sie gut verbergen können. Sie sah die vier Mädchen mit festem Blick an. Sie erwiderten Miras Blick, konnten aber die Überraschung über Miras Statement nicht komplett verstecken.

Nach ein paar Sekunden der Stille zischte eine von ihnen: „Pah! Dann werde doch glücklich damit!" „Ja, das werde ich bestimmt", sagte Mira und lehnte sich zurück. Sie war froh darüber, dass sie sich zu dieser Ansage überwunden hatte. Wenn sie Glück hatte, würde sie nun eine Weile ihre Ruhe genießen können. ‚Gut, dass ich nicht meinem ersten Impuls nachgegeben habe und explodiert bin', dachte Mira. Sie ahnte, dass sie sich dadurch lediglich lächerlich gemacht und rein gar nichts erreicht hätte. Laura sah ihre Freundin mit großen Augen an. „Ich erkläre dir das später", versicherte Mira ihr leise. „Ich gebe einen Kakao aus", fuhr sie fort und stand auf. Aus dem Automaten zog sie zwei Kakao und kam damit an den Tisch zurück. Ihr war bewusst, dass sie noch immer vom Nebentisch beobachtet wurde, aber das machte ihr nun nicht mehr viel aus. Nachdem Laura ihren Kakao geleert hatte, nahm ihr Gesicht wieder eine natürliche Farbe an. „Sollen wir es noch einmal wagen und nach draußen gehen?", fragte Mira scherzhaft. „Klar, ich bin ja nicht zum Kakaotrinken hergekommen", antwortete Laura und stand auf. Ihre Augen leuchteten vor Tatendrang. „Na dann los", sagte

Mira und stand ebenfalls auf. Sie gingen hinaus, und Mira schloss die Tür hinter sich. „Was war das denn?", zischte Laura aufgebracht, „was wollten die denn von dir, und was glauben die überhaupt, wer sie sind?" Mira wartete, bis sie einige Meter vom Reiterstübchen entfernt waren, und erzählte ihrer Freundin von dem Zwischenfall auf dem Reitplatz. Laura hörte ihr aufmerksam zu, und als Mira geendet hatte, rief sie empört: „Was für aufgeblasene Gänse! Warum lassen sie dich denn nicht einfach in Ruhe?" „Das weiß ich auch nicht. Aber über irgendjemanden wird hier immer gelästert. Echt schrecklich, deshalb gehe ich auch nicht gerne ins Reiterstübchen und halte mich so gut es geht aus allem raus", entgegnete Mira. Laura seufzte: „Ach du meine Güte, da werde ich mir aber noch ein dickes Fell zulegen müssen. Mit solchen Aktionen komme ich ja gar nicht klar." „Dich lassen sie bestimmt in Ruhe", versuchte Mira sie zu beruhigen. Sie konnte ihrer Freundin ansehen, dass sie diese Prognose gerne glauben wollte.

Colorado und Anton standen zusammen auf der Winterweide, und Mira beschloss, Laura beim Reinholen der beiden Pferde schon ein paar Dinge zum Aufhalftern und Führen zu erklären. Allerdings war sie sich nicht sicher, ob Colorado überhaupt eine ordentliche Erziehung am Boden genossen hatte. Es war sicherlich besser, wenn Laura beim ersten Mal Anton führen würde und sie selbst Colorado nahm. Sie brachten die Pferde in die Stallgasse und banden sie nebeneinander an. Da Laura schon einige Male Anton geputzt hatte, musste Mira ihr nicht mehr viel zu diesem Thema sagen. Sie beobachtete Colorado aus den Augenwinkeln, während Laura voller Hingabe an ihm herumbürstete. „Wie gut, dass Colorado kein kitzliges Pferd ist", dachte Mira. Es war klar, dass Laura das Putzen besonders viel Spaß machte. Hätte der Wallach diese Prozedur nicht gemocht, wäre sie sicher enttäuscht gewesen. Aber Colorado stand völlig entspannt da und schien vor sich hin zu dösen. Nach einer Weile ließ er sogar seine Unterlippe hängen. „Guck mal, wie entspannt er ist", lachte Mira und wies ihre Freundin auf die schlabbernde Lippe des Wallachs hin. Laura musste unweigerlich lachen, das große Pferd mit der hängenden Lippe bot wirklich einen komischen Anblick. Ihre Wangen waren gerötet, und Mira war sich ziemlich sicher, dass ihrer Freundin beim Putzen warm geworden war. Sie schlug vor, mit den Pferden in die Halle zu gehen und Laura zu zeigen, was sie beim Führen beachten musste. Ihr war beim Reinholen der Pferde aufgefallen, dass Colorado dazu tendierte, immer eine Nasenlänge vor dem Menschen zu laufen. Sie wusste, dass das schnell unangenehm werden konnte. In der Halle zeigte sie Laura als erstes, wie sie Colorado auf Abstand halten konnte. Sie übten punktgenaues Anhalten, Angehen und Wendungenlaufen. Mira ließ Laura bei jeder Übung darauf achten, dass Colorado nicht selbst das Tempo bestimmte. Sie fand, dass Laura ihre Sache sehr gut machte. Es dauerte nicht lange, bis sie Colorados ungeteilte Aufmerksamkeit hatte, und die Übungen gelangen von Mal zu Mal besser. Mira hatte diese Dinge von Tante Gabi gelernt, als sie Anton übernommen hatte. Anton war zwar zu diesem Zeitpunkt schon sehr gut erzogen gewesen, aber Tante Gabi hatte befürchtet, dass er Mira auf Dauer nicht ernst nehmen würde, wenn sie nicht lernte, ihn ordentlich zu führen. Davor hatte Mira gar nicht geahnt, wie wichtig in diesem Zusammenhang ihre Körpersprache war. Ihre Tante hatte ihr außerdem klar gemacht, dass die Bodenarbeit kein Selbstzweck war, sondern auch der Sicherheit diente. „Führen heißt leiten", hatte Tante Gabi ihr damals erklärt. Mira sah zu Laura hinüber, die völlig vertieft war in die Führübungen. Colorado hingegen schien sich langsam ein wenig zu langweilen. „Ich glaube, für heute reicht es, oder was meinst du?", fragte Mira und ließ Anton anhalten. „Ja, glaube ich auch." Laura blieb mit Colorado ebenfalls stehen: „Macht zwar tierisch viel Spaß, aber mein Kopf will gerade nichts mehr aufnehmen." Sie dachte kurz nach und erkundigte sich dann etwas unsicher: „Wie mache ich das denn, wenn ich Colorado jetzt zurück auf die Weide führe?" „Du führst ihn genauso, wie du das hier gerade geübt hast. Er darf nicht schneller werden, nicht überholen, nicht drängeln. Aber du machst das so gut, das klappt schon", sagte Mira voller Überzeugung. Sie führten die Pferde zurück zur Wiese. Kurz bevor sie das Tor erreichten, schoss neben ihnen ein Hase aus dem Gebüsch. Während Anton unbeeindruckt weiter marschierte, machte Colorado einen riesigen Satz. Es hätte nicht viel gefehlt, dann wäre er auf Lauras Fuß gelandet. Laura unterdrückte einen Schrei und brauchte einen Moment, um sich wieder zu sammeln. Mira konnte ihr den Schrecken ansehen und hoffte, dass ihre Freundin die letzten paar Meter zur Weide noch überstehen würde. Laura nahm sich zusammen und führte den großen Warmblüter souverän das letzte Stück bis zum Weidetor. Als sie die Pferde abgehalftert hatten und das Tor hinter sich schlossen, hatte Laura sich von ihrem Schrecken erholt. Mira erklärte: „Wenn wir den Hasen rechtzeitig gesehen hätten, hätten wir die Seite wechseln und von rechts führen können. Dann wäre Colorado dir nicht auf den Arm gesprungen." Laura sah sie überrascht an und sagte: „Ich dachte, man führt Pferde immer von links." „Viele Reiter führen tatsächlich nie von rechts, aber das kommt eher aus der Tradition heraus. Die Pferde und auch die Reiter werden davon meistens ganz schön einseitig. Und wenn man an unheimlichen Dingen vorbeiführt, läuft man am sichersten zwischen dem Pferd und der Gefahr", erwiderte Mira und fügte hinzu: „Zusätzlich sollte Colorado aber auch lernen, dass er dir nicht auf den Arm springen darf." Das Bodenarbeitsbuch, das in ihrem Regal stand, hatte sie in den vergangenen zwei Jahren mehrfach gelesen. Es war im Gegensatz zu ihren Büchern über das Reiten klar und verständlich und bot keinen Raum für Missverständnisse.

Sie gingen noch einmal in den Stall, um ihre Sachen aufzuräumen, und machten sich dann auf den Weg nach Hause. Während sie nebeneinander her radelten, sagte Laura: „Ganz schön gewöhnungsbedürftig, die Welt der Reiter. Aber ich glaube, ich werde mich trotzdem irgendwie daran gewöhnen." Mira grinste und entgegnete: „Klar wirst du dich daran gewöhnen. Und zwar schneller, als du dir jetzt vorstellen kannst." „Jedenfalls bin ich froh, dass du heute nicht ständig mit irgendwelchen Fachausdrücken um dich geschmissen hast. Wenn ich an die Stunde bei deiner früheren Reitlehrerin denke, bei der Nicole und ich zugeschaut haben - da habe ich ja gar nichts verstanden", stöhnte Laura. „Ja, es gibt wirklich komische Ausdrücke beim Reiten", musste Mira zugeben. „Aber irgendwann merkst du gar nicht mehr, dass du in einer für andere unverständlichen Sprache redest. Denk zum Beispiel mal an die Musik. Wenn du dich im Chor mit jemandem über Noten und Techniken unterhalten würdest, würde ich kein Wort verstehen. Und du merkst selbst gar nicht, dass du Sachen sagst, die nur die Fachidioten kapieren." „Stimmt, du hast Recht", gab Laura zu.

Wenig später saß Mira in ihrem Zimmer und blätterte in ihrem Buch über Bodenarbeit. Sie wollte sich noch ein paar Anregungen für die nächsten Male holen, wenn sie und Laura zusammen am Stall waren. Viele der Bodenarbeitshindernisse waren einfach aus Stangen und Pilonen nachzubauen. Mira nahm sich einen Notizblock und malte sich ein paar der Aufgabenstellungen ab. Während sie eifrig zeichnete, piepste ihr Handy. Neugierig nahm sie es in die Hand. Es gab nicht viele Menschen, die ihr Nachrichten schickten. Sie öffnete die SMS und bekam augenblicklich Herzklopfen. Die Nachricht kam von Thorsten.

Er schrieb:

Hallo Mira, Du hast sicher schon mitbekommen, dass ich nächste Woche auf Klassenfahrt bin. Schade, ich hätte mich lieber wieder mit Dir getroffen. Unser Date im Wald war klasse. Ich wünsche Dir eine schöne Woche! Bis bald. LG, Thorsten

Miras Herz hüpfte vor Freude. Sie hatte so oft an Thorsten denken müssen, seit sie sich im Wald getroffen hatten - und nun meldete er sich tatsächlich. „Wie schrecklich, dass er eine Woche auf Klassenfahrt ist. Eine ganze Woche!", dachte Mira und seufzte. Sie fand es schade, dass sie nicht mit ihm in einer Klasse war. Dann hätte sie einfach mitfahren und eine ganze Woche in seiner Nähe sein können. Sie überlegte angestrengt, was sie ihm zurückschreiben konnte. Dann kam ihr in den Sinn, dass sie mit der Antwort besser noch eine halbe Stunde warten sollte. Ansonsten würde es den Anschein machen, als ob sie schon die ganze Zeit neben dem Telefon gesessen und auf eine Nachricht gewartet hätte. Mira vertrieb sich die Zeit damit zu überlegen, was sie ihm antworten sollte. Sollte sie ihm sagen, dass sie sich darauf freute, ihn wieder zu sehen? Warum eigentlich nicht, fragte sie sich. Schließlich war doch gerade Thorsten ein Mensch der Gradlinigkeit. Inzwischen konnte sie über seine Frage im Gartenhäuschen lachen. Es waren zwar nur ein paar Wochen seitdem vergangen, aber es kam ihr vor wie eine Ewigkeit. Und in dieser Ewigkeit war eine Menge passiert.

Mira tippte in ihr Handy:

Hi Thorsten! Ich wünsche Dir eine geniale Klassenfahrt und freue mich darauf, Dich wieder zu sehen. Bis dann, liebe Grüsse, Mira

Ihr war klar, dass ihre SMS relativ sachlich klang. Aber für ihre Verhältnisse war sie sogar schon recht offenherzig, fand sie. Vor einer Woche hätte sie sich schließlich lieber die Zunge abgebissen, statt zuzugeben, dass sie sich auf ein Wiedersehen mit Thorsten freute. Sie drückte auf „Senden" und genoss das leichte Kribbeln, das sie dabei verspürte. Eine Minute später piepste ihr Handy erneut. Überrascht hob Mira es auf und öffnete die Nachricht. Beim Blick auf das Display musste sie schmunzeln: Thorsten hatte ihr einen Smiley geschickt. Als sie am Abend einschlief, hatte sie noch immer ein Lächeln auf den Lippen.

24

Am Montagnachmittag machte Mira sich auf den Weg in die Stadt. Obwohl es nicht sonderlich weit war, fühlte sie sich an diesem Tag zu träge, um mit dem Fahrrad zu fahren. Da sie eine Monatskarte für den Bus hatte, entschied sie, dass sie mit gutem Gewissen auch mal faul sein konnte. Außer ihr waren nur drei andere Fahrgäste im Bus, und sie genoss die Ruhe, die so ganz anders war als das tägliche Getummel im Schulbus. Nachdenklich sah sie aus dem Fenster. Es war kein sonniger oder besonders einladender Tag, aber es regnete nicht, und es war recht windstill. Sie hatte die Winterjacke gegen ihre Übergangsjacke getauscht und hoffte, dass sie damit nicht frieren würde. Nicole hatte an diesem Morgen den Vorschlag gemacht, dass sie sich alle drei zum Shoppen in der Stadt treffen sollten. „Man merkt, dass Felix weg ist", dachte Mira, während sie noch immer aus dem Busfenster auf die vorbeiziehenden Häuser sah. Es war lange nicht mehr vorgekommen, dass so ein Vorschlag von Nicole gekommen war. Mira brauchte schon seit langem neue Schuhe, und auch eine neue Jeans war fällig. Ihre Mutter war erleichtert gewesen, als sie ihr mittags den Plan offenbart hatte, mit Laura und Nicole Klamotten kaufen gehen zu wollen. Sie hatte selbst wenig Zeit und opferte nur ungern Stunden dafür, mit ihrer Tochter einkaufen zu gehen. „Außerdem sind unsere Geschmäcker zu unterschiedlich", hatte sie an diesem Mittag gesagt und hinzugefügt, dass es für den Familienfrieden in der Tat besser sein würde, wenn Mira mit ihren Freundinnen ging. Mira freute sich auf den Nachmittag zu dritt. Sie war zwar nicht so wild aufs Shoppen, aber alleine die Aussicht auf ein paar Stunden mit ihren besten Freundinnen war verlockend. Der Bus hielt, und Mira stieg aus. Es waren nur ein paar Schritte von der Bushaltestelle bis zum vereinbarten Treffpunkt. Als sie um die Ecke bog, sah sie Laura und Nicole, die sich aus der entgegengesetzten Himmelsrichtung näherten. „Hey, lange nicht gesehen", scherzte Mira und umarmte die beiden. „Was müsst ihr denn einkaufen? Ich brauche 'ne Jeans und Schuhe." „Ich brauche eigentlich gar nichts", gab Nicole zu und ergänzte: „Ehrlich gesagt habe ich auch kein Geld. Aber ihr wisst ja, ich gehe trotzdem wahnsinnig gerne shoppen. Da kann ich tausend Sachen anprobieren und weiß dann, was ich vielleicht irgendwann mal kaufen möchte. Oder ich weiß zumindest, was ich auf keinen Fall kaufen sollte, weil es scheußlich aussieht." Laura überlegte kurz und erwiderte dann: „Ich hätte gerne einen lila Pulli. Der darf aber nicht zu emanzipiert aussehen. Außerdem sollte er nicht wie ein Sack schlabbern - aber auch nicht zu eng sitzen..." Nicole unterbrach sie: „Soll er weite oder enge Ärmel haben, lang oder kurz sein? V- oder Rundausschnitt, Rolli oder Kapuze? Stoff, Wolle oder Kunstfaser?" „Verarsch mit nicht", sagte Laura mit gespielter Empörung, „ich habe eben eine genaue Vorstellung von meinem zukünftigen Pulli." „Dann wollen wir mal sehen, ob wir in diesem Teil der Erde einen auftreiben können, der diesen Erwartungen entspricht. Lass uns starten, wir haben nur einen Tag Zeit", schlug Nicole vor und setzte sich in Bewegung. Mira und Laura folgten ihr. Als sie am Schaufenster des zweiten Geschäfts vorbeiliefen, stieß Laura einen entzückten Schrei aus: „Da ist er!", rief sie aufgeregt. Mira und Nicole starrten sie an. „Wer?", fragte Mira. „Na mein Pulli. Guck mal, der da hinten. Den muss ich kaufen. Wehe, der passt mir nicht." Sie marschierte in den Laden. Mira und Nicole tauschten einen vielsagenden Blick aus und gingen ebenfalls hinein. Binnen kürzester Zeit hatte Laura sich umgezogen und posierte mit dem lila Pulli vor dem Spiegel. „Ist der nicht wunderschön?", fragte sie hingerissen. „Sitzt gut", entschied Mira. Sie fand den Pulli zwar nicht wunderschön, weil sie einfach nicht auf Lila stand, aber das musste sie ihrer Freundin ja nicht sagen. Auf jeden Fall saß er tatsächlich wie angegossen, und Mira freute sich mit Laura, als diese freudestrahlend mit ihrem neuen Pulli zur Kasse ging. Eine Hose für Mira war ebenfalls schnell gefunden. Sie hatte das Glück, dass sie mit ihrer Figur in nahezu alle Hosen passte. „Ich bin der Durchschnitt der deutschen Mädels", scherzte sie, als sie ihre Jeans bezahlt hatte und sie den Laden verließen. „Aber jetzt kommt der schwierige Teil. Ich brauche Schuhe." Mira sah ihre Freundinnen mit gespielter Verzweiflung an. Lauras Augen begannen zu leuchten. „Schuhe kaufen ist doch das Beste überhaupt", rief sie begeistert. Mira zweifelte keinen Moment daran, dass Laura das ernst meinte. Auch Nicole konnte sich für den Besuch von Schuhläden deutlich mehr begeistern als Mira. Die ersten drei Schuhläden waren keinen längeren Aufenthalt wert. Die drei Freundinnen hatten das Gefühl, sich im Jahrhundert vertan zu haben. Irgendwie schien der Altersdurchschnitt der Schuhinteressenten über sechzig zu liegen. „Ich finde nie was", jammerte Mira, als sie den vierten Laden ansteuerten. „Was genau suchst du denn?", erkundigte sich Nicole. „Irgendwas, was ich zur Schule anziehen kann und was zu Jeans passt", antwortete Mira. „Das hätte Laura aber besser eingrenzen können", grinste Nicole. „Oh ja, das hätte ich", stimmte Laura ihr zu und warf einen verzückten Blick auf ihren lila Pulli, den sie in einer Tüte mit sich herumtrug. Im vierten Schuhladen gaben Laura und Nicole ihr Bestes, um für Mira passende Schuhe auszusuchen. „Was hältst du denn von denen?", fragte Nicole und hielt ein paar Stiefel hoch. „Ich mag keine Stiefel", sagte Mira, während sie langsam mit suchendem Blick die Regale entlang lief. „Die sind doch todschick!", ereiferte sich Laura und warf Mira einen verständnislosen Blick zu. „Und Thorsten würde da bestimmt voll drauf abfahren. Was meinst du, wie sexy du darin aussiehst?" Jetzt war es Mira, die verständnislos schaute. „Aber wenn ich mich darin nicht wohl fühle, sehe ich damit garantiert nicht sexy aus", verteidigte sie sich. Nicole musste ihr zustimmen: „Da hast du wohl Recht. Du kannst die schicksten Treter anhaben - wenn du dich darin unwohl fühlst, wirkst du garantiert lächerlich. Gib uns doch mal einen Tipp, wonach wir suchen sollen für dich. Vielleicht findet sich ja doch was Passendes." Mira überlegte kurz und zeigte dann auf ein Paar Schuhe, das vor ihr im Regal stand. „Wenn ihr einen Schuh seht, der so aussieht wie der hier, aber schwarz und ohne Absatz - der wäre dann genau richtig." „Da haben wir doch endlich einen Ansatzpunkt", sagte Nicole und marschierte los. Wenig später kam sie mit einem Schuh wieder: „Wie wäre es mit dem?", fragte sie und hielt ihrer Freundin das Exemplar unter die Nase. „Ja, wenn der passt, kaufe ich den. Der gefällt mir." Mira schlüpfte hinein und lief eine Proberunde durch den Laden. Laura blickte etwas enttäuscht auf ihre Füsse. „Du könntest so viel edler aussehen mit den Stiefeln...", begann sie. „Vergiss es", sagte Mira fröhlich, „ich will ich sein. Und ich bin nicht ich in solchen Stiefeln." „Aber Thorsten...", begann Laura aufs Neue. Mira unterbrach sie: „Thorsten mag mich entweder auch in diesen Schuhen oder er lässt es bleiben. Aber mal ehrlich, ich glaube, meine Schuhe sind ihm ziemlich egal. Hauptsache, ich fühle mich nicht verkleidet."

Als sie den Laden verließen, war sie ziemlich erleichtert. In relativ kurzer Zeit hatte sie ihr Ziel erreicht und sowohl eine Hose als auch Schuhe erstanden. „Wie wär's mit einem Eis?", fragte sie in die Runde.

„Guter Plan", erwiderte Nicole, und Laura konnte sich ebenfalls für die Idee begeistern. Sie steuerten die Eisdiele an, in der Mira eine Woche zuvor mit Thorsten gesessen hatte. Ein Lächeln huschte über ihr Gesicht, als sie sich an einem der Tische niederließen. „Warum grinst du so?", fragte Laura und musterte Mira neugierig. „Ich bin verliebt und ich glaube, ich werde gerade komisch. Wahrscheinlich habe ich mich im rosa Plüsch der Wolke Sieben verfangen." Laura und Nicole lachten. „Dann bestell dir mal schnell ein Eis zur Abkühlung", sagte Laura und schob Mira die Eiskarte hin.

Als sie eine Stunde später die Eisdiele verließen, war es bereits dunkel. Mira war froh darüber, dass sie mit dem Bus nach Hause fahren konnte. Zu Hause erwartete sie noch ein Berg von Hausaufgaben. Während des Nachmittags hatte sie das komplett verdrängt, aber je näher sie ihrem Zuhause kam, desto klarer kam diese Erkenntnis zurück. „Aber immerhin habe ich erfolgreich eingekauft", dachte sie und blickte noch einmal in die Einkaufstüte hinein, die zwischen ihren Füssen stand. Laura hatte sicherlich Recht damit, dass es schickere Schuhe gab. Aber was nutzten ihr die schönsten Schuhe, wenn sie damit nicht vor die Tür gehen wollte, fragte sie sich. In schicken Tretern wäre sie sich definitiv wie ein Elefant im Porzellanladen vorgekommen.

Die dunkle Umgebung und das gleichmäßige Fahrgeräusch des Busses machten sie schläfrig. Sie schaffte es gerade noch, lange genug wach zu bleiben, um rechtzeitig auszusteigen. Mit ihrer Tüte in der Hand schlenderte sie die letzten paar hundert Meter nach Hause. „Ein wirklich schöner Nachmittag war das", dachte sie.

25

Als Mira am Mittwochmittag aus der Schule kam, freute sie sich bereits auf die Springstunde. Sie saß mit ihrer Mutter am Tisch und machte sich über die selbst gebackene Pizza her, die vor ihr stand und ihren leckeren Geruch bereits im ganzen Haus verbreitet hatte. „Wo ist denn Maren?", fragte Mira, während sie mit den Käsefäden der Pizza kämpfte, die von ihrer Gabel herunterhingen. Ihre Mutter erwiderte: „Sie hat heute schon früher Mittag gegessen und ist schon wieder ausgeflogen. Im Schwimmbad ist heute irgendein Spezialprogramm mit Musik und Party für die Kids." „Aha", murmelte Mira und war in den Gedanken bereits am Stall. Nach der Springstunde wollte sie Laura und Colorado noch einmal bei der Bodenarbeit unterstützen. Am Vortag war dafür nicht genug Zeit gewesen, so dass Laura ihr neues Pflegepferd lediglich geputzt hatte. Mira hatte während dessen Anton geritten und war zufrieden mit dem Ergebnis gewesen. Es ging zwar nicht rasant bergauf, aber sie freute sich, dass er immerhin genauso schön gelaufen war wie in der Stunde bei Antje. Das war schon viel wert, fand sie. Außerdem hatte Antje ihr erklärt, dass eine Steigerung von einem Prozent am Tag doch eine Verbesserung von hundert Prozent nach hundert Tagen bedeutete. Mira hatte gelacht, aber nachdem sie diese Denkweise verinnerlicht hatte, konnte sie sich über die kleinen Prozente des Fortschritts noch mehr freuen. „Willst du noch einen Schokopudding zum Nachtisch?", fragte Miras Mutter und stand auf. „Was ist das denn für eine Frage? Klar nehme ich einen Schokopudding. Du kennst mich doch schon lange genug", antwortete Mira. Ihre Mutter lächelte. Sie räumte das gebrauchte Geschirr in die Spülmaschine und nahm zwei Puddings aus dem Kühlschrank. Dann setzte sie sich zurück an den Tisch und reichte Mira einen Löffel. „Meine Kunden haben für heute abgesagt", sagte sie und fuhr fort:„Heute könnte ich doch mal bei deiner Springstunde zuschauen. Aber natürlich nur, wenn es dir nichts ausmacht." „Kannst du machen, stört mich nicht. Springen klappt eigentlich immer ganz gut, und Markus kannst du dann auch hallo sagen. Den kennst du ja jetzt." „Ja, das stimmt." Miras Mutter nickte. „Am besten kommst du einfach irgendwann nach", schlug Mira vor, „ich brauche ja vorher Zeit, um Anton startklar zu machen, und nach der Stunde wollte ich Laura noch ein bisschen helfen. Da würdest du dann zu lange rumstehen, wenn wir zusammen fahren. Also komm besser einfach direkt zur Stunde." Ihre Mutter war einverstanden, und Mira zog sich in ihr Zimmer zurück. Viel Zeit hatte sie nicht mehr, bis sie losfahren musste. Eigentlich lohnte es sich auch nicht, vorher mit den Hausaufgaben anzufangen. Weit würde sie sowieso nicht kommen, und hinterher würde sie sich erneut in die Thematik hineindenken müssen. Mira beschloss, die Hausaufgaben auf abends zu verschieben, und setzte sich stattdessen im Arbeitszimmer an den Computer. Sie vergewisserte sich, dass ihre Mutter nicht in der Nähe war, und gab dann Thorstens Vor- und Nachnamen in einer der Internetsuchmaschinen ein. Obwohl sie sich bewusst war, dass Thorsten einen sehr gewöhnlichen Nachnamen trug und der Computer höchstwahrscheinlich tausende von Ergebnissen ausspukken würde, war sie sehr neugierig, ob sie irgendetwas Interessantes über ihn herausfinden konnte. Sicherheitshalber gab sie den Wohnort gleich mit ein. Schon kurz nachdem die Suchergebnisse angezeigt wurden, war Mira klar, dass es sich bei den ersten Einträgen in jedem Fall um Thorsten handeln musste. Er war dort als Gewinner etlicher Musik- und Schlagzeugwettbewerbe aufgeführt. Miras Augen wurden immer größer. Ihr wurde bewusst, dass Thorsten auf dem Gebiet ein wirklicher Könner war. Sie dachte an den Abend, an dem sie an seinem Haus vorbeigejoggt war und dem Schlagzeugsound gelauscht hatte. Kein Wunder, dass es sie so umgehauen hatte. Während Mira die Einträge nach Fotos von Thorsten durchsuchte, hörte sie die Schritte ihrer Mutter. Sie beendete die Suche und fuhr den Computer herunter. Ein anderes Mal konnte sie ja weiter lesen, aber vor ihrer Mutter wäre es ihr peinlich gewesen. Obwohl ihre Mutter sicherlich einen feinen Draht dafür hatte, dass ihre Tochter sich verliebt hatte, wollte Mira nicht wirklich darüber sprechen. Sie fand, dass sie das immer noch machen konnte, wenn es etwas Konkretes zu berichten gab. Miras Mutter betrat den Raum und schwenkte eine Ansichtskarte: „Guck mal, was ich im Briefkasten gefunden habe. Die ist für dich. Es steht aber kein Absender drauf." Mira nahm ihrer Mutter die Karte aus der Hand, wobei ihre Finger leicht zu zittern begannen. Es war eine Karte aus Bayern, und Mira wusste genau, von wem sie war. Ihre Mutter sah sie fragend an und musste schließlich lachen: „Also so wie du guckst, ist die von einem Angebeteten. Oder einem Verehrer. Vielleicht ist aber auch der Verehrer der Angebetete...?" „Ja, vielleicht. Ich erkläre dir das später." Mira verschwand mit der Karte in ihr Zimmer und setzte sich auf ihr Bett. Während sie las, musste sie mehrmals lachen. Thorsten hatte eine amüsante Art zu schreiben, dachte sie. Er hatte die Karte nicht unterzeichnet und auch sonst nichts geschrieben, was ihrer Mutter oder Maren einen Hinweis darauf geliefert hätte, wer der Absender war. Mira war sich ziemlich sicher, dass ihre Mutter ihre Karten niemals lesen würde, aber sie fand die Idee trotzdem clever. Thorsten berichtete anschaulich von dem verlassenen Kaff, in dem sie abgestiegen waren, von der überfüllten Jugendherberge, in der sie wohnten, und von der viel zu langen Busfahrt dorthin. Trotz seines sarkastischen Schreibstils gewann Mira beim Lesen den Eindruck, dass er sich prima amüsierte. Der letzte Satz ließ ihr Herz einen Hüpfer machen. Er lautete: Eigentlich ist alles top - nur du fehlst!

Mira drückte die Karte an sich. Sie hatte bereits befürchtet, dass Thorsten sie in der einen Woche vergessen würde. Und nun war genau das Gegenteil der Fall - er hatte ihr eine Karte geschrieben! Das war eine richtig coole Aktion, fand sie. Sie konnte noch immer nicht glauben, dass sie sich anfangs so in ihm getäuscht hatte. Sie musste an den Videoabend mit ihren Freundinnen, Felix und Thorsten denken. Was hätte sie damals darum gegeben, wenn diese Typen das Haus einfach wieder verlassen hätten. Und dann kurze Zeit später diese blöde Frage im Gartenhäuschen; eigentlich hatte sie doch gar keine andere Wahl gehabt als zu glauben, dass er ein Trottel war! Die Tatsache, dass er es dennoch geschafft hatte, sie vom Gegenteil zu überzeugen, faszinierte sie sehr. Auf jeden Fall war der Tag gerettet! Nicht einmal eine Reitstunde bei Ulrike hätte ihr in diesem Moment die Laune verderben können, da war sich Mira ganz sicher. Trotzdem war sie froh, dass sie es nicht drauf ankommen lassen musste.

Mira führte Anton gerade vom Stall zur Halle, als sie ihre Mutter auf den Parkplatz fahren sah. Sie winkte ihr zu und setzte ihren Weg fort. Wenig später erschien ihre Mutter an der Hallentür. Mira beobachtete, wie Markus zu ihr hinüberging und sie sich die Hände schüttelten. Während sie ein paar Sätze wechselten, gewann Mira den Eindruck, dass ihre Mutter sich richtig freute,

Markus wieder zu sehen. Da sie gerade in der Mitte der Halle zum Nachgurten angehalten hatte, verstand sie zwar kein Wort, aber die Mimik ihrer Mutter signalisierte unverkennbar Sympathie. Markus stand mit dem Rücken zu ihr, so dass sie sein Gesicht nicht sehen konnte. Ob er sich auch freute, ihre Mutter wieder zu sehen? Zum ersten Mal kam ihr der Gedanke, dass ihre Mutter gar nicht primär zum Zuschauen gekommen war, sondern aus dem einfachen Grund, dass sie Markus noch einmal sehen wollte. Sie schüttelte den Gedanken ab: „So ein Quatsch, ich spinne ja schon völlig. Nur weil ich selbst verliebt bin, heißt das ja noch lange nicht, dass alle Leute um mich herum auch auf rosa Wolken unterwegs sind." Während der Stunde beobachtete Mira ihre Mutter unauffällig. Sie schien interessiert zuzusehen, und als es schließlich ans Parcours- Springen ging, war sie sichtlich beeindruckt. Anton sprang fehlerfrei und scheinbar mühelos. Besonders fasziniert war Mira davon, dass er zwischen den Sprüngen auch immer öfter im Galopp durchs Genick lief, ohne dass sie ihn irgendwie dahingehend beeinflusste. Nachdem sie den letzten Sprung überwunden hatte, ließ Mira im Trab die Zügel aus der Hand kauen. Markus erklärte, dass die Sprünge auf dem Turnier niedriger sein würden als die, die sie in dieser Stunde gesprungen hatten. Mira fand diese Aussicht beruhigend, und während ihr Reitlehrer die Hindernisse für Denise und Sarah noch einmal um zwei Löcher erhöhte, hielt sie auf Höhe ihrer Mutter an. Miras Mutter streichelte Anton über die Bande hinweg und sagte: „Mensch, ich bin beeindruckt. Anton ist ja ein richtiges Springpferd. Und ich dachte immer, Haflinger sind Gebirgspferde, die sich am besten zum Tragen von Lasten eignen." Mira grinste und erwiderte: „Ja, er springt und trägt dabei eine Last - mich! Aber er ist sowieso das beste Pferd der Welt. Was dachtest du denn?" Mira kraulte Antons Widerrist, was ihn zu einem herzhaften Gähnen veranlasste. Nachdem auch Denise und Sarah den Parcours gesprungen hatten, ritten sie die Pferde noch ein paar Runden trocken. „Kommt heute gar keiner mehr nach uns?", fragte Mira erstaunt. „Nein, die beiden Pferde aus der Stunde nach uns sind gestern geimpft worden", antwortete Denise. „Das ist ja super, dann kann ich mit Laura und Colorado ja in der Halle ein bisschen Bodenarbeit machen. Da brauchen wir auch gar nicht alle Stangen weg zu räumen", überlegte Mira. „Schade, dass ich weg muss, ich hätte ja gerne mal gesehen, was ihr so macht. Aber Laura hat es mir schon am Telefon geschildert. Sie war ja ganz begeistert.

Simon will Colorado übrigens am Wochenende das erste Mal reiten. Da bin ich mal gespannt, wie das klappt. Er saß ja jahrelang nicht auf dem Pferd", sagte Sarah. Denise grinste und meinte: „Auf jeden Fall wird er bestimmt Muskelkater bekommen." „Das glaube ich auch", lachte Sarah. Sie verließen die Halle, und als Mira sich gerade von ihrer Mutter verabschieden wollte, gesellte sich Markus zu ihnen. Er wandte sich Miras Mutter zu und sagte: „Meine nächste Stunde fällt aus. Hätten Sie Lust, noch einen Kaffee zu trinken? Wir könnten uns dort ins Reiterstübchen setzen. Der Ofen ist an, und ein paar Kekse werden sich auch auftreiben lassen." Er sah sie erwartungsvoll an. Miras Mutter antwortete lächelnd: „Warum nicht? Gerne. So wie ich meine Tochter kenne, ist sie auch noch eine Weile hier." Sie zwinkerte Mira zu und fuhr fort: „Vielleicht können wir ja dann nachher doch zusammen nach Hause fahren. Dein Fahrrad passt bestimmt in den Kofferraum." Sie warf ihrer Tochter einen fragenden Blick zu. „Super Plan", sagte Mira und freute sich, nicht mit dem Fahrrad fahren zu müssen. Wenn man schon einmal die Chance hatte, sich fahren zu lassen, musste man die auf jeden Fall nutzen, entschied sie. Während sie Anton absattelte, fragte sie sich, worüber Markus und ihre Mutter sich wohl unterhielten. Hatten sie irgendwelche Gemeinsamkeiten? Vermutlich waren sie in etwa gleich alt. Aber sonst? Mira fiel nichts ein, was als potentielles Gesprächsthema zwischen ihrer Mutter und Markus in Frage kam. Andererseits musste sie zugeben, dass sie Markus kaum kannte. Wahrscheinlich wusste Maren nach der Partie Mensch-ärgere-dich-nicht mehr über ihren Reitlehrer als sie selbst.

Laura hatte Colorado bereits blitzblank geputzt, als Mira Anton zurück auf den Paddock brachte. „Hast du ihn alleine von der Weide geholt?", fragte Mira, als sie Lauras strahlendes Gesicht bemerkte. „Fast. Herr Henning hat mir das Tor aufgemacht und die anderen Pferde in Schach gehalten. Aber es hat schon so gut geklappt, das dauert nicht mehr lange und dann kann ich das alleine." Mira nickte anerkennend. Sie war begeistert, dass Laura in den wenigen Tagen schon so viel Selbstvertrauen gewonnen hatte. Für Colorado war sie auf jeden Fall ein Glücksgriff. „Was machen wir denn heute?", erkundigte sich Laura, als Mira in der Halle ein paar Stangen von den Sprüngen nahm. „Ich baue uns ein Stangen-L auf und ein Labyrinth. Außerdem können wir die Cavaletti dort hinten zum Darübergehen nutzen. Das ist für Colorado als verdorbenes Springpferd sicherlich auch eine gute Übung." Während Mira die Stangen in Position legte, übte

Laura mit Colorado noch einmal die Dinge, die sie am Sonntag gelernt hatte. Es klappte auf Anhieb recht gut, und obwohl Mira nicht viel Vergleich hatte, fand sie, dass Laura Talent im Umgang mit Pferden besaß. Sie hatte ein Gespür dafür, wann und wie schnell sie loben musste, und konnte bei einer missglückten Übung schon ziemlich gut einschätzen, wo der Fehler lag. Außerdem war sie mit Feuereifer bei der Sache. Mira erklärte ihrer Freundin, worauf es bei der Durchquerung von L und Labyrinth ankam, und beobachtete dann, wie Laura den großrahmigen Wallach durch die Engpässe manövrierte. Sowohl Laura als auch Colorado waren hoch konzentriert. Mira warf einen Blick ins Reiterstübchen. Viel konnte sie nicht erkennen, aber sie sah ihre Mutter, die eine Tasse in der Hand hielt und lachte. Irgendwie fand Mira es befremdlich, dass ihre Mutter im Reiterstübchen saß - noch dazu mit Markus. In diesem Moment sah ihre Mutter zu ihr herunter und winkte ihr fröhlich zu. Mira winkte zurück und wandte danach den Blick wieder Laura und Colorado zu. Sie konnte nicht leugnen, dass sie leicht verwirrt war.

Auf dem Heimweg pfiff Miras Mutter fröhlich vor sich hin. Mira hielt ihren Blick auf die Straße gerichtet und dachte nach. In den letzten Wochen hatten sich die Ereignisse überschlagen, und sie fühlte sich benebelt davon. Nach einigen Minuten des Grübelns sagte sie sich schließlich, dass es doch gar nicht besser laufen konnte als im Moment, und ein Lächeln huschte über ihr Gesicht. Selbst wenn sie mit ihrer vagen Vermutung Recht hatte, dass ihre Mutter im Begriff war sich zu verlieben, dann war das doch eigentlich völlig in Ordnung. Es gab dafür schließlich schlechtere Kandidaten als Markus. „Und, worüber habt ihr euch so unterhalten?", fragte Mira beiläufig. „Ach, über alles Mögliche", antwortete ihre Mutter fröhlich. „So genau wollte ich es auch nicht wissen", sagte Mira mit einem sarkastischen Unterton. „Oh, wirklich über alles Mögliche. Zum Beispiel hat Markus mir erzählt, wie er das mit dem Unterrichten und seinem Beruf unter einen Hut kriegt. Und dass er ein eigenes Pferd hat, das an einer anderen Reitanlage steht. Wir haben uns über Sport im Allgemeinen unterhalten, er hat mir ein paar Schoten aus dem Krankenhaus erzählt, und er hat noch mal betont, wie klasse er Marens Aktion fand, ihn zum Geburtstag einzuladen. Ach, dich und Anton hat er auch gelobt. Er sagte, ihr hättet große Fortschritte gemacht, seit du bei der neuen Reitlehrerin Dressurunterricht nimmst." Nun war Mira wirklich überrascht. Sie hatte nicht damit gerechnet, dass Markus mit ihrer Mutter über ihre reiterlichen Fortschritte sprechen würde. Immerhin hatte ihre Mutter überhaupt keine Ahnung vom Reiten. Kurz bevor sie die heimatliche Hofeinfahrt erreicht hatten, sagte Miras Mutter plötzlich: „Ich lass dich nur eben raus und fahre dann noch mal für ein Stündchen zu Marion. Sie ist wieder zu Hause und freut sich bestimmt über Besuch. Ihr braucht mit dem Essen nicht auf mich zu warten." „Okay, schöne Grüsse an Marion und Ludger", sagte Mira und stieg aus. Sie sah ihrer Mutter hinterher, die in zwei Zügen wendete und hinter der nächsten Kurve verschwand. Während sie die Tür aufschloss, fragte sie sich, ob ihre Mutter genau wie ein frisch verliebter Teenie zu ihrer besten Freundin fahren musste, um ihr brühwarm von ihren Gefühlen zu erzählen. ‚Hoffentlich nicht', dachte Mira. Wieder versuchte sie den Gedanken weit wegzuschieben, dass ihre Mutter sich tatsächlich in Markus verliebt haben könnte. Sie wusste einfach nicht, was sie davon halten sollte.

In der Küche traf sie auf Maren, die ihr ungefragt die letzten Neuigkeiten aus dem Schwimmbad unterbreitete. Mira unterbrach sie: „Wollen wir uns den Rest Pizza von heute Mittag warm machen? Das sind noch zwei ordentliche Portionen. Wenn du genug Hunger hast, können wir die bezwingen." „Ich habe Hunger wie eine ganze Horde Elefanten", versicherte Maren. Mira schob die Pizza ein zweites Mal in den Backofen und setzte sich zu ihrer Schwester auf die Küchenbank. „Wo ist eigentlich Mama?", fragte Maren. Mira erzählte ihr, dass sie beim Springen zugesehen und danach lange mit Markus gequatscht hatte und nun auf dem Weg zu Marion war.

„Kann das sein, dass Mama Markus ganz schön toll findet?", fragte Maren ganz unverblümt. Mira starrte sie mit offenem Mund an. Konnte es wirklich sein, dass ihre kleine Schwester für die Vorgänge, die sie selbst zu leugnen versuchte, eine noch viel feinere Antenne besaß? Mira wollte es einfach nicht glauben. „Warum glaubst du das?", fragte sie, eifrig darum bemüht, sich ihre Verwirrung nicht anmerken zu lassen. „Ist nur so ein Gefühl. An dem Abend, an dem er hier war, hat Mama so viel gelacht. Ich meine, sie lacht ja sowieso viel, aber sie hat anders gelacht als sonst. Und ich bin mir ziemlich sicher, dass sie sein Aussehen gut findet." Mira fehlten die Worte. ‚Wahrscheinlich', so versuchte sie sich einzureden, ‚liegt das daran, dass Maren und Mama sich so ähnlich sind. Die ticken irgendwie doch anders als ich.' Anders konnte sie sich einfach nicht erklären, wie ihre elfjährige Schwester auf so eine Idee kam. „Kann sein, dass du Recht hast", sagte Mira langsam. „Aber das wäre doch total super", rief Maren, „stell dir mal vor, die würden heiraten, und Markus würde hier einziehen. Wäre das nicht total toll?" „Beruhige dich wieder!", sagte Mira erschrocken, „die haben einfach nur einen Kaffee zusammen getrunken. Keiner spricht hier von heiraten. Selbst wenn Mama sich wirklich in Markus verliebt, heißt das ja noch lange nicht, dass Markus sich auch in Mama verliebt. Lass uns das Thema wechseln." Mira konnte ihrer Schwester ansehen, wie schwer es ihr fiel, sich nicht völlig euphorisch in diesen Gedanken hineinzusteigern. Nach der Pizza fühlte Mira sich schwer wie Blei. Das Stück war wohl doch ein bisschen zu groß gewesen, vermutete sie. Gerade als sie sich aufraffen wollte, sich an ihre Hausaufgaben zu setzen, hörte sie die Haustür ins Schloss fallen. „Mama, wir haben die ganze Pizza aufgegessen", rief Maren in Richtung Flur. Wenig später erschien Miras Mutter im Türrahmen. „Nicht schlimm, ich habe nicht viel Hunger. Vielleicht esse ich nachher noch ein Butterbrot." Sie setzte sich zu Maren und Mira an den Küchentisch. „Mama, würdest du eigentlich noch mal heiraten?", fragte Maren in ihrer üblichen direkten Art. Ihre Mutter sah sie erstaunt an. „Vielleicht. Wenn es ein ganz toller Mann ist, der mich auch heiraten möchte, halte ich das nicht für ausgeschlossen." Als sie die fragenden Blicke ihrer Töchter bemerkte, fügte sie hinzu: „Es müsste natürlich ein Mann sein, den ihr beide auch mögt. Sonst würde ich das nicht machen, das ist euch hoffentlich klar." Mira atmete auf. Maren ließ nicht locker und bohrte weiter: „Würdest du Markus heiraten?" Nun war es ihre Mutter, die überrascht aussah: „Das weiß ich nicht, ich kenne ihn ja kaum. Warum fragst du?" „Ach, nur so", sagte Maren und fuhr fort: „du kannst ihn ja einfach mal besser kennenlernen, und wenn du ihn dann heiraten willst, bin ich einverstanden. Du doch auch Mira, oder?" Mira wusste nicht, was sie darauf erwidern sollte. Bevor sie irgendetwas sagen konnte, rettete ihre Mutter die Situation: „Keine Sorge, im Moment denke ich in keinster Weise ans Heiraten. Nicht Markus und auch sonst niemanden. Aber ich finde Markus wirklich sehr nett, das hast du schon richtig erkannt. Ihr seid alt genug, so dass ich euch das ja auch ehrlich sagen kann. Wir haben uns für Sonntagnachmittag auf einen Kaffee verabredet." „Aber nicht wieder im Reiterstübchen?", entfuhr es Mira. „Nein, keine Sorge. Wir treffen uns in der Stadt. Es war übrigens schön, dir heute beim Reiten zuzusehen." Mira stand auf: „Ich muss noch Hausaufgaben machen. Bis später."

Sie verschwand in ihr Zimmer und vertiefte sich in die Analyse eines Gedichts. „Wie gut, dass ich nur Deutsch und Englisch machen muss für morgen", dachte sie. Ihr war klar, dass sie für Mathe und Physik in diesem Moment nicht die nötige Konzentrationsfähigkeit besessen hätte.

26

Der nächste Tag war so sonnig und warm, dass Mira ohne Jacke zum Stall fuhr. Sie wollte mit Anton noch einmal Schulterherein an der Hand üben und danach eine kleine Runde ausreiten. Seit ihrem Treffen mit Thorsten an der Hütte war sie nicht wieder im Wald gewesen. Sie beschloss, dass sie einen anderen Weg reiten würde. Der Anblick der Schutzhütte hätte sie lediglich daran erinnert, dass sie Thorsten vermisste. In den vergangen vier Tagen hatte sie sich ganz gut beschäftigen und ablenken können, so dass sie nicht ganz so viel an ihn hatte denken müssen. Trotzdem fand sie, dass eine Woche sich ganz schön hinziehen konnte. „Für Nicole ist es bestimmt noch viel schlimmer", dachte sie, während sie Anton auftrenste. Auf dem Reitplatz hatte sie trotz des schönen Wetters ihre Ruhe. Das Schulterherein machte ihr mehr Probleme als Anton. Beim Laufen kam sie öfter aus dem Takt oder starrte zu lange auf die Hinterbeine ihres Pferdes. „Immerhin merke ich das inzwischen", dachte Mira und tröstete sich mit dieser Erkenntnis, als sie zum dritten Mal neu ansetzte. Es klappte von Mal zu Mal besser. Genau wie Antje es ihr vorhergesagt hatte, konnte sie in der Hand die Leichtigkeit spüren, wenn Antons Hinterbein korrekt unter den Schwerpunkt fußte. „Faszinierend", fand Mira. Sie war sich ziemlich sicher, dass man den Unterschied beim Reiten auf die gleiche Weise fühlen konnte. ‚Wahrscheinlich aber erst dann, wenn man nicht mehr über die Hilfengebung nachdenken muss', dachte sie. Diese Erkenntnis würde sie daher wohl erst etwas später kriegen, aber das fand sie nicht schlimm. Überhaupt dachte sie nicht mehr darüber nach, wie lange etwas dauerte. Seit sie bei Antje Unterricht nahm, war ihr der Zeitfaktor nicht mehr so wichtig. Immerhin ging es tendenziell vorwärts. Langsam aber sicher. Nach einer Weile fand sie, dass es nun Zeit für den Ausritt war. Sie saß auf und wollte gerade vom Hof reiten, als sie Denise erblickte. Die saß ohne Sattel auf Chayenne und machte den Anschein, als ob sie ebenfalls eine Runde drehen wollte. „Willst du auch ins Gelände?", fragte Mira, als sie auf gleicher Höhe waren. „Ja, aber nur im Schritt. Ich kann Chayenne ohne Sattel schlecht sitzen", grinste Denise. „Dann lass uns doch zusammen gehen. Ich habe auch nichts gegen eine Schrittrunde", schlug Mira vor. „Gerne. Dann los." Sie ritten den Hügel hinauf und in den Wald hinein. Mit Denise an ihrer Seite würde sie sogar den Anblick der Schutzhütte überstehen, vermutete Mira. Unterwegs fragte sie: „Warum reitest du denn heute ohne Sattel? Machst du doch sonst nie, oder?" „Nein, ich reite sonst nie ohne. Aber mein Sattel ist zur Änderung weg. Mir war gar nicht aufgefallen, dass er nicht mehr gepasst hat. Aber Chayenne ist in den letzten Tagen immer schlechter geworden. Erinnerst du dich, dass dir das auch schon aufgefallen war, nachdem du sie geritten hattest?" „Ja", erwiderte Mira. „Ich war schon ziemlich verzweifelt", fuhr Denise fort, „ich hatte ja keine Ahnung, was mit meinem Pferd los ist. Dann hat Antje mich auf die Idee gebracht, den Sattel mal checken zu lassen. Er ist zwar vor einem Jahr auf Chayenne angepasst worden, aber sie hat in den letzten Monaten eine Menge Rückenmuskulatur aufgebaut. Mir ist das gar nicht so aufgefallen, aber Antje hat mich darauf aufmerksam gemacht. Und der Sattel ist ihr dadurch inzwischen zu eng, das hat auch der Sattler sofort gesehen. Jetzt wird er geändert, und ich bekomme ihn in ein paar Tagen zurück." „Wie gut, dass Antje auf die Idee gekommen ist. Stell dir mal vor, du hättest sie noch monatelang damit weiter geritten und dich gewundert, dass sie immer schlechter wird", sagte Mira. Sie fand den Gedanken unerträglich. Denise hatte so viel in die Ausbildung ihres Pferdes investiert, und Chayenne war so toll zu reiten! Undenkbar, dass ein nicht mehr passender Sattel das Ganze gefährdet hätte! „Da muss ich ja bei Anton auch gut drauf aufpassen, wenn er jetzt mehr Muskulatur bekommt", überlegte Mira laut. „Ja", erwiderte Denise, „und am besten unternimmst du etwas, bevor die Probleme auftauchen. Du kannst ihn ja ab und zu mal von Antje begutachten lassen. Sie hat da einen guten Blick." „Gute Idee", sagte Mira. Sie setzten ihren Ausritt fort, und Mira hatte das Gefühl, das auch die Pferde das schöne Wetter in vollen Zügen genossen.

„Wir können gerne öfter mal eine Runde zusammen ausreiten, wenn du Lust hast", schlug Denise vor, als sie zurück auf den Hof ritten. „Gerne, jederzeit", erwiderte Mira. Sie ließ sich aus dem Sattel gleiten und sicherte die Steigbügel. Es war wirklich ein schöner Ausritt gewesen, sie hatten sich gut unterhalten und viel gelacht. Mira führte Anton zurück in den Stall, um ihn abzusatteln. In diesem Moment klingelte ihr Handy. Ein kurzer Blick aufs Display verriet ihr, dass es Laura war. „Wo brennt's denn?", fragte Mira, die sich darüber wunderte, dass ihre Freundin sie auf dem Handy anrief. „Nirgends, ich wollte dich nur bitten, ob du mir morgen mal dein Bodenarbeitsbuch mit zur Schule bringen kannst. Ich würde es gerne lesen. Außerdem sind da bestimmt noch viele gute Ideen drin, was man alles aufbauen kann." Mira musste lachen. Lauras Eifer war geweckt, und ihre Motivation, sich mit Colorado zu beschäftigen, schien täglich zu wachsen. „Ja, ich bringe dir das gerne morgen mit", sagte sie und steckte das Handy zurück in die Tasche. „Laura wird der neue Star am Bodenarbeitshimmel", sagte sie lachend zu Anton.

 27

„Schon wieder Freitag", stöhnte Mira, als sie am Morgen den Schulbus betrat. Die Doppelstunde Physik warf ihre Schatten voraus, und Miras Motivation, überhaupt in den Bus zu steigen, ging gegen Null. Sie begrüsste ihre Freundinnen und setzte sich auf den freien Sitz auf der anderen Seite des Mittelgangs. „Hast du an das Buch gedacht?" Laura warf ihr einen flehenden Blick zu. „Natürlich, wie hätte ich das vergessen können?", scherzte Mira und zog das Buch aus ihrem Rucksack. Sie reichte es Laura. „Super! Kann ich es ein paar Tage behalten, oder brauchst du es dringend?" „Du kannst es auch länger als nur ein paar Tage behalten, ich habe es schon einige Male durchgelesen." Laura schlug das Buch auf und blätterte interessiert darin. Nicole sah ihr über die Schulter und runzelte die Stirn. „Sieht aus wie ein Spielplatz für Pferde", sagte sie. „Ja, so ähnlich", stimmte Laura ihr zu, „aber es ist noch genialer, die Bodenarbeit schafft Vertrauen, Koordination, Beweglichkeit, Gefühl für die Hinterhand und hilft außerdem bei der Erziehung des Pferdes." Mira sah ihre Freundin an und konnte sich das Lachen nicht verkneifen. „Du klingst schon selbst wie ein Lehrbuch", sagte sie kichernd. „Ich hatte eben fundierte Anleitung", erwiderte Laura und zwinkerte Mira zu. Kurz bevor der Bus an der Schule hielt, fragte Laura: „Wie sieht das denn heute aus? Wollen wir noch mal zusammen Bodenarbeit mit beiden Pferden machen?" Mira seufzte und sagte: „Heute ist ja mein Babysitter-Tag. Da bin ich abends immer total müde. Außerdem ist zu der Zeit die Halle besetzt." „Dann gehen wir auf den Platz, der ist doch beleuchtet. Gib dir einen Ruck!" Mira überlegte kurz, und als sie Lauras hoffnungsvollen Gesichtsausdruck sah, ließ sie sich umstimmen. „Wer könnte diesem Dackelblick schon widerstehen?" sagte sie grinsend.

Auf dem Weg zum Stall fragte Mira sich, warum sie Laura unbedingt hatte zusagen müssen. Was hatte sie sich da angetan? Es wurde bereits dämmrig und sie fühlte sich müde. Beim Babysitten hatte zwar alles geklappt, aber Lilly schien ihr jedes Mal das letzte bisschen Restenergie zu rauben, das nach der Doppelstunde Physik noch übrig war. Nun würden sie die Pferde noch reinholen müssen, die Utensilien für die Bodenarbeit auf dem Platz aufbauen, und wie sie Laura kannte, würden sie danach noch eine halbe Stunde putzen... Mira stellte sich vor, wie sie statt dessen nach Hause fahren und sich einen gemütlichen Abend machen könnte. Schnell verwarf sie den Gedanken. Immerhin hatte sie sich so gewünscht, dass Laura zu ihr an den Stall kommen und sich um Colorado kümmern würde. Sie hatte zwar nicht geahnt, wie sehr ihre Freundin sich in diese Aufgabe hineinsteigern würde, aber selbst war sie ja nicht ganz unschuldig daran. Schließlich hatte sie sich sehr bemüht, Laura die Bodenarbeit schmackhaft zu machen. ‚Vielleicht bekommt sie ja eines Tages sogar Lust, doch reiten zu lernen‘, überlegte sie.

Als sie wenig später die Stallgasse betrat, staunte sie nicht schlecht. Am Putzplatz standen Anton und Colorado nebeneinander angebunden. Es war unschwer zu erkennen, dass sie bereits geputzt waren. Selbst Anton glänzte von Kopf bis Fuß. Laura schwang gerade den Besen und kehrte den Dreck zu einem kleinen Häufchen zusammen. „Hi“, rief sie Mira fröhlich entgegen, „ich habe schon mal beide geputzt.“ „Das sehe ich. Aber wie hast du sie denn von der Wiese geholt?“ Mira war noch immer völlig verblüfft. „Denise hat mir geholfen. Sie hat Anton geführt, und deshalb konnte ich die beiden gleichzeitig holen.“ Laura strahlte, und ihr war anzusehen, wie stolz sie darauf war. „Das ist ja genial“, freute sich Mira, „dann müssen wir ja jetzt nur noch was auf dem Reitplatz aufbauen. Wir können ja die Pferde so lange noch mal kurz in die Boxen stellen.“ „Nicht nötig“, sagte Laura, „das habe ich vorhin schon gemacht. Ich habe vorher alle Reiter gefragt, die gerade ihre Pferde fertig gemacht haben. Die wollten alle in der Halle reiten, und deshalb konnte ich auf dem Platz schon was aufbauen. Wir brauchen einfach nur loszulegen.“ „Wow, du bist mein Held!“, war alles, was Mira hervorbringen konnte. Sie war ziemlich sprachlos.

Ihr Staunen wuchs noch einmal, als sie sah, was Laura auf dem Reitplatz aufgebaut hatte. Es war unverkennbar, dass sie sich einige Ideen aus dem Buch geholt hatte. Neben dem Labyrinth gab es einen Stangenfecher, ein Stangen-U, eine schmale Gasse, und ein paar Tonnen hatte sie ebenfalls aufgestellt. „Man, da hast du dir ja total viel Arbeit gemacht mit dem Aufbauen. Hast du das echt alles alleine aufgebaut?" Mira sah ihre Freundin ungläubig an. „Ja, war aber gar nicht so schlimm. Ich hatte ja Zeit", erwiderte Laura. Mira war begeistert. Kurz nachdem sie Anton damals bekommen hatte, hatte sie sich auch einige Male die Mühe gemacht, Dinge für die Bodenarbeit aufzubauen. Nach und nach war sie dann immer träger geworden und hatte sich schließlich nur noch aufs Reiten konzentriert. Dabei war gerade Anton ein Pferd, das solche Aufgaben unglaublich motiviert anging. Er war sehr neugierig und verspielt, und man konnte ihm richtig ansehen, dass er jedes neue Hindernis richtig interessant fand. ‚Eigentlich müssten wir gerade für Colorado auch Stück für Stück die Dinge vom Schrecktraining mit einbauen in die Bodenarbeit', dachte sie. Sie war sich ziemlich sicher, dass der Wallach nie zuvor über eine Plane gegangen war oder an einem Regenschirm geschnuppert hatte. Bei der Bodenarbeit waren der Phantasie keine Grenzen gesetzt, das wusste sie. Und nun, wo sie das zu zweit machen konnten, machte ihr das Ganze umso mehr Spaß.

Schon nach wenigen Minuten vergaß Mira, wie müde sie war. Die Zeit verging viel zu schnell, und als sie schließlich nach Hause fuhren, was es stockdunkel. Obwohl es ein langer Tag gewesen war, fühlte Mira sich wacher als ein paar Stunden zuvor. ‚Wie gut, dass Laura mich zur Bodenarbeit überredet hat', dachte sie.

28

Am Sonntagmorgen wurde Mira von einem Sonnenstrahl geweckt, der ihr direkt ins Gesicht schien. Sie blinzelte und realisierte, dass es bereits neun Uhr war. So lange hatte sie schon lange nicht mehr geschlafen, selbst am Wochenende nicht. Trotzdem schloss sie die Augen noch einmal und genoss es, dass sie keinen Termin hatte. Sie ließ den vergangenen Tag noch einmal Revue passieren. Eigentlich war es ein ganz normaler Samstag gewesen. Die Stunde bei Antje hatte Spaß gemacht und sie und Anton wieder ein Stück weiter gebracht. Sie hatte sich bereits für die kommende Woche abgemeldet, denn das E-Springen sollte laut vorläufiger Zeiteinteilung am Samstag stattfinden. Am Abend hatte sie sich mit Laura und Nicole getroffen, um eine DVD anzuschauen. Trotzdem war sie gar nicht so spät ins Bett gegangen und wunderte sich ein wenig, dass sie nicht schon früher aufgewacht war. Aus der Küche hörte sie das leise Surren der Spülmaschine. Ihre Mutter war also schon auf den Beinen. Bestimmt bereitete sie gerade ein richtig leckeres Sonntagsfrühstück vor, hoffte Mira. Sie entschied, dass es sich dafür sogar lohnen würde, das gemütliche Bett zu verlassen. Als sie die Zimmertür öffnete, roch sie bereits den verführerischen Duft, der nur von frischen Croissants stammen konnte. Schnell zog sie sich an und gesellte sich zu ihrer Mutter in die Küche. Auch Maren hatte sich eingefunden und war damit beschäftigt, Kakao in ein riesiges Milchglas zu schütten. „Mama", begann sie, ohne ihren Blick vom Kakao abzuwenden, „freust du dich eigentlich auf dein Date mit Markus heute?" Mira hielt die Luft an. Sie hatte gar nicht mehr daran gedacht, dass Markus und ihre Mutter sich heute treffen wollten. „Ja, ich freue mich", antwortete ihre Mutter. Eigentlich hätte sie gar nichts sagen müssen, denn ihre leuchtenden Augen sprachen Bände, fand Mira. „Ist es das erste Date für dich, seit Papa nicht mehr lebt?", erkundigte Maren sich und ließ ihren Kakao ein paar Sekunden unbeachtet. „Ja, das ist es. Ich weiß gar nicht mehr, wie das ist, ein Date zu haben", lachte ihre Mutter. „Machst du dich denn auch richtig schick nachher?", bohrte Maren weiter. „Nein, ich denke nicht. Wir gehen ja nicht in die Oper oder ins Nobelrestaurant. Im Café muss man nicht so schick sein. Aber ich werde mich schon ein bisschen stylen, wenn du das meinst." Ihre Mutter lächelte und fuhr fort: „Ihr könnt ja meine Stilberater sein. Ich möchte ja nicht, dass ihr euch schämen müsst für eure Mama." „Ich bin wahrscheinlich am Stall, wenn du dich stylst. Aber Maren macht das schon", sagte Mira. Sie wusste selbst nicht, wie ernst sie das meinte. Maren hatte einen ganz anderen Klamottengeschmack als sie selbst und wahrscheinlich auch einen komplett anderen als Markus. „Au ja, würdest du das machen Maren?", fragte ihre Mutter mit Blick auf ihre jüngere Tochter. „Klar Mama. Du sollst ja Eindruck hinterlassen. Ich checke das, bevor du aus dem Haus gehst." „Klasse, dann kann ja nichts schief gehen." Dieses Mal konnte Mira die Ironie in ihrer Stimme nicht verbergen.

‚Auf jeden Fall haben Mama und Markus das beste Wetter überhaupt ausgesucht für ihr Treffen', dachte Mira, als sie sich am frühen Nachmittag auf dem Weg zum Stall machte. Obwohl die Temperaturen bei ihr Lust auf einen Ausritt hervorriefen, entschied Mira sich dafür, auf dem Platz zu reiten. Weder Sarah noch Denise waren zu sehen, und obwohl Mira normalerweise ganz gerne alleine ausritt, hatte sie darauf an diesem Tag keine Lust. Also würde sie auf den Platz gehen und dort ihre Hausaufgaben machen, entschied sie. Mit Anton an ihrer Seite machte sie sich gerade auf den Weg dorthin, als sie von weitem zwei Pferde sah, die mit ihren Reitern von einem Ausritt zurückkehrten. Bei genauerem Hinsehen erkannte sie, dass es Lukas und Colorado waren. Überrascht hielt Mira inne. Sie hatte sich nicht verguckt, es war tatsächlich Simon, der auf Colorado saß. Mira wartete, bis die beiden auf ihrer Höhe waren. Simons Gesicht war leicht gerötet, aber er strahlte von einem Ohr bis zum anderen. „Hey, wie war der erste Ausritt auf dem eigenen Pferd?", fragte Mira neugierig. „Einfach toll", platzte es aus Simon heraus, „ich bin ja jahrelang nicht mehr geritten, und normalerweise sollte man ja gerade dann mit einem Pferd, das man eigentlich nicht kennt, erst mal in die Halle gehen. Aber das Wetter ist so schön, und ich konnte einfach nicht widerstehen." „Männer, sage ich dir! Auf mich hört er ja nicht", klagte Sarah und verdrehte in gespielter Verzweiflung die Augen. „Aber es hat alles gut geklappt", fuhr sie fort, „Allerdings hat Colorado Angst vor der

Hand. Er hat sich ziemlich oft hinter dem Zügel verkrochen, obwohl Simon ihn wirklich in Ruhe gelassen hat." „Ach, das gibt sich schon wieder, ich bin da ganz optimistisch", sagte Simon fröhlich. „Oh je, da hat Jenny es tatsächlich geschafft, ihn in den wenigen Wochen so zu verreiten? Das ist ja schrecklich", stöhnte Mira. Dann sah sie Simon an und sagte grinsend: „Ihr seht so aus, als wärt ihr nicht nur eine halbe Stunde geritten. Ich schätze mal, du wirst morgen ganz schön Muskelkater haben." „Es fängt jetzt schon langsam an. Ich hatte ganz vergessen, dass Reiten ein Sport ist." Simon warf Mira einen gequälten Blick zu und ließ sich langsam aus dem Sattel gleiten. Als er Colorado in Richtung Stall führte, konnte Mira sich das Lachen nicht verkneifen. Simon lief jetzt schon derart o-beinig, dass sie beinahe ein wenig Mitleid empfand. Mira war so vertieft in ihre Schritt-Trab-Übergänge, dass sie gar nicht mitbekam, dass sie beobachtet wurde. Erst als der unbemerkte Zuschauer sich räusperte, wurde sie auf ihn aufmerksam. Sie musste zwei Mal hinsehen, um sich zu vergewissern, dass sie nicht träumte: Es war tatsächlich Thorsten, der dort an der Umzäunung des Platzes stand und sie belustigt ansah. „Du bist ja ganz schön vertieft in dein Reiten, dass du so gar nicht mitbekommst, was um dich herum passiert", feixte er. „Was machst du denn hier? Ich dachte, du wärst noch auf Klassenfahrt?" Mira brauchte einen Moment, um sich von der Überraschung zu erholen. Sie hatte Anton auf Höhe von Thorsten durchparieren lassen und gab die Zügel hin. Zufrieden senkte der Haflinger den Hals und schnaubte leise. „Wir sind heute Vormittag schon wiedergekommen, und ich wollte dich sehen", erklärte Thorsten. „Woher wusstest du denn, dass ich hier bin?", fragte Mira neugierig. „Ach, ich habe so meine Informanten. Wenn man was rausfinden möchte, gibt es ja fast immer eine Möglichkeit." Thorsten grinste sein breitestes Grinsen und streckte die Hand aus, um Anton zu streicheln. „Nennt man das Dressur, was du da gerade geritten hast?", fragte er interessiert. Mira überlegte kurz und sagte schließlich: „Ja und nein. Wir stehen noch ziemlich am Anfang von der Dressurausbildung. Ich nenne es mal Gymnastik fürs Pferd. Es soll das Pferd beweglicher machen und Muskeln aufbauen. Ein bisschen so wie Dehnübungen und Krafttraining für den Menschen." „Aber Pferde sind doch so große starke Tiere. Brauchen die wirklich Krafttraining? Wozu denn?", wunderte sich Thorsten." Mira antwortete: „Ja, sobald sich ein Reiter draufsetzt, schon. Wenn man ein Pferd nicht so trainiert, dass es die dafür nötigen Muskeln aufbaut, kann es irgendwann Rückenprobleme kriegen, oder kranke Beine. Oder beides." Sie war froh, dass sich die Bestellung ihres Buches über gutes Reiten wenigstens für diese Erkenntnis gelohnt hatte. Thorsten schien über Miras Worte nachzudenken und nickte dann langsam. Er sagte:„Jetzt verstehe ich das. Und ich habe mich schon immer gefragt, warum man solche Kringel auf dem Reitplatz reitet, wenn man doch genauso gut durch den Wald galoppieren könnte." „Das machen Anton und ich auch gerne. Es geht nichts über einen flotten Ausritt. Wobei - ein Ausritt mit Pause an der Schutzhütte ist natürlich die Krönung", erwiderte Mira. „Ich fand die Aktion auch cool. Das war mal ein Date der etwas anderen Art", stimmte Thorsten ihr zu. „Komm mit, ich zeige dir, wo Anton wohnt. Und dann gebe ich uns 'ne Cola im Reiterstübchen aus. Um diese Zeit ist da bestimmt nichts los." Mira sprang aus dem Sattel und führte Anton zurück zum Stall. Thorsten folgte ihr und blickte sich neugierig um. „Ich war noch nie in einem Pferdstall", gab er zu, als er zwischen den leeren Boxen in der Stallgasse hindurch ging. „Wo sind denn all die Pferde?", fragte er irritiert und fuhr fort: „Hier wohnt doch nicht nur Anton, oder?" „Nein", lachte Mira, „die anderen sind alle auf der Weide. Da bringe ich Anton gleich auch wieder hin." „Ach so. Und was ist das hier? Das sieht ja aus wie ein Solarium." Thorsten starrte fasziniert in eine Ecke der Stallgasse, die zu den Seiten hin abgetrennt war. „Das sieht nicht nur aus wie ein Solarium, es ist eins. Für die Pferde", erklärte Mira. „Du willst mich veräppeln, oder? Du meinst also, wenn Anton braun werden will und nicht mehr auf sein blondes Haar steht, stellt er sich darunter?", fragte Thorsten sichtlich irritiert. Mira lachte und erwiderte: „Nee, nicht ganz. Aber wenn er nach dem Reiten stark schwitzen würde, könnte ich ihn da wieder trocknen. Allerdings nutze ich das kaum, mein Pferd schwitzt selten doll." „Ah ja", war alles, was Thorsten hervorbrachte. ‚Wahrscheinlich denkt er jetzt, dass Reiter echt einen Sprung in der Schüssel haben', überlegte Mira und kam zu dem Schluss, dass er damit ja auch nicht ganz Unrecht hatte. Sie war einfach mit all diesen Dingen aufgewachsen, so dass sie das ganze Zubehör und die technischen Wunderwerke rund um den Reitsport kaum noch wahrnahm. Aber für einen Laien musste das alles schon sehr befremdlich wirken, dachte sie. Als sie Anton auf die Weide gebracht hatten, machten sie sich auf den Weg ins Reiterstübchen. Schon von draußen konnte Mira erahnen, dass niemand drin war. Sonntags kamen die Reiter über den ganzen Tag verteilt, so dass an diesen Tagen selten jemand im Reiterstübchen saß. ‚Mein Glück‘, dachte sie, als sie die Klinke herunterdrückte und den Raum betrat. Sie hatte es richtig vorhergesehen, es war niemand dort. Thorsten schien ihre Gedanken zu lesen und fragte neugierig: „Warum war dir das denn so wichtig, dass hier nichts los ist? Liegt das an mir?" „Nein, nein", sagte Mira schnell, „das liegt an ein paar doofen Tussen, die hier manchmal rumsitzen und blöde Sprüche reißen. Auf die hatte ich keine Lust. Mit dir hat das nichts zu tun." Sie konnte Thorsten ansehen, dass er kein Wort verstand. Deshalb erklärte sie: „Wenn man kein teures Pferd besitzt und beim falschen Reitlehrer reitet, ist man in manchen Kreisen schon unten durch. Reiter sind dafür besonders anfällig." „Du hast ein komisches Hobby", sagte Thorsten. „Manchmal finde ich das auch", erwiderte Mira. Sie holten sich je eine Cola aus dem Automaten und entschieden sich dafür, sie draußen zu trinken. Die Sonne schien noch immer genauso kraftvoll wie schon am Morgen, als sie Mira geweckt hatte. Sie sahen sich nach einer Sitzgelegenheit um, und Thorsten zeigte auf einen gefällten Baum, der nahe der Weide lag. „Da können wir uns doch hinsetzten - sogar mit Panoramablick auf die Pferde", schlug er vor. Die Idee fand Mira gut, und so gingen sie zu dem Baumstamm hinüber und setzten sich. Die Sonne hatte die Rinde trocknen lassen, und das Holz war angenehm warm. Sie saßen dicht nebeneinander, und Miras Herz klopfte wie wild. Irgendwie war sie froh darüber, dass sie sich an ihrer Colaflasche festhalten konnte. Sie wusste, dass das eigentlich die klassische Situation für einen ersten Kuss war. Allerdings musste sie sich auch eingestehen, dass klassische Situationen eigentlich überhaupt nicht zu Thorsten passten. „Egal ob wir uns küssen oder auch nicht - Hauptsache er fragt nicht, ob ich Bock dazu habe", schoss es ihr durch den Kopf. Sie redeten über die Klassenfahrt und über das Reiten, aber Mira konnte nur mit halbem Ohr zuhören. Sie fühlte sich wie ohnmächtig und elektrisiert zugleich. Irgendwann hielt sie es nicht länger aus. Ihrer Vermutung nach traute Thorsten sich nicht mehr, sie zu küssen, weil sie ihm vor ein paar Wochen diese Abfuhr erteilt hatte. Wie um alles in der Welt sollte sie ihm klar machen, dass sie ihre Meinung geändert hatte, ohne genauso plump rüberzukommen? Sie konnte ja schlecht sagen, dass sie es sich anders überlegt hätte und nun doch Bock auf Knutschen verspürte. Kurz entschlossen griff sie nach seiner Hand. Thorsten sah sie an und lächelte. Sie hielt seinen Blick kaum aus. Händchen haltend saßen sie auf dem gefällten Baum und setzten ihre Unterhaltung fort. Nun konnte Mira dem Gespräch noch schlechter folgen als vorher. Ihr Pulsschlag hatte sich verdoppelt, und sie fragte sich, ob Thorsten das wohl fühlen konnte. Sie hatte den ersten Schritt getan und würde nun warten, bis er den nächsten tat, entschied sie. Schließlich war das doch irgendwie Sache der Jungs. Und wenn der erste Kuss nicht jetzt, sondern beim nächsten oder übernächsten Mal stattfand, würde sie daran auch nicht sterben. Zumindest hoffte sie sehr, dass sie sich in diesem Punkt nicht irrte. Als Mira zu Hause ankam, schwebte sie förmlich durch die Haustür. Obwohl sie sich tatsächlich nicht geküsst hatten, war schon das Händchenhalten mit Thorsten gigantisch gewesen. Überhaupt fand sie es absolut cool, dass er sie überraschend am Stall besucht hatte. Sie war sich sicher, dass sie ihre Gefühlswelt nun nicht mehr vor ihrer Mutter und vor Maren verbergen konnte. ‚Selbst wenn Mama blind und taub wäre, würde ihr wahrscheinlich nicht entgehen, wie verliebt ich bin', dachte Mira, als sie die Küche betrat. Dort saß Maren an ihrer Kunst Hausarbeit: „Mama ist noch nicht wieder da. Ich hoffe, die unterhalten sich gut", sagte sie und malte mit ihrem Pinsel ein paar undefinierbare Objekte auf das Blatt, das vor ihr lag. Erst jetzt fiel Mira wieder ein, dass ihre Mutter sich ja mit Markus im Café treffen wollte. Während der letzten Stunden war sie so in ihrer eigenen Welt gefangen gewesen, dass sie das Date ihrer Mutter völlig vergessen hatte. Mira setzte sich zu Maren an den Küchentisch und griff nach der Zeitung. Sie hatte erst ein paar Sätze gelesen, als Maren sie unterbrach: „Sag mal, hast du dich etwa auch verknallt? Du siehst irgendwie so aus." Bevor Mira antworten konnte, hörten sie die Haustür ins Schloss fallen. „Endlich, Mama kommt!", rief Maren und vergaß augenblicklich, ihre große Schwester weiter auszuquetschen. Mira atmete erleichtert auf. Wenig später erschien ihre Mutter in der Küche. Ihre Augen leuchteten, und Mira fand, dass ihr Gesicht Bände sprach. Sie fragte sich, ob man ihre eigenen Gefühle auch so deutlich lesen konnte wie die ihrer Mutter. „Wie war's?", rief Maren aufgeregt, „habt ihr euch gut unterhalten?" „Ja, haben wir", sagte ihre Mutter lächelnd, „es war wirklich schön. Und wir haben uns auf das Du geeinigt." „Das wurde aber auch Zeit", eiferte sich Maren. Mira musste grinsen. Immerhin hatten sie und Thorsten schon Händchen gehalten. Sie fand, dass sie in dieser Hinsicht ihrer Mutter schon ein gutes Stück voraus war. „Und weiter?", fragte Maren aufgeregt. „Weiter haben wir festgestellt, dass wir einiges gemeinsam haben." „Zum Beispiel?", erkundigte sich Mira neugierig. „Markus ist auch ein Frühaufsteher, er trinkt auch gerne mal ein Gläschen Rotwein, guckt sonntags den Tatort..." „Mama, das sind Dinge, die auf fünf Millionen anderer Männer auch zutreffen", sagte Mira entsetzt. „Ja, mein Schatz, ich weiß. Aber ist es nicht schön, dass ich einen von diesen fünf Millionen getroffen habe und gerade ihn sympathisch finde? Es hätte ja auch einer von den anderen fünf Millionen sein können, die spät aufstehen, Wein hassen und sonntags Fußball schauen." „So gesehen hast du recht", lachte Mira. Ihre Mutter fuhr fort: „Wir sind uns aber auch einig, dass wir es ruhig angehen lassen wollen. Markus ist einverstanden damit, dass wir uns erst ein paar Mal ganz unverbindlich treffen, bevor wir entscheiden, ob wir uns auf eine Beziehung einlassen." „Kommt mir irgendwie bekannt vor", dachte Mira, „vielleicht habe ich doch mehr Gene von meiner Mama als bisher gedacht." „Du siehst auch so aus, als hättest du einen sehr netten Tag gehabt", stellte ihre Mutter fest und musterte Mira. „Du bist doch auch verliebt, oder nicht?" „Ähm, ja." Mira nickte. Abstreiten wäre sinnlos gewesen, früher oder später würde es sowieso jeder wissen, davon war sie überzeugt. „Wer ist denn der Glückliche? Kennen wir ihn?", fragte ihre Mutter weiter. „Ihr habt ihn zumindest schon mal gesehen", erwiderte Mira, „er heißt Thorsten und hat uns bei Alfredo die Getränke gebracht, als wir da zum Pizza-Essen waren." „Also doch!", freute sich Maren und fügte hinzu: „Das habe ich mir doch gleich gedacht. Aber der ist doch süss. Ich finde, den hast du gut ausgesucht." „Na, dann bin ich ja beruhigt", sagte Mira. Irgendwie fand sie die Situation ziemlich absurd. Nun saß sie dort mit ihrer Mutter und beide hatten sie sich fast zeitgleich verliebt. Und die Tatsache, dass Markus dabei auch noch mit im Spiel war, machte die ganze Sache nur noch absurder. „Wann triffst du Markus denn das nächste Mal?", fragte Maren, die noch immer aufgeregt auf ihrem Stuhl hin- und herwippte. „Ich denke, am Samstag auf dem Turnier in Unna. Jetzt habe ich ja gleich zwei Gründe, dorthin zu fahren", überlegte ihre Mutter laut und lächelte.

29

Mira konnte sich nicht daran erinnern, wann die Schulstunden das letzte Mal so schnell vorübergegangen waren. Sie hatte das Gefühl, dass sie geradezu verflogen waren. Nicole und Laura hatten natürlich gleich gemerkt, dass sie nun noch höher auf der rosa Wolke schwebte und sie den ganzen Morgen damit aufgezogen. Mira hatte ihren Freundinnen von Thorstens Besuch am Stall erzählt, hatte aber nicht erwähnt, dass sie sich noch immer nicht geküsst hatten. Schließlich hätte sie dafür auch die Vorgeschichte mit der peinlichen Aktion im Gartenhäuschen erzählen müssen, und das wollte sie auf keinen Fall. Die Gefahr schien ihr zu groß, dass ihre Freundinnen Thorsten ebenfalls für einen Idioten halten würden und nicht wie sie selbst die Gelegenheit bekämen, das Gegenteil heraus zu finden. Sie hatte bereits Mittag gegessen und wollte sich gerade auf den Weg zum Stall machen, als das Telefon klingelte. Es war Nicole: „Hi Mira, ich habe da gerade eine Idee und wollte hören, was du dazu sagst: Ich habe morgen mal wieder sturmfrei, meine Eltern kommen erst spät nachts wieder. Was hältst du davon, wenn wir hier zusammen mit den Jungs Pizza backen?" Mira überlegte kurz und antwortete: „Warum nicht? Eigentlich 'ne super Idee. Soll ich Thorsten fragen?" „Ja, mach das. Und ich wollte Laura auch einladen, sonst ist sie nachher wieder sauer, und das möchte ich nicht." Nicole hielt inne und Mira erwiderte: „Du kannst sie gerne fragen, aber wahrscheinlich wird sie auf Dauer lieber nicht jedes Mal dabei sein, wenn wir uns treffen. Das ist ja auch nicht sonderlich toll, so als Single zwischen Verliebten." „Ich frage sie trotzdem", entschied Nicole, „wenn sie sich das nicht antun will, soll sie das selbst entscheiden. Und wir können ja auch Rücksicht nehmen und müssen ja nicht unbedingt in ihrem Beisein rumknutschen." Mira grinste und hätte fast geantwortet, dass Nicole sich in diesem Punkt keine Sorgen zu machen brauchte. Stattdessen sagte sie nur: „Geht klar." Als sie aufgelegt hatte, schrieb sie Thorsten direkt eine SMS und hoffte inständig, dass er Zeit haben und kommen würde. Bisher hatte sie ihn ja immer nur alleine getroffen, so dass sie sehr gespannt darauf war, wie er sich ihren Freundinnen gegenüber verhalten würde. Außerdem konnte sie bei der Gelegenheit Felix ein bisschen näher kennen lernen. Sie kannte ihn aus Nicoles Erzählungen zwar zum Teil schon besser, als ihr lieb war, aber sie wollte sich gerne ein eigenes Bild von ihm machen. Sie brauchte nicht lange auf eine Antwort von Thorsten zu warten. Nur wenige Minuten später erhielt Mira eine Nachricht, die besagte, dass er auf jeden Fall kommen wollte und bei Pizza grundsätzlich nicht nein sagen könnte.

‚Mal schauen ob Laura auch kommen möchte‘, dachte Mira und war sich nicht sicher, ob sie lieber mit oder ohne Laura Pizza gemacht hätte. Schließlich entschied sie sich dafür, dass es zu fünft doch sicherlich recht ungezwungen verlaufen würde und dass sie und Thorsten dadurch immerhin mit ihrem ersten Kuss warten konnten, bis sie komplett ungestört waren und niemand auf diesen Moment lauerte. Sie nahm ihre Jacke vom Haken und machte sich auf den Weg zum Stall.

30

Am nächsten Tag erfuhr Mira, dass auch Laura beim Pizzabacken mit von der Partie sein würde. ‚Es wird bestimmt ein schöner Abend', dachte sie, als sie sich am Nachmittag in den Sattel schwang. Nun waren es nur noch wenige Tage bis zum Turnier, und sie hatte sich dafür entschieden, auf dem Platz zu reiten. Sie freute sich darüber, dass sie dank des guten Wetters nicht auf die Reithalle angewiesen war. Nach einer Weile wurde ihr bewusst, das sie es inzwischen als selbstverständlich ansah, dass ihr Haflinger gleich beim ersten Aufnehmen der Zügel den Hals rundete. ‚Hätte mir das vor ein paar Monaten jemand erzählt, ich hätte es nicht geglaubt', überlegte sie. Das Reiten machte ihr nun noch deutlich mehr Spaß als noch vor kurzer Zeit. Und auch Anton schien mit noch mehr Motivation bei der Sache zu sein. Sie ritt auf dem Mittelzirkel und galoppierte Anton an. Ein paar Galoppsprünge lang behielt Anton seine Anlehnung bei, dann hob er sich wieder ein wenig heraus. Je öfter Mira zwischen beiden Gangarten wechselte, desto schwungvoller gelang der Trab, und auch im Galopp konnte sie bei jedem neuen Angaloppieren einen kleinen Fortschritt verzeichnen. Als sie eine Pause einlegte, gesellte Denise sich zu ihr auf den Platz. Sie ritt Chayenne noch immer ohne Sattel und drehte ein paar Runden am langen Zügel. Als Mira die Zügel wieder aufnahm und antrabte, ließ Denise Chayenne in der Mitte des Zirkels anhalten. „Wow, ihr habt euch aber wirklich gemacht in der kurzen Zeit!", rief sie begeistert. „Danke", sagte Mira und freute sich besonders darüber, dass Denise das sagte. „Anton geht jetzt auch richtig schön über den Rücken", stellte Denise fest. „Merkst du, dass der Trab schwungvoller geworden ist"? Er hat ganz andere Bewegungen bekommen, dein Haflinger." „Stimmt, jetzt wo du es sagst, merke ich es noch deutlicher", musste Mira feststellen. Denise erklärte: „Man achtet ja instinktiv immer so penibel darauf, dass die Pferde am Zügel gehen, dass einem dabei manchmal gar nicht bewusst ist, dass das ja nur ein Teil von dem großen Ganzen ist. Bei Anton sieht ja inzwischen ein Blinder, dass er im Rücken schwingt. Fühlt sich doch bestimmt super ann, oder?" „Ja, genial", schwärmte Mira. „Vor einigen Wochen habe ich ein schlaues Buch über die Feinheiten beim Reiten gelesen und nicht so viel verstanden. Aber ich glaube, wenn ich es in einem halben Jahr noch mal lese, werde ich so manches besser verstehen", fuhr Mira fort. „Das kann ich mir gut vorstellen, manche Sachen kann man hundert Mal lesen oder erklärt bekommen, und wenn man sie einmal fühlt, versteht man sie plötzlich wie von selbst." Mira nickte zustimmend. Sie wusste, dass sie genau dieses Aha-Erlebnis mit Chayenne gehabt hatte. „Sehen wir uns morgen?", fragte sie, als sie sich wenig später verabschiedeten. „Sehen werden wir uns bestimmt, aber ich werde nicht springen; mein Sattel kommt erst Ende der Woche wieder", antwortete Denise. „Wie gut, dass du das Turnier nicht genannt hast", sagte Mira. Denise stimmte ihr zu: „Ja, das wäre echt ärgerlich. Aber Hauptsache, der Sattel passt wieder. Dagegen ist ein verpasstes Turnier ziemlich nebensächlich."

Als der Abend näher rückte, überlegte Mira, was sie für ihr Treffen bei Nicole anziehen sollte. Sie stand vor ihrem Kleiderschrank und hatte das Gefühl, dass nichts von alledem gut war. Entweder war es zu schick, um damit zu kochen, oder es war nicht gut genug, um Thorsten damit unter die Augen zu kommen. Endlich entschied sie sich für einen Kompromiss und kombinierte ihre neue Jeans mit einem hellblauen Shirt und schwarzen Schal, den sie sich lässig um die Schultern legte. „Okay, so wird´s gehen", entschied sie, als sie sich im Spiegel betrachtete. Ein wenig musste sie über sich selbst lachen, denn vor einigen Wochen noch hätte sie eine solche Entscheidung deutlich schneller treffen können. „Wenn man verliebt ist, ist man echt nicht ganz frisch im Kopf", stellte sie belustigt fest. Kurz darauf schwang sie sich auf ihr Fahrrad und radelte los. Ein paar hundert Meter vor dem Ziel stief sie auf Felix und Thorsten, die ebenfalls mit dem Fahrrad unterwegs waren. Zusammen legten sie das letzte Stück des Wegs zurück. Insgeheim war Mira froh darüber, dass sie den beiden Jungs genau in diesem Moment begegnet war. Ansonsten hätte sie sich die Frage stellen müssen, wie man jemanden begrüßte, in den man hoffnungslos verliebt war. Wohl nicht per Handschlag oder Umarmung vermutete sie. Lauras Fahrrad stand bereits auf dem Hof, als sie auf die Einfahrt einbogen. Alles andere hätte Mira auch verwundert, denn Laura gehörte zweifellos zu den pünktlichsten Menschen, die sie kannte. Sie klingelten, und wenig später öffnete Nicole die Tür. Beim Anblick ihrer Freundin entfuhr Mira ein anerkennendes „Wow!" Nicole sah einfach sexy aus. Sie trug ein enges schwarzes Oberteil zu ihrer perfekt sitzenden Jeans und hatte ihre dunklen langen Haare so gestylt, dass sie dem Ganzen einen zusätzlichen Hauch von Eleganz verliehen. All das betonte ihre sportliche Figur noch vorteilhafter, als sie ohnehin schon war. ‚Kein Wunder, das Felix auf Nicole steht', dachte Mira und kam sich in ihren Klamotten erneut wie ein graues Mäuschen vor. Andererseits wurde ihr wieder einmal bewusst, dass sie nicht der Typ war, um sich so zu kleiden, wie Nicole es tat. Sie hätte in Nicoles Outfit eine Rolle spielen müssen und niemals einen glaubwürdigen Eindruck hinterlassen können. Entschlossen sagte sie sich, dass Thorsten sich ja trotz ihres Geschmacks in sie verliebt hatte und nicht in Nicole. Irgendwie empfand sie diesen Gedanken als tröstlich. Sie wollte nicht neidisch sein auf ihre Freundinnen, aber manchmal erwischte sie sich doch dabei und schämte sich dafür.

Als sie ihre Jacken im Flur an den Garderobenhaken hängten, stand sie dicht neben Thorsten. Wieder wurde ihr bewusst, wie sich ihr Pulsschlag in seiner Nähe änderte. Von einer Sekunde auf die andere schien er sich mindestens zu verdoppeln. ‚Wäre ich ein Pferd beim Distanzritt, würde mir der Tierarzt sicher jetzt eine Zwangspause verordnen', vermutete sie. „Schön, dich zu sehen", hörte sie Thorstens Stimme dicht an ihrem Ohr. „Das gebe ich mal genauso zurück", sagte Mira leise und sah ihm einen Moment lang in die Augen. ‚Das muss ich noch üben', schoss es ihr durch den Kopf, ‚lange halte ich seinem Blick nicht stand.' Ihr lief ein wohliger Schauer über den Rücken, und sie ließ sich viel Zeit damit, ihre Jacke ordentlich aufzuhängen. ‚Jede Sekunde in Torstens Nähe ist eine gute Sekunde', dachte sie.

In der Küche machten sie sich zu fünft über die Zutaten der Pizza her. Nicole hatte sich das ehrgeizige Ziel gesetzt, den Pizzateig selbst zu machen. „Wenn schon - denn schon. Mit gekauftem Teig kann das ja jeder", verkündete sie und knetete eifrig einen riesigen Teigklumpen. „Mit der Menge kannst du eine ganze Armee versorgen", stellte Thorsten amüsiert fest. Tatsächlich waren selbst zwei Bleche zu wenig, um den Teig komplett darauf zu verteilen. „Dann gibt es bei uns morgen eben noch mal Pizza", triumphierte Nicole und stellte einen immer noch beachtlichen Rest des Pizzateigs in den Kühlschrank. Zusammen mit Laura schnippelte Mira diverse Gemüsesorten zu handlichen Stücken zurecht, während die Jungs es als ihre Aufgabe ansahen, die Pizza kreativ zu belegen. Thorsten und Felix belegten den Pizzateig kunterbunt mit allen möglichen Zutaten, und Mira war sich sicher, dass jeder normale Mensch einen Anfall bekommen hätte angesichts der exotischen Zusammenstellung. „Das wird die coolste Pizza im ganzen Universum", behauptete Laura, als Felix die Bleche schließlich in den Backofen schob. Mit siegessicherem Gesichtsausdruck schloss er die Ofentür und warf noch einen prüfenden Blick durch das Sichtfenster auf das extravagante Werk. „Ich bewundere deinen Optimismus", witzelte Mira. „Lass uns was spielen, bis sie fertig ist!" rief Nicole und kam mit diversen Gesellschaftsspielen beladen an den Küchentisch. „Nicht schon wieder", dachte Mira und fragte sich, warum ihre Freundinnen so furchtbar spielbegeistert waren. Obwohl sie keine Lust hatte, widersprach sie nicht. Thorsten war der erste, der sich an den Tisch setzte, und Mira nutzte die Chance, sich neben ihn zu setzen. „Ihr müsst noch ein wenig aufrutschen, so viel Platz haben wir nicht auf unserer Küchenbank!", forderte Nicole, als sie sich als letzte an den Tisch zwängte. „Gerne. Eng ist gemütlich", grinste Thorsten und rutsche noch ein Stückchen näher an Mira heran. Mira wurde es heiß und kalt zugleich. ‚Ich muss mich wohl auf irgendetwas konzentrieren, um nicht in Ohnmacht zu fallen', dachte sie und fing an, die Spielfiguren aus der Verpackung zu nehmen und die Karten zu sortieren. „Ich helfe dir", beschloss Thorsten und nahm Mira einen Teil des Kartenstapels ab. Während sie gemeinsam die Spielkarten in ordentliche Häufchen aufschichteten, berührten sich ihre Hände ein paar Mal wie zufällig. Jedes Mal durchfuhr es Mira, wie ein kleiner Stromschlag. ‚Hoffentlich sterbe ich nicht, wenn wir uns irgendwann tatsächlich küssen', hoffte sie. Nachdem sie einige Minuten gespielt hatten, musste sie zugeben, dass es entgegen ihrer Erwartungen eine Menge Spaß machte. ‚Wahrscheinlich würde mir sogar Physik Spaß machen, wenn Thorsten mit dabei wäre', glaubte sie. Fast hätten sie die Pizza vergessen, so vertieft waren sie in den Spielverlauf. Erst als es bereits ein wenig angebrannt roch, sprang Nicole von ihrem Stuhl und riss die Backofentür auf. „Ach, die sieht doch noch gut aus", urteilte Felix, der seiner Freundin über die Schulter sah, und fuhr fort: „Alles eine Frage des Standpunkts. Die ist eben gut durch."

Eine halbe Stunde später waren sich alle fünf einig, dass die Pizza trotz ihres leicht angebrannten Erscheinungsbildes überraschend lecker geschmeckt hatte. „Fast hätten wir sie komplett geschafft", sagte Felix, als er nach dem Essen träge auf seinem Stuhl hing. Nicole stöhnte: „Ich hoffe, ich kann mich bis morgen wieder bewegen, ich habe doch ein Handballspiel." „Rollen geht bestimmt, du musst dann eben in der Verteidigung spielen. Da kommt keiner an dir vorbei", scherzte Mira. Sie selbst hatte nicht viel Pizza essen können, weil sie einfach zu aufgeregt war. Thorstens Nähe machte es ihr nicht nur unmöglich, klare Gedanken zu fassen, sie nahm ihr scheinbar auch das Hungergefühl. Obwohl sie nur ein kleines Stückchen Pizza gegessen hatte, war sie pappsatt. „Wenn ich jetzt vorhätte, ′ne Diät zu starten, müsste ich mich wahrscheinlich nicht mal anstrengen", vermutete sie.

Als sie einige Zeit später vor dem Spiegel stand und die Zähne putzte, dachte Mira über den Abend nach. Sie hatten eine richtig gute Zeit zu fünft gehabt und viel gelacht. Durch Thorstens Anwesenheit war der Abend für sie etwas ganz Besonderes gewesen, aber auch Felix war viel netter, als Mira gedacht hatte. Sogar Laura schien sich super amüsiert zu haben, was Mira besonders glücklich machte. Sie war noch immer so satt von dem kleinen Stück Pizza, dass sie wie ein Stein ins Bett fiel und binnen weniger Minuten tief und fest einschlief.

31

„Oh, springen wir heute keinen Parcours?", fragte Mira überrascht, als sie Anton in die Halle führte. Im nächsten Moment wurde ihr bewusst, dass sie schon genauso klang wie Jenny ein paar Wochen zuvor. Am liebsten hätte sie die Frage sofort wieder zurückgenommen. Markus sah Mira belustigt an und sagte: „Du meinst bestimmt, weil am Samstag das Turnier ist, müssten wir heute noch einmal üben, stimmt's? Aber Antons hat ja in den letzten beiden Stunden bewiesen, dass er sehr sicher ist. Das Parcoursspringen müssen wir nicht noch einmal üben. Stattdessen gibt es heute nur ein paar kleine Gymnastiksprünge. Das In-Out ist ein super Training für den Rücken." „Okay", sagte Mira und saß auf. Markus hatte ja Recht. Anton war den Parcours in den vergangenen Stunden so super gesprungen, dass sie das wirklich nicht noch einmal üben mussten. Eigentlich konnte es dabei nur schlechter werden statt besser. Außerdem machten ihm die In-Outs eine Menge Spaß und ihr selbst auch. Gerade durch die engen Abstände konnte man super üben, noch flexibler im Sitz zu werden, fand sie. Während sie Anton abritt, fragte sie sich, ob Markus sie inzwischen mit anderen Augen betrachtete. Schließlich hatte er ein Date mit ihrer Mutter gehabt. ‚Hoffentlich bleibe ich in seinen Augen immer Mira und bin nicht plötzlich einfach die Tochter von Corinna', hoffte sie. „Du musst fleißiger in das In-Out reinreiten, sonst nimmt dein Pferd das nicht ernst. Komm noch mal!", rief Markus ihr nach dem ersten Springdurchgang zu. ‚Das ist doch wie verhext', dachte Mira, ‚kaum werden die Sprünge niedriger, reite ich automatisch zu langsam. Das gibt's doch nicht. ‚Sie ritt noch einmal an, dieses Mal aus einem fleißigen Arbeitsgalopp. „Jetzt passen die Abstände auch wieder. So musst du reiten", sagte Markus, nachdem Mira den letzten Sprung überwunden hatte. „Am Samstag werden die Hindernisse sicherlich auch etwas niedriger sein als die, die wir letzte und vorletzte Woche geübt haben. Trotzdem darfst du nicht zu langsam reiten. Bei Anton wird auch der gesamte Rhythmus besser, wenn du zwischen den Hindernissen mehr vorwärts galoppierst. Dann kommt er auch fast immer passend zum Sprung." Mira nickte und bemühte sich, Markus' Worte zu verinnerlichen. Sie wusste, das sie am Samstag aufgeregt sein würde und das es besser war, sich diese Anweisung jetzt einzuprägen, wo ihr Hirn noch einwandfrei funktionierte. Sarah, die nach Mira in die In-Outs hineinritt, hatte eher ein Problem mit zu hohem Tempo. Lukas zog die kleinen Sprünge derartig an, dass Sarah aus dem ruhigen Trapp kommen und aus einer Volts heraus anreiten musste. Vor lauter Konzentration lief ihr der Schweiß die Wangen hinunter. Mira fragte sich, ob sie wohl mit einem Pferd wie Lukas klar kommen würde. Anton hatte meistens ein sehr angenehmes Temperament. Sie musste ihn selten stark treiben, brauchte sich aber andererseits keine Gedanken darüber zu machen, dass er zu flott wurde. Lukas wurde beim Springen nur selten so hitzig wie an diesem Tag, aber wenn er dann erst mal seine Betriebstemperatur erreicht hatte, war er nicht ohne. Mira sah bewundernd auf Sarah, die auf die Temperamentsausbrüche ihres Pferdes mit der nötigen Ruhe und Konsequenz reagierte. Trotzdem war ihr die Anstrengung anzusehen und als die Stunde zu Ende war, hatte sie mehr geschwitzt als ihr Pferd. „Heute bräuchte ich eigentlich eine Abschwitzdecke", witzelte sie, als sie Lukas die Decke überwarf. Lukas war erstaunlich trocken dafür, dass er sich so aufgeheizt hatte. „Wie gut, dass wir heute die In-Outs gesprungen sind, da musste er sich ganz von selbst aufnehmen zwischen den Sprüngen", sagte Sarah, als sie und Mira die Pferde trocken ritten. Dann fragte sie: „Freust du dich auf Samstag? Anton springt ja wirklich super, und du hast einen echt schönen Stil. Das wird bestimmt richtig gut in Unna." „Ja, ich freue mich, und ich bin total gespannt, wie Anton sich benimmt. Es ist ja sein erstes Turnier", erwiderte Mira. Sie strich gedankenverloren durch Antons Mähne. Dann fiel ihr wieder ein, was sie Sarah noch fragen wollte: „Wie geht's Simon eigentlich? Hatte er Muskelkater nach eurem Ausritt?" „Frag nicht", lachte Sara und fügte hinzu: „Er hatte nicht bloß Muskelkater, er hat immer noch welchen und kommt kaum die Treppe hoch. Aber trotzdem ist er noch ganz high von dem Ritt und überzeugt davon, dass er das tollste Pferd überhaupt gekauft hat." „Das ist doch das Wichtigste", sagte Mira. Bevor sie die Halle verließen, ritt sie noch einmal zu Markus hinüber, der schon damit beschäftigt war, die Sprünge auf die nächste Gruppe von Pferden und Reitern abzustimmen. „Wann fahren wir denn am Samstag los?", fragte sie. „Ja, gute Frage. Warte mal, ich muss eben mal rechnen: Das E-Springen fängt um neun Uhr an, wir sollten ruhig etwas mehr als eine Stunde vorher dort sein, dann haben wir noch genug Zeit zum Abhaken, Ausladen, Abreiten und was eben so gemacht werden muss. Also hole ich dich um halb acht am Stall ab. Mit blitzsauberem Sattelzeug, glänzendem Anton und bester Laune." Er zwinkerte ihr zu und Mira wusste nicht, was von alledem er ernst meinte. Das Sattelzeug hatte sie noch gar nicht bedacht, es sah tatsächlich so aus, als schrie es förmlich danach, mal wieder sauber gemacht und gefettet zu werden. „Was reitest du eigentlich für eine Prüfung?", fragte Mira neugierig. Ihr fiel ein, dass ihre Mutter Markus dann in kompletter Montur auf dem Pferd erleben würde. Sie selbst war gespannt auf die Stute, die Markus besaß. Dadurch, dass die an einem anderen Stall stand, hatte sie sie noch nie gesehen. Markus erklärte: „Ich reite ein A-Springen und eine A-Dressur mit meinem Pferd. Oft fahre ich nicht auf Turniere, und meine Stute ist auch erst ein paar Springen gegangen, da ist das A-Springen in der Halle ein guter Auftakt. Sie ist gerade erst sieben geworden. Im Sommer möchte ich dann mal ein oder zwei L-Springen mit ihr reiten. Ist immer ein bisschen schwierig, da ich ja auch nicht jedes Wochenende frei habe in meinem Beruf." Er stellte den Hindernisständer ab, den er noch immer unter dem Arm trug, und fuhr dann fort: „Ich nutze die Turniere vor allem als Kontrolle dafür, wo ich stehe. Dabei meine ich gar nicht nur die Wertnoten, sondern vor allem die Möglichkeit, in fremder Umgebung bei viel Trubel zu reiten und zu schauen, ob mein Pferd mir so vertraut, dass es genauso nett läuft oder auch genauso sicher springt wie zu Hause. Es ist immer auch ein Test, ob man auf dem richtigen Weg ist." Das leuchtete Mira ein. Außerdem fand sie, dass diese Einstellung Markus noch sympathischer machte.

Im Stall war Laura gerade damit beschäftigt, Colorado zu putzen. „Willst du noch irgendetwas mit ihm machen?", fragte Mira und löste die Schnallen an Antons Trense. „Nee, heute nicht. Ich habe nicht so viel Zeit, da putze ich ihn nur kurz." Mira grinste, da sie wusste, dass Laura niemals „nur kurz" putzte. Colorado glänzte wie eine Speckschwarte und verriet allein durch seinen Glanz, dass Laura nicht erst vor fünf Minuten mit der Prozedur begonnen hatte. „Morgen möchte ich gerne Anti-Schrecktraining mit ihm machen. Ich dachte, ich nehme zum Anfang den Schirm und einen Klappersack. Was meinst du?", fragte Laura, während sie die letzten Staubkörnchen mit einer weichen Kardätsche vom Fell des brauen Wallachs bürstete. „Ja eine gute Idee. Ich kann dir morgen auch gerne helfen, nachdem ich Anton geritten habe", schlug Mira vor. „Au ja, zusammen macht das mehr Spaß", freute sich Laura und fuhr fort: „Zeigst du mir in den nächsten Wochen mal, wie man longiert? Das würde ich auch gerne lernen." Mira überlegte kurz und sagte dann: „Ich habe das auch nie wirklich gelernt. Aber wir haben hier eine Einstellerin, die schon einige Longierlehrgänge mitgemacht hat. Ihr Pferd läuft wunderschön an der Longe. Vielleicht kann sie uns das beibringen oder zumindest ein paar Tipps geben. Ich frage sie mal, ich sehe sie meistens sonntags." „Ich dachte früher immer, man lässt das Pferd einfach nur im Kreis herumlaufen, aber dein schlaues Bodenarbeitsbuch ließ schon erahnen, dass man dabei auch viel falsch machen kann. Aber ich möchte es total gerne richtig lernen", betonte Laura.

Mira war gerade erst zu Hause eingetroffen, als ihr Handy klingelte. Sie kramte es aus der Tasche und sah mit einem Blick, dass es Thorsten war, der sie anrief. Ihr Herz machte einen Sprung, als sie seine Stimme am anderen Ende der Leitung hörte.

„Hi Mira, hier ist Thorsten. Ich wollte dich fragen, ob du am Freitagabend Lust und Zeit hast, dich mit mir zu treffen. Wir könnten ins Kino gehen." Nach einer kurzen Pause fügte er hinzu: „Ich vermisse dich nämlich schon. Gestern ist lange her." Mira musste lachen. Gerade als sie begeistert zusagen wollte, fiel ihr ein, dass sie am Freitag nach dem Babysitten zum Stall fahren musste, um alles für das Turnier vorzubereiten. Es würde sie einige Zeit kosten, Antons Mähne und Schweif zu waschen, seine Hufe zu schrubben und vorallem das Sattelzeug sauber zu machen. Sie seufzte und sagte: „Am Freitagabend kann ich leider nicht. Aber Samstag könnte ich. Oder Sonntag, ganz egal." „Am Samstagabend kommt Tim, da wollen wir ein bisschen Musik machen. Wenn du Lust hast, kannst du aber auch gerne dazu kommen. Dann kannst du mich mal in Action erleben. Ins Kino können wir ja ein anderes Mal gehen." „Super Idee. Immerhin hast du mich auch schon reiten sehen, da möchte ich dich auch mal am Schlagzeug bewundern. Ich bin dabei!" Thorsten konnte natürlich nicht ahnen, dass sie ihn schon einmal aus einem sicheren Versteck heraus belauscht hatte bei einer seiner Proben. Aber die Tatsache, dass sie sich nun nicht mehr verstecken musste, sondern zum Zuhören eingeladen war, machte die ganze Sache noch viel besser. Außerdem würde das ein schöner Ausklang für den Tag werden, ganz egal, wie es beim Turnier für sie ausging.

Wenig später hörte Mira das Auto ihrer Mutter auf den Hof fahren. Als die Haustür ins Schloss fiel, trat Mira in den Flur. Ihre Mutter kam von der Arbeit und sah wie immer höchst sportlich aus. Mira fand es auffällig, dass sie noch immer so strahlte wie am vorigen Sonntag, nachdem sie sich mit Markus zum Kaffee trinken getroffen hatte. „Hallo Mira, wie war die Springstunde?", fragte ihre Mutter, während sie ihre Sportschuhe im Schuhregal verstaute. „Gut. Mama, denkst du eigentlich oft an Markus?" Die Frage war Mira beim Anblick ihrer Mutter einfach rausgerutscht. „Ja, ständig. Tag und Nacht." Obwohl ihre Mutter das mit einem leicht ironischen Unterton sagte, wusste Mira, dass das so stimmte, wie sie es sagte. „Und weißt du, was das Beste ist?", fragte ihre Mutter und wartete Miras Antwort gar nicht erst ab: „Das Beste ist, dass er scheinbar auch an mich denkt. Guck mal, das hier lag im Briefkasten." Sie hielt Mira ein Kärtchen unter die Nase. Darauf stand:

Hallo Corinna, Kaffee trinken mit dir war schön, das müssen wir wiederholen"
Lieben Gruß, Markus

Obwohl Mira es noch immer komisch fand, dass ihre Mutter gerade dabei war, sich in ihren Reitlehrer zu verlieben, musste sie sich einfach mit ihr freuen. Sie war froh darüber, ihre Mutter so glücklich zu sehen. Zumal sie noch nie so gut wie in diesem Moment nachvollziehen konnte, wie berauscht man davon werden konnte, verliebt zu sein.

 32

Als Miras Wecker am Samstagmorgen klingelte, hätte sie ihn am liebsten ausgeschaltet und einfach weiter geschlafen. Sie hatte das Gefühl, erst gerade ins Bett gegangen zu sein, und fragte sich, warum man sich so etwas Anstrengendes wie ein Turnier am Wochenende überhaupt antat. Wenn sie wie gewohnt bei Antje Unterricht genommen hätte, hätte sie zwar auch nicht ausschlafen können, aber so früh wie an diesem Tag musste sie sonst nicht aufstehen. Am Vorabend hatte sie noch einige Stunden am Stall verbracht, um alles für diesen Tag vorzubereiten. Es war eine undankbare Aufgabe gewesen, Antons lange Mähne und seinen üppigen Schweif zu waschen und komplett zu verlesen. Mira konnte nur hoffen, dass das faszinierende Ergebnis auch nach der Nacht noch zu bewundern war. Sie kannte ihr Pferd lange genug um zu wissen, dass die Chancen dafür höchstens fünfzig zu fünfzig standen. Eingeflochten hatte sie noch nicht. Antons lange Mähne würde nur in einem Bauernzopf zu bändigen sein, und diese Aufgabe hatte sie sich für den Morgen zurückbehalten. Noch anstrengender als die Pferdepflege hatte sie das Putzen des Sattelzeugs empfunden. Sie wusste, dass sie das eigentlich häufiger hätte machen müssen. Hin und wieder hatte sie sich zusammen mit Sarah hingesetzt und Lederpflege betrieben, aber das letzte Mal war sicherlich schon über ein halbes Jahr her, vermutete Mira. Alleine machte das einfach keinen Spaß, und so hatte sie diese Aufgabe auch dieses Mal als höchst lästig empfunden. Im Nachhinein musste sie allerdings zugeben, dass die Arbeit sich gelohnt hatte. Sowohl das Sattelzeug als auch Anton sahen gepflegt aus, und vor allem Antons Sattel hatte schon lange nicht mehr so geglänzt.

Kurz bevor der Wecker ein zweites Mal klingeln konnte, gab Mira sich einen Ruck und stieg aus dem Bett. Noch war sie nicht sehr aufgeregt, und sie beschloss, eine Kleinigkeit zu frühstücken. Im Haus war noch alles still. Ihre

Mutter hatte angekündigt, dass sie mit Mären nachkommen würde. Dieser Umstand gab Mira die Chance, ersteinmal richtig wach zu werden, bevor sie ihre energiegeladene Schwester ertragen musste. Mären freut sich ohne Zweifel vorallem darauf, Markus wieder zu sehen. ‚Da hat sie was mit Mama gemeinsam‘, dachte Mira.

Sie vergewisserte sich noch einmal, dass sie alles eingepackt hatte, was sie für das Turnier brauchen würde. In diesem Moment war sie einfach nur froh darüber, dass sie ihre Sachen am Vortag bereits zusammengesucht hatte. Sie hatte alles in eine große Tasche gesteckt und sich sehr bemüht, ihr Turniersakko dabei nicht zu zerknittern. Wenig später war sie auf dem Weg zum Stall. Es war ein klarer, kalter Morgen, und Mira fror trotz ihrer dicken Jacke. „Gut, dass es wenigstens windstill ist und nicht regnet", sagte sie sich. Immerhin versprach es, ein sonniger Tag zu werden, denn der Himmel war nicht bedeckt.

Anton schaute Mira neugierig an, als sie wenig später an seine Box trat und ihn begrüßte. Es kam selten vor, dass sie so früh am Tag bei ihm auftauchte. Erleichtert stellte sie fest, dass er sich kaum dreckig gemacht hatte. Abgesehen von ein paar Strohhalmen, die seine Mähne und seinen Schweif zierten, wirkte er für seine Verhältnisse erstaunlich sauber. „Super, dann habe ich genug Zeit, dich in Ruhe einzuflechten. Du weißt ja, dass ich Stress hasse", murmelte sie, als sie Anton das Halfter überstreifte. Sie hatte ihm schon einige Male einen Bauernzopf geflochten, als es im Sommer besonders warm gewesen war, und war dankbar, dass sie das an diesem Morgen nicht zum ersten Mal machen musste. Anton hielt vorbildlich still, und eine Viertelstunde später hatte Mira seine üppige Mähne in einem Zopf zusammengefasst. Sie trat ein paar Schritte zurück und besah sich ihr Werk. Zufrieden sagte sie: „Für dein Aussehen brauchst du dich heute nicht zu schämen. Dein Zopf ist echt völlig okay, auch wenn du dir ein bisschen unmännlich damit vorkommst."

Mira war froh darüber, dass sie alleine im Stall war. Immerhin hielt sie Monologe im Beisein ihres Pferdes, und wenn man so etwas tat, konnte man nicht mehr ‚ganz frisch‘ sein, dessen war sie sich bewusst. Andererseits fand sie, dass sich jeder Mensch so einen kleinen Riss in der Schüssel durchaus leisten konnte. Schließlich schadete man mit dieser Art von Macke niemandem. Sie putzte Anton noch einmal ausgiebig, kratzte seine Hufe aus und legte das Sattelzeug bereit. Kurz nachdem sie damit fertig war, erschien Markus in der Stallgasse.

„Guten Morgen - na, alles fertig? Wir können schon mal all deine Sachen in den Kofferraum packen, und zum Schluss holen wir Anton. Ist das hier alles, was mit soll?" Markus deutete auf den kleinen Hügel, den Mira neben Antons Box angehäuft hatte. „Ja, das ist alles. Zumindest hoffe ich, dass ich nichts vergessen habe." Mira ging in Gedanken noch einmal ihre Liste durch, die sie in den letzten Tagen zusammengestellt hatte. Ihrer Meinung nach hatte sie an alles gedacht. „Hast du deine Startnummern? Deinen Sattelgurt? Deine Plastronnadel? Die weißen Handschuhe? Das sind alles Sachen, die gerne vergessen werden", zählte Markus auf.

„Ja, habe ich alles eingepackt", bekräftigte Mira. „Na dann los, lass uns die Sachen einladen", forderte Markus sie auf und nahm sich Antons Sattelzeug. Mira folgte ihm mit ihrer Tasche über der Schulter. Kurz vor Markus' Auto hielt sie verdutzt an. „Dein Hänger ist ja leer. Was ist denn mit deiner Stute? Holen wir sie noch ab?" Erst jetzt fiel Mira auf, dass Markus keine Reitsachen trug. Er sah eigentlich überhaupt nicht so aus, als ob er gedachte, in wenigen Stunden eine Prüfung zu reiten.

„Leider kann ich sie nicht reiten", erwiderte Markus, „Sie muss sich gestern Nacht in der Box vertreten haben. Obwohl das Bein nicht dick ist und man äußerlich nichts sieht, lahmte sie heute Morgen, als ich sie aus dem Stall geführt habe. Der Tierarzt will heute am späten Nachmittag mal vorbeischauen, ich habe ihn schon angerufen." „Oh nein", rief Mira, „das ist ja vielleicht Pech. Das tut mir leid für dich." „Ist nicht so schlimm. Ich reite zwar gerne ab und zu mal ein Turnier, aber ich bin nicht so heiß darauf, das jetzt eine Welt für mich zusammenbrechen würde. Hauptsache mein Pferd kommt wieder auf die Füße. Meine Stute war noch nie krank, da hatte ich bisher immer Glück. Bestimmt ist sie schon bald wieder fit", sagte Markus. Sie verstauten Miras Sachen im Kofferrau, und Mira ging zurück in den Stall, um Anton zu holen. Obwohl er aufgeregt schnaubte, als er den Hänger sah, folgte er Mira willig hinein. Sie lobte ihn ausgiebig und gab ihm ein Leckerei, das er nach kurzem Zögern fraß. „Wie gut, dass er so brav auf den Hänger gegangen ist. Er ist noch nicht oft gefahren in seinem Leben", freute Mira sich, als sie wenig später im Auto saßen. Eigentlich sollte man das an so einem Tag ja nicht einfach drauf ankommen lassen und das ein paar Mal vorher üben", sagte Markus. „Ja, das leuchtet mir ein. Aber meine Mutter hat ja keine Kupplung am Auto, und wir haben keinen

Hänger, da ist das nicht so einfach", erwiderte Mira kleinlaut. „Das stimmt, das erschwert die Sache ziemlich. Aber du könntest ja Sarah fragen, mit ihr verstehst du dich doch gut. Wenn sie dir ihren Hänger mal ankuppelt, könntest du in der Woche nach dem Turnier wenigstens noch mal verladen und Anton zeigen, dass man nicht immer irgendwo hinfährt, wenn man in einen Hänger steigt. Dann gibst du ihm da oben eine Handvoll Futter, und er darf wieder aussteigen", schlug Markus vor. „Gute Idee", sagte Mira. Sie fragte sich, warum sie darauf nicht schon selbst gekommen war. „Ich werde Sarah einfach mal fragen", beschloss sie.

Als sie auf den Hängerparkplatz fuhren, herrschte dort schon reges Treiben. Mira hatte der Zeiteinteilung entnommen, das vierzig Reiter das E-Springen genannt hatten. Sie hoffte, dass der Arbeitsplatz so groß war, dass die vierzig Reiter sich dort einigermaßen verteilen konnten. Markus parkte den Hänger, und Miras Herz begann schneller zu schlagen. „Bist du aufgeregt?", fragte Markus und sah sie von der Seite an. „Ein bisschen", antwortete Mira. „Dann geh' du doch schon mal zur Meldestelle und lass dich abhaken. Ich bleibe so lange bei Anton", sagte Markus. „Ich habe das noch nie alleine gemacht", stammelte Mira und fühlte sich plötzlich hilflos wie ein Kleinkind. „Irgendwann ist immer das erste Mal", grinste Markus und erklärte: „Du sagst dort einfach deinen Namen, den des Pferdes und die Prüfungsnummer. Das ist alles." „Gut, das schaffe ich", sagte Mira und marschierte tapfer los in Richtung Reithalle. Die Meldestelle war ausgeschildert und befand sich im Aufenthaltsraum der großen Reithalle. Der Mann in der Meldestelle war sehr nett, und Mira war froh darüber, dass sie so früh am Tag dort hingehen konnte. Später würde es dort sicher voller und hektischer werden, vermutete sie. Nachdem sie ihre Startbereitschaft erklärte hatte, fragte sie sich, warum sie sich überhaupt Gedanken darüber gemacht hatte. Markus hatte Recht gehabt damit, dass es wirklich einfach war. Jedes Kind konnte das selber machen, dachte sie. Während Mira zum Hänger zurücklief, schaute sie noch einmal in die Zeiteinteilung. Laut Startfolge lag sie ziemlich mittig im Teilnehmerfeld und hatte noch etwas Zeit. Markus schlug vor, dass sie Anton schon einmal abladen sollten. „Er kann ja noch ein paar Minuten am Strick grasen, das entspannt sehr schön", schlug er vor. „Ich glaube auch, dass ihm das gefallen wird. Ich kenne doch mein verfressenes Pferd", lachte Mira. Sie luden Anton ab, und nachdem er sich ausgiebig umgesehen und einige Male gewiehert hatte, versenkte er dankbar seinen Kopf ins Gras. „Gib ihn ruhig mir, dann kannst du dich schon mal umziehen", sagte Markus. Mira drückte ihm den Strick in die Hand und verzog sich mit ihrer Tasche in den Hänger. Erschrocken musste sie feststellen, dass ihre Turnierreithose schon recht kurz und eng geworden war. „Die habe ich lange nicht angehabt", dachte sie. Glücklicherweise ließ sich der Hosenknopf schließen und dank der Reitstiefel fiel es auch nicht auf, dass die Hose zu kurz war. Das Sakko war ihr beim letzten Turnier noch etwas zu groß gewesen und passte nun wie angegossen. Ihre Haare hatte sie schon zu Hause zu einem ordentlichen Zopf geflochten und die Plastronnadel nach ein wenig Übung vor dem Spiegel mittig platziert. „Schick", sagte Markus, als Mira aus dem Hänger trat. „Wir haben immer noch zwanzig Minuten Zeit, bis der Parcours zur Besichtigung freigegeben wird. Ich würde mir gerne einen Kaffee besorgen. Möchtest du auch irgendwas?" „Nein danke", erwiderte Mira. Sie war froh darüber, dass sie schon zu Hause eine Kleinigkeit gegessen hatte. Ganz ohne Frühstück zu reiten wäre ihr schwer gefallen, aber in diesem Moment hätte sie beim besten Willen nichts mehr essen können.

Als Markus in Richtung Halle verschwand, kam Mira die Idee, dass sie Anton ja ein wenig durch die Arbeit an der Hand lockern konnte. Der Arbeitsplatz war ihr beim Vorbeilaufen nicht besonders groß vorgekommen, und wenn sie nachher im Sattel saß, würde er sicher überfüllt sein. Sie trenste Anton auf und ging mit ihm zum hinteren Teil des Hängerplatzes, wo um diese Uhrzeit noch kein Auto parkte. Begeistert stellte sie fest, dass Anton sich nahezu genauso gut auf sie und die Übungen konzentrierte wie zu Hause. Sogar das Schulterherein klappte in ihren Augen ziemlich gut. Glücklich führte sie ihr Pferd zurück zum Hänger. Ihr Lampenfieber war deutlich geringer geworden, und kalt war ihr auch nicht mehr. Zeitgleich mit ihr traf Markus mit einer großen Tasse voll dampfenden Kaffee am Hänger ein. Er setzte sich auf die Radabdeckung des Hängers und umfasste die Tasse mit beiden Händen. „Wenn er sich jetzt noch anlehnt und die Augen schließt, sieht er aus wie in einer Kaffeewerbung", dachte Mira. „Wenn ich meinen Kaffee ausgetrunken habe, können wir so langsam mal in Richtung Arbeitsplatz gehen", sagte Markus. Während er in Ruhe seinen Kaffee schlürfte, führte Mira Anton noch ein paar Mal zwischen den Hängern auf und ab. Anton schien sich mit der neuen Umgebung arrangiert zu haben und wirkte auf Mira ziemlich entspannt. Als sie ihn kurz darauf sattelte, spürte sie die ersten wärmenden Sonnenstrahlen im Gesicht. Ein angenehmer Schauer lief ihr über den Rücken. Markus rief ihr vom Hänger aus zu: „Ich habe dir Sonne bestellt für deine Prüfung. Ist sogar pünktlich angekommen." „Perfekt", erwiderte Mira grinsend.

Sie gingen hinüber zum Arbeitsplatz, wo schon einige Reiter ihre Pferde abritten. „Du brauchst noch nicht aufzusitzen", sagte Markus, als er Miras verunsicherten Blick bemerkte. „Wenn du nach der Parcoursbesichtigung anfängst, hast du noch genug Zeit. Du darfst ihn nicht müde reiten." Mira nickte. Wenig später hörten sie die Lautsprecherdurchsage, die den Parcours zur Besichtigung frei gab. Die Reiter drängten in die Halle, und Mira schloss sich ihnen an. Gerne hätte sie Markus dabei gehabt, aber da sie sonst niemanden hatte, dem sie ihr Pferd hätte in die Hand drücken können, blieb er bei Anton auf dem Arbeitsplatz. Mira ließ ihren Blick durch die Halle schweifen und fand die Nummerntafel mit der eins, die den ersten Sprung markierte. Sie überlegte, wo der geeignete Punkt zum Halten und Grüßen war. Von dort aus würde sie auf einer großen gebogenen Linie angaloppieren und den ersten Sprung anreiten. Sie lief den Parcours so ab, wie sie ihn später reiten wollte, und achtete darauf, in den Wendungen genügend weit auszuholen und nach dem Sprung lange genug geradeaus weiter zu laufen. ‚Wie gut, dass Markus auf solche Dinge immer so großen Wert legt', dachte sie. Eigentlich fühlte sie sich ganz gut vorbereitet. Die Sprünge waren nicht besonders hoch - und fair und einladend aufgebaut. ‚Hauptsache ich verreite mich nicht', schoss es ihr durch den Kopf, als sie die Besichtigung abgeschlossen hatte. Sie schloss die Augen und ritt den Parcours noch einmal im Gedanken. Danach glich sie ihr gedankliches Bild noch einmal mit dem Original, das sie vor sich hatte. Zur Sicherheit wiederholte sie das Ganze noch einmal und ging dann erst wieder zurück zu Markus, der draußen auf sie wartete. „So schwer ist der Parcours nicht, oder? Ich habe gerade schon einen kurzen Blick darauf geworfen, als ich meinen Kaffee geholt habe", sagte Markus und übergab Mira Antons Zügel. „Der ist wirklich fair aufgebaut. Von der Höhe dürfte das kein Problem sein", erwiderte Mira. Sie schwang sich in den Sattel. Um sie herum war es voll geworden, und sie war froh, dass Anton nicht so aufgeregt war. Bei näherem Hinsehen fiel ihr auf, dass außer einem Tinker, einem Freiberger und ihrem eigenen Haflinger nur Warmblüter auf dem Abreiteplatz waren. Die meisten von ihnen waren dunkelbraun und glänzten wie Speckschwarten. Die dazugehörigen Reiterinnen sahen routiniert und abgeklärt aus. „Außer mir reitet bestimmt niemand heute sein erstes E-Springen", seufzte sie, und plötzlich rutschte ihr das Herz in die Hose. „Völlig egal, du bist nicht hier, um gegen andere zu reiten, sondern du reitest für dich", erklärte Markus ihr voller Überzeugung. Mira nickte und lächelte tapfer. Sie ließ Anton angehen und wollte gerade mit dem Abreiten beginnen, als die Reiterin des Tickers sich zu ihr gesellte. „Hi, ich heiße Carmen. Reitest du heute zum ersten Mal eine Springprüfung?", fragte sie und musterte Mira und Anton mit freundlichem Blick. Sie hatte kurze, dunkelblonde Haare und leuchtendblaue Augen. Mira vermutete, dass sie in etwa so alt sein musste wie Sarah. Die roten Wangen und die Lachfältchen verliehen Carmens Gesicht einen besonders fröhlichen Ausdruck. Mira fand sie auf Anhieb sympathisch. „Ja, stimmt", antwortete Mira, „ich bin bisher nur in ein paar Reiterwettbewerben gestartet, und mein Haflinger war noch nie auf einem Turnier. Ich bin übrigens Mira. Und das ist Anton." Carmen nickte und sagte: „Dein Anton sieht ja ziemlich cool aus, dafür dass er heute das erste Mal auf einem Turnier ist. Das war mit meiner Tinkerstute etwas turbulenter bei unserem ersten Start. Aber mittlerweile ist sie deutlich abgeklärter. Vielleicht können wir ja nachher noch mal quatschen, hier auf dem Arbeitsplatz ist es immer ein bisschen voll. Ich wünsche dir auf jeden Fall viel Erfolg." „Danke, den wünsche ich dir auch", erwiderte Mira. Während sie anhielt, um ihren Sattelgurt noch einmal zu kontrollieren, trabte Carmen davon. ,Echt schön, dass man so schnell ins Gespräch kommt mit anderen Pferdebesitzern. Carmen ist wirklich nett', dachte Mira und beschloss, nach der Prüfung auf jeden Fall noch ein paar Sätze mit ihr zu wechseln.

Gerade als sie den zweiten Versuch starten wollte, mit dem Abreiten zu beginnen, nahm sie plötzlich eine vertraute Stimme wahr, die weder ihrer Mutter noch Maren gehörte. An der Absperrung stand Laura und winkte ihr zu: „Hey Mira, ich bin auch da! Wenn du nachher mal einen Helfer brauchst, kann ich Anton gerne festhalten oder dir was aus dem Auto holen - oder was auch immer du möchtest. Und ich feuere euch an!" Mira freute sich riesig, Laura zu sehen. Sie hielt neben ihr an und sagte: „Super, dass du gekommen bist, das ist ja eine Überraschung. Ich bin in etwa einer halben Stunde dran, die zweite Starterin ist schon drin." „Ich bin ganz aufgeregt, obwohl ich nur zuschaue", keuchte Laura und fuhr fort: „Ich gehe mal rüber zu Markus und sage ihm hallo." „Ja, mach das", sagte Mira, „Ich muss jetzt langsam mal abreiten." Sie nahm die Zügel auf, und Anton gab augenblicklich im Genick nach. Die Tatsache, dass das hier auf einem Arbeitsplatz mit viel Tumult genauso funktionierte wie in der heimischen Reithalle, fasziniert Mira sehr. Allerdings war es schwierig, zwischen all den abreitenden Teilnehmern Schritt zu reiten, denn sie schien überall im Weg zu sein. Schließlich gab sie es auf und trabte an. Mit jeder Runde, die sie abritt, wuchs ihr Selbstbewusstsein. Egal, wie es im Parcours ausgehen würde, Anton hatte schon allein deshalb ein Fleißkärtchen verdient, weil er sich so anstandslos benahm und auch in fremder Umgebung so selbstverständlich am Zügel lief. Es schien fast so, als ob er nie etwas anderes gemacht hätte. Die Lautsprecherdurchsage in der Halle konnte man draußen zwar hören, aber schlecht verstehen. Mira achtete nicht darauf, welche Noten die Reiter und Reiterinnen bekamen, die vor ihr an der Reihe waren. Sie hatte beschlossen, auf Markus' Rat zu hören: Sie würde für sich und nicht gegen andere reiten. Als sie zu Markus hinüberschaute, sah sie ihre Mutter und Mären. Die drei unterhielten sich angeregt, und selbst von weitem konnte Mira erkennen, das alle drei sich über das Wiedersehen freuten. Ein paar Schritte entfernt von dem Treppchen stand Laura und beobachtete konzentriert das Geschehen auf dem Arbeitsplatz. ‚Sie wird noch zur richtigen Pferdeexpertin', dachte Mira und lächelte. Als nur noch wenige Teilnehmer dran waren, rief Markus sie zu sich. „Das sieht ja alles ganz entspannt aus. Wir machen auch nur wenige Sprünge, du weißt ja, das dein Pferd springen kann. Du kannst zwei Mal über das kleine Kreuz springen, dann einmal über den Steilsprung und einmal über den Oder. Das reicht. Und reite vorwärts, denk an das Grundtempo", mahnte er. „Okay", sagte Mira und ließ Anton angaloppieren. „Sprung frei bitte!", rief sie und machte es genauso, wie sie es bei den anderen Teilnehmern abgeschaut hatte. Einige Reiterinnen schienen zwanzig Mal in Folge über denselben Sprung zu reiten, und Mira fragte sich, warum sie das taten. Sie fand es gar nicht so einfach, einen Moment zu erwischen, in dem sich niemand vor oder hinter dem Sprung befand. Anton sprang mit der üblichen Gelassenheit, und nach den vier Sprüngen ließ sie ihn zum Schritt durchparieren. Markus sagte: „Du hast nur noch eine Teilnehmerin vor dir. Geh noch einmal die Reihenfolge der Sprünge durch, und dann kannst du zum Eingang reiten. Reite da drinnen genauso, wie du hier gerade geritten bist. Dann macht ihr beiden das mit links." Mira schloss noch einmal die Augen und wiederholte die Reihenfolge der Sprünge. Dann ritt sie zum Eingang der Halle. Mären, ihre Mutter und Laura konnte sie nicht mehr sehen. Sie vermutete, dass sie bereits hineingegangen waren, um sich einen guten Platz an der Bande zu sichern. Kurz darauf öffnete sich die Tür, und Mira ritt hinein. Die Richter kommentierten noch den Ritt der Teilnehmerin, die vor ihr dran gewesen war. Das gab Mira die Gelegenheit, Anton schon einmal eine große Runde durch die Halle traben zu lassen. Um die Lautsprecher machte er einen kleinen Bogen, ließ sich aber ansonsten weder von den Blumenkübeln noch von den Menschen aus der Ruhe bringen. Es war noch genügend Zeit, ein zweites Mal an den Lautsprechern vorbei zu reiten, und Mira nutzte die Chance. Dieses Mal schaute Anton kaum noch hin. Kurz darauf wurden sie per Lautsprecherdurchsage angekündigt: „Hier in der Bahn sehen sie nur Mira Ulme mit ihrem Haflingerwallach Anton. Der Start ist frei." Mira nahm die Ansage nur am Rande wahr. Sie fühlte sich wie in Trance, nichts um sie herum schien mehr zu existieren. Das Einzige, was existent war, war dieser Parcours. Wie im Traum ritt Mira an den Punkt, den sie sich vorher dafür ausgesucht hatte, und grüßte in Richtung der Richter. Dann wendete sie auf die linke Hand und ließ Anton angaloppieren. Schon nach wenigen Galoppsprüngen hatte sie das passende Grundtempo für ihr Pferd gefunden. Als sie den ersten Sprung antritt, hatte sie das Gefühl, dass nichts und niemand sie aufhalten konnte. Nacheinander überwanden sie in gleichmäßigem Rhythmus einen Steilsprung, einen Oder, einen Plankensprung, eine Kombination und noch einen Oder. Der leltzte Sprung war ein Steilsprung, der besonders einladend aufgebaut war. Dahinter stand der Lautsprecher, um den Anton am Anfang einen Bogen gemacht hatte. Ein paar Galoppsprünge trennten sie noch von dem letzten Steilsprung, als der Lautsprecher plötzlich ein krächzendes Geräusch von sich gab, das Mira zusammenzucken ließ. Anton spitzte die Ohren und verlangsamte das Tempo leicht. Als Mira bemerkte, dass sie zu viel Schwung verloren hatten, war es bereits zu spät. Noch bevor Anton zum Sprung ansetzte, wusste sie, dass sie einfach nicht reaktionsschnell genug gewesen war, um die Situation zu retten. Sie hörte die obere Stange fallen, als sie auf der anderen Seite des Sprungs wieder aufsetzten. Ohne sich umzudrehen, galoppierte Mira zum Ziel. Nachdem sie die Ziellinie überwunden hatten, parierte sie ordnungsgemäß zum trab durch und ließ die Zügel aus der Hand kauen. „Du bist einfach Spitze", sagte sie leise und fiel Anton um den Hals. Sie war so stolz auf ihr Pferd, dass sie es kaum in Worte hätte fassen können. Ihr war bewusst, dass Anton sein Bestes gegeben hatte und dass der Abwurf der Stange nicht seine Schuld war. Fast hätte sie die Lautsprecherdurchsage verpasst, die ihren Ritt kommentierte. „Bei diesem Ritt sind die Anforderungen einer Stilspringerprüfung voll erfüllt worden. Die Reiterin hat ihr Pferd bestmöglich vorgestellt und dabei einen sicheren leichten Sitz und eine einfühlsame Einwirkung demonstriert. Außerdem bewerten wir das gleichmäßige, gut gewählte Grundtempo und die harmonische Linienführung dieser Reiterin als sehr positiv. Obwohl wir leider 0.5 Punkte abziehen müssen, verbleibt ein Ergebnis von 7,9." Mira traute ihren Ohren nicht. Obwohl sie erst wenige Turniere in ihrem Leben bestritten hatte, wusste sie, dass 7,9 eine sehr gute Note war. Das bedeutete, dass sie eine Grundnote von 8,4 bekommen hatte. Das war so gigantisch, dass Mira es einfach nicht fassen konnte.

Aus Richtung der Bande hörte sie begeisterten Applaus. Es war nicht zu überhören, dass dort ihr Fanclub stand. Mira sah Markus, ihre Mutter und Mären, daneben Laura. Als sie genauer hinschaute, sah sie noch einen ihr vertrauten Menschen dort stehen. Neben Laura an der Bande stand Thorsten und klatschte begeistert Beifall. Als er sah, dass Mira ihn bemerkt hatte, winkte er ihr zu. Noch völlig benebelt ritt Mira hinaus. Auf dem Arbeitsplatz wurde sie schon erwartet: „Das war echt schade mit der Stange", sagte Markus, „ansonsten war das aber ein toller Ritt. Die hohe Wertnote hast du verdient!" „Anton ist das schönste Pferd von allen", rief Mären, die plötzlich ganz stolz zu sein schien, dass ihre Schwester eine Turnierprüfung ritt. Ihre Mutter hatte sich ebenfalls den Weg zu Mira und Anton gebahnt und hatte vor Aufregung rote Wangen: „Du weißt ja, dass ich keine Ahnung habe vom Reiten. Aber Markus hat mir erklärt, worauf die Richter achten, und der Sprecher hat es ja verständlich kommentiert - ihr wart total toll!" „Danke", sagte Mira, als sie endlich zu Wort kam. Sie wandte sich Thorsten zu und fragte: „Habt ihr euch schon bekannt gemacht?" „Ja, Laura hat mich schon vorgestellt", antwortete Thorsten. Mira strahlte ihn an und flüsterte: „Das ist so genial, dass du gekommen bist." Sie konnte sich gar nicht erinnern, dass sie ihm irgendwas über das Turnier erzählt hatte. „Woher wusstest du denn...?" weiter kam sie nicht, denn Thorsten zeigte grinsend auf Laura und sagte: „Ich sagte doch, ich habe meine Spitzel." „Du bist die Letzte, die ich im Verdacht gehabt hätte", empörte sich Mira und zwinkerte ihrer Freundin zu. „Tja, so kann man sich täuschen", erwiderte Laura und lachte. „Ich habe zwar nicht alle Noten verfolgt, aber mit einer 7,9 wirst du wohl in die Platzierung gehören", schaltete sich Markus ein. Mira ließ sich aus dem Sattel gleiten, und Markus legte Anton seine Abschwitzdecke über.

„Darf ich kurz stören, junge Dame?" Ein Mann, den Mira auf etwa fünfzig geschätzt hätte, stand neben ihr. Er hatte kurze, dunkle Haare und trug eine Brille. Er lächelte Mira freundlich an. „Klar", sagte Mira und fragte sich im selben Moment, was er wohl wollte. „Ich heiße Helmut Winter und bin der Vater von Carmen, mit der du dich vorhin schon kurz unterhalten hast. Ich gehöre zum Vorstand der ‚Robusti-Freunde'-Showtruppe." Mira sah ihn fragend an, denn sie hatte nicht die geringste Ahnung, wovon er sprach. Sie sah sich suchend nach Carmen um, aber von ihr fehlte jede Spur. Auf dem Arbeitsplatz war sie jedenfalls nicht mehr. Helmut Winter erklärte: „Carmen ist sicher wieder zum Getränkestand rübergeritten, so wie ich sie kenne. Sie taucht bestimmt gleich wieder auf. Aber zurück zum Thema.: die Robusti-Freunde sind Besitzer und Liebhaber von Pferden, die den typischen Robust-Rassen angehören. Zum Beispiel Isländer, Norweger, Dülmener oder eben Haflinger." Er atmete einmal durch und fuhr dann fort: „Wir haben vor ein paar Jahren eine Showtruppe gegründet, die es sich zur Aufgabe gemacht hat, den Menschen zu zeigen, was für tolle Sachen man mit diesen Pferden machen kann. Oft werden sie ja völlig unterschätzt. Oder sie werden über- oder unterfordert, falsch gehalten, schlecht geritten... Die Liste ist lang. Aber diese Rassen gehören nun mal zu den beliebtesten Rassen der Freizeitreiter, und wir wollen da gerne ein bisschen Aufklärungsarbeit leisten." Helmut Winter räusperte sich und fügte erklärend hinzu: „Wir machen Vorführungen auf regionalen Veranstaltungen, treten auf Hoffesten auf und geben dabei Züchteradressen und Informationen über die Bedürfnisse dieser Pferde weiter." Mira nickte, wusste aber immer noch nicht, worauf dieser Mann hinaus wollte. Er erklärte: „Wir haben die unterschiedlichsten Disziplinen in unserem Schaubild vertreten: Springen, Dressur, Western, Voltigieren, Fahren, sogar einen Wanderreiter und auch eine Vorführung der Hippotherapie. Ach ja, und zirzensische Lektionen sind auch vertreten. Für alle Disziplinen haben wir eine Doppelbesetzung, falls mal jemand nicht kann. Und ich wollte dich fragen, ob du nicht Lust hättest, den Dressurpart zu übernehmen." Mira war sich fast sicher, dass sie sich verhört haben musste. Sie fragte sicherheitshalber noch einmal nach: „Dressur? Sind sie sich sicher? Wie kommen sie darauf, das ich mich dafür eignen könnte?" Sie sah ihn ungläubig an. Helmut Winter lächelte und sagte: „Oh, ich beobachte dich schon eine Weile heute.

Ich habe gesehen, wie du mit Deinem Pferd auf dem Hängerplatz gearbeitet hast, ich habe dir auf dem Arbeitsplatz zugesehen, und ich habe auch deine Prüfung angesehen. Es hat mich sehr angesprochen, weil du so gefühlvoll geritten bist. Springer haben wir schon zwei im Team - eine davon ist übrigens Carmen -, aber eine Dressurreiterin fehlt uns noch. Du wärst genau die Richtige, denke ich." „Aber ich kann noch nicht einmal Schulterherein reiten. Und eine Volte galoppieren kann ich auch noch nicht", warf Mira ein. Helmut Winter lächelte: „Das macht nichts. Darum geht es mir auch gar nicht. Man kann die Harmonie zwischen dir und deinem Haflinger ganz deutlich spüren. Den meisten Rassen, die bei uns vertreten sind, haftet der Ruf an, dass sie stur und büffelig sind. Mit deiner Art zu reiten kann man den Leuten das Gegenteil beweisen. Außerdem kannst du das Schulterherein und die Volte im Galopp ja noch lernen." Er hielt kurz inne und fragte dann: „Du bekommst guten Unterricht, nicht wahr?" „Ja, das stimmt", sagte Mira. Sie deutete auf Markus: „Das ist mein Springreitlehrer. Von ihm habe ich schon ganz viel gelernt. Und seit einigen Wochen habe ich eine sehr gute Dressurreitlehrerin, die auch super toll ist. Sie hat mir in der kurzen Zeit schon eine Menge beigebracht." „Da kannst du aber froh sein, dass du so guten Unterricht bekommst. Hättest du denn Lust, in so einem Team bei Vorführungen dabei zu sein?" Er musterte Mira neugierig und schien gespannt auf ihre Antwort zu warten. „Lust hätte ich auf jeden Fall", sagte Mira und ergänzte: „Allerdings wird es wohl daran scheitern, dass wir keinen Hänger haben und kein Auto, das einen Hänger zieht." Sie hatte Mühe, die Enttäuschung in ihrer Stimme zu verbergen. Mit Carmen und ein paar anderen netten Reitern und Reiterinnen in einem Team würde so etwas bestimmt unheimlich viel Spaß machen, vermutete sie. Da bekam sie ein tolles Angebot und konnte nicht zusagen. Aber sie sah es als große Ehre an, dass dieser Mann ausgerechnet sie gefragt hatte. Helmut Winter schien zu ahnen, dass Mira wirklich gerne zugesagt hätte, denn er sagte: „Daran soll es nicht scheitern. Wir kommen alle aus Nordrhein-Westfalen, da kann man auf jeden Fall eine Fahrgemeinschaft bilden. Irgendjemand kann dich mitnehmen. Wir treffen uns auch gar nicht so oft zum Üben, weil jeder seinen Part im Gesamtbild zu Hause üben kann. Das mit dem Fahren soll nicht das Problem sein, das arrangiere ich - wenn du wirklich Lust hast, heißt das." „Und wie", rief Mira aufgeregt. Das war wirklich eine tolle Chance, Anton in komplett fremder Umgebung zu reiten. Außerdem schauten bei den Veranstaltungen vielleicht Reiterinnen zu, die genauso verzweifelt waren, wie sie selbst es noch vor einigen Wochen gewesen war. Immerhin war sie ja schon fast überzeugt davon gewesen, dass es an der Rasse ihres Pferdes lag, dass er nicht ordentlich über den Rücken lief und sie dauerhaft mit Dreieckszügeln reiten musste. Wenn sie in diesem Punkt Aufklärungsarbeit leisten konnte, wollte sie das furchtbar gerne tun.

„Hier ist meine Nummer und unsere Internetadresse. Besprich das zu Hause in Ruhe mit deinen Eltern, und dann kannst du dich bei mir melden." Mira nahm die Karte, die Helmut Winter ihr entgegenhielt, und steckte sie in die Tasche. Sie konnte es noch immer nicht glauben, dass ausgerechnet sie und Anton das Beispiel für harmonisches Reiten dienen sollten. ‚Wie schade, das Chayenne kein Robustpferd ist. Denise wäre das beste Beispiel überhaupt für gefühlvolles Reiten', dachte Mira, während sie sich von Helmut Winter verabschiedete.

Ihr blieb keine Zeit mehr, sich über seine Worte Gedanken zu machen, weil nun die für eine Platzierung in Frage kommenden Teilnehmer der Springprüfung in die Halle gerufen wurden. „Platziert werden alle Teilnehmer mit einer Wertnote von 7.0 und besser", schallte es durch den Lautsprecher. „Juchu, du bist platziert!", rief Laura und eilte mit Thorsten, Markus, Miras Mutter und Maren zurück in die Halle. Mira ritt zusammen mit ein paar anderen Reiterinnen hinein. Sie wusste, dass von vierzig Reitern mindestens zehn Teilnehmer platziert werden mussten, aber sie hatte keine Ahnung, wo sie mit ihrer Wertnote lag. Die Platzierung begann, und Mira lauschte angestrengt der Ansage, die die platzierten Teilnehmer nach vorne rief. Lange musste sie nicht warten, bis ihr Name aufgerufen wurde. „... und auf dem dritten Platz landete in dieser Prüfung Mira Ulme mit ihrem Haflingerwallach Anton!" Mira trabte nach vorne zu den Richtern, die ihr gratulierten und Anton die Schleife an die Trense steckten. „Das war ein wirklich schöner Ritt", sagte einer der Richter zu ihr und fügte hinzu: „Wenn die Stange nicht gefallen wäre, hättest du gewonnen." „Wow", entfuhr es Mira. Sie konnte das alles kaum glauben. Ihr dritter Platz war deutlich mehr, als sie erhofft hatte von diesem Tag. Alleine die Tatsache, dass Anton so brav gewesen war, machte sie mächtig stolz. Und nun auch noch ein dritter Platz und eine Anfrage für ein Showteam! Mira war völlig perplex. Auf dem fünften Platz landete Carmen mit ihrer Tinkerstute und strahlte mit Mira um die Wette. Alle anderen acht Pferde in der Platzierung waren Warmblüter. ‚Wie gut, dass Carmen und ich ein bisschen Farbe in das Gesamtbild bringen‘, dachte Mira und schmunzelte. Bei der anschließenden Ehrenrunde hörte sie den begeisternden Applaus ihres kleinen Fanclubs. Sie war richtig glücklich darüber, dass sie diesen Moment mit Menschen teilen konnte, die ihr viel bedeuteten. Als sie hinaus ritt, sah sie, wie ihre Mutter sich die Tränen aus dem Gesicht wischte.

Als alle Mira gratuliert und Anton geknuddelt hatten, sagte ihre Mutter: „Ich gebe uns jetzt erst einmal eine Pommes aus, oder irgendwas anderes, wenn ihr möchtet." „Pommes klingt super, ich habe langsam richtig Hunger", gab Markus zu. „Au ja, ich möchte auch eine Pommes", rief Maren und hüpfte aufgeregt um Ihre Mutter und Markus herum. „Ich brauche nichts, ich habe eben erst gefrühstückt. Gib mir mal Anton, ich führe ihn ein bisschen", sagte Laura und ließ sich von Mira die Zügel geben. Mira sah Thorsten an und wandte sich dann an ihre Mutter: „Wir kommen gleich nach. Geht ruhig schon mal vor." „Ist gut, bis später. Und wenn du zu Hause bist, solltest du gleich Tante Gabi anrufen. Sie möchte unbedingt wissen, wie es geklappt hat", sagte ihre Mutter fröhlich. Zusammen mit Markus und Maren bahnte sie sich einen Weg in Richtung Pommesstand. Mira sah ihnen einen Moment hinterher. Maren hatte Markus' Hand ergriffen, und selbst aus der Entfernung konnte Mira sehen, wie sie ihn anstrahlte. „Also, falls Mama sich das mit Markus noch mal überlegt, heiratet Mären ihn eines Tages", scherzte sie. „Wie bitte?", fragte Thorsten. „Ach, nicht so wichtig, das erzähle ich dir später. Lass uns ein Stück gehen", schlug Mira vor. Thorsten war einverstanden. Sie ließen den Arbeitsplatz hinter sich und setzten sich in etwa fünfzig Meter Entfernung auf einen Silageballen, der dort als Markierung diente. Die Sonne schien inzwischen hell und warm vom Himmel und verlieh dem Turniergeschehen vor ihnen einen bilderbuchartigen Charakter.

Ganz unvermittelt fragte Mira: „Ist im Preisgeld für die Drittplatzierte eigentlich ein Kuss inklusive? Den habe ich mir doch verdient, oder?" Sie sah Thorsten herausfordernd an. Ihr Puls beschleunigte sich schlagartig, denn sie war selbst überrascht von ihrem mutigen Frontalangriff. Nicht auszudenken, was sie machen sollte, wenn er nein sagte. Dann hätte sie alles kaputt gemacht, fürchtete sie plötzlich. Thorsten grinste und zog sie an sich. Als sie sich küssten, vergaß Mira Raum und Zeit. Fast schon überrascht musste sie wenig später feststellen, dass sie sich noch immer auf dem Turnier in der Nähe des Arbeitsplatzes befanden. Vor wenigen Sekunden war sie noch Prinzessin in irgendeinem Märchen gewesen, und alles um sie herum hatte sich einfach in Luft aufgelöst. „Ich hatte gehofft, dass Du den Anfang machst", gestand Thorsten und seine Augen glänzten. „Am liebsten hätte ich dich letzten Sonntag schon geküsst, als wir an der Pferdeweide saßen, aber ich habe mich nicht getraut." Mira vergewisserte sich sicherheitshalber noch einmal: „Du hast dich nicht getraut? Das passt gar nicht zu dir!" „Ich habe es schon einmal verbockt und wollte kein zweites Nein riskieren. Also habe ich lieber gewartet. Ich hatte ja auf Svenjas Party schon ein Auge auf dich geworfen, aber da habe ich ja leider Mist gebaut mit meiner doofen Frage. Also musste ich mich erst mal darum bemühen, dich davon zu überzeugen, dass ich zwar ein Idiot bin, aber immerhin ein lernfähiger Idiot." Er lächelte, und Mira musste bei der Erinnerung an die Party ebenfalls grinsen. „Wenn ich auf der Party schon geahnt hätte, wie gut du küsst, hätte ich mich in dem Moment vielleicht anders entschieden", scherzte sie. „Wie gut, dass du das nicht gemacht hast. Eigentlich habe ich dadurch erst gemerkt, dass du etwas ganz Besonderes bist." Thorsten nahm Miras Hand und hielt sie fest. Nach einer kurzen Pause fragte er: „Dann darf ich dich Tim wohl heute Abend als meine Freundin vorstellen, oder?" Mira lachte und erwiderte: „Ja, definitiv." Sie fand es klasse, wie er diesen Spagat rund um die „Willst-du-mit-mir-gehen-Frage" gelöst hatte. Thorsten fuhr fort: „Ich habe eben mit halbem Ohr mitbekommen, was der Mann zu dir gesagt hat. Wirst du dann jetzt demnächst berühmt? Muss ich mir heute schon ein Autogramm geben lassen, weil du bald dafür zu beschäftigt bist?" „Nee, eher nicht", lachte Mira, „nur weil man auf ein paar Hoffesten oder lokalen Veranstaltungen reitet, wird man nicht berühmt. Da werde ich wohl oder übel auf dem Teppich bleiben. Beruhigt dich das?" „Na und wie! Deine Natürlichkeit ist ja gerade das, was ich so sehr an dir mag. Mit welchem Mädel könnte man sich schon mit Pferd und Hund an einer Schutzhütte treffen, um dort einen Schokokuchen zu essen? Das würde doch bei den meisten weiblichen Wesen schon daran scheitern, dass sie nicht schick und gestylt dort auflaufen könnten", sagte Thorsten. Mira lächelte und dachte, dass Thorsten gar nicht ahnen konnte, welche besondere Freude er ihr mit diesem Statement gemacht hatte. Nun brauchte sie sich keine Gedanken mehr darüber zu machen, ob sie sich einen anderen Stil aneignen musste, um ihm auch dauerhaft zu gefallen. Sie konnte einfach weiterhin sie selbst bleiben, ohne schicke Stiefel tragen zu müssen - und mit all ihren Schwächen und Macken.

Mira ließ ihren Blick über den Arbeitsplatz schweifen, auf dem nur noch wenige Pferde ihre Runden drehten. Unter ihnen war auch Anton, der noch immer von Laura geführt wurde. Obwohl sie ein Stückchen entfernt saßen, konnte Mira sehen, dass Laura Anton liebevoll streichelte. Sie hatte das Gefühl, dass ihre Freundin glücklich war und ihr neues Hobby in vollen Zügen genoss. Irgendwo hinter dem Arbeitsplatz vermutete sie den Pommesstand. ‚Dort erfreuen sich in diesem Moment drei ebenfalls glückliche Menschen an ihren fettigen Pommes‘, dachte Mira, ‚perfekter kann ein Tag einfach nicht sein!‘